CHV

Peter Høeg

Von der Liebe
und ihren Bedingungen in der Nacht des 19. März 1929

Aus dem Dänischen
von Monika Wesemann

Carl Hanser Verlag

Die Originalausgabe erschien 1990 unter dem Titel
Fortællinger om natten
bei Rosinante/Munksgaard, Kopenhagen

2 3 4 5 00 99 98 97 96

ISBN 3-446-17309-9

Satz: Fotosatz Amann, Aichstetten
Druck und Bindung: Friedrich Pustet, Regensburg
Printed in Germany

Für meine Mutter und meinen Vater,
Karen und Erik Høeg.

Diese sechs Erzählungen ranken sich
um ein Datum und ein Motiv.
Sie handeln alle von der Liebe.
Von der Liebe und ihren Bedingungen
in der Nacht des 19. März 1929.

Kopenhagen, März 1990
Peter Høeg

Reise in ein dunkles Herz

»a book is a deed (...) the writing of it is an enterprise as much as the conquest of a colony.«
Joseph Conrad in »Last Essays«.

»Die Mathematik ist das Schattenbild der wirklichen Welt auf dem Bildschirm des Verstandes.«
Archimedes zugeschrieben

Am 18. März 1929 war der junge Däne David Rehn anwesend, als die Eisenbahn von Cabinda in der Nähe der Kongomündung nach Katanga in Zentralafrika der Aufrichtigkeit geweiht wurde.

Anwesend waren auch der belgische König und die Königin, Premierminister Smuts von der Südafrikanischen Union und Lord Delamere aus Kenia, und alle sprachen sie, und ihre Worte gingen David ins Blut wie Champagner. Später, beim Diner im Gouverneurspalast, nahm er keinen Tropfen Alkohol zu sich, bewegte sich aber dennoch unter den schwarzen Dienern und weißen Gästen den ganzen Abend in einem angenehm schwindligen Rausch. Wer was gesagt hatte, wußte er nicht mehr genau, doch die Worte würde er nie vergessen. Hatte nicht der König persönlich mit einer ausladenden Handbewegung gesagt: »Sehen Sie, meine Damen und Herren, der Ozean ist so blau wie das Ägäische Meer, über uns steht die weiße Sonne, uns umwehen die lauen Winde des Meeres, ist hier nicht deutlich Griechenland zu spüren? Auch die Griechen befuhren die Küsten Afrikas, sie waren die ersten Kolonisatoren dieses Kontinents, und haben wir nicht in Wirklichkeit das Streben der Antike vollendet? Aufrichtigkeit des Gedankens, Aufrichtigkeit in der Machtausübung, Aufrichtigkeit im Handel waren ihr Ziel. Kein Opfer war ihnen auf ihrem Weg zu groß, und denken wir bei der Einweihung dieser vielleicht längsten Eisenbahnstrecke Afrikas nicht an den Koloß von Rhodos, fallen uns nicht der Artemistempel in Ephesos, fallen uns nicht die sieben Weltwunder ein, und ist diese Eisenbahn nicht das achte? Die reinen Linien des Gedankens und des Handels, sind das nicht diese beiden blanken Stahlschienen, die als Pulsadern der Zivilisation dreitausend Kilometer durch den Dschungel, tief in das Herz des dunklen Kontinents, reines und sauerstoffreiches Blut führen sollen?«

Noch nie in seinem Leben war David Staatsoberhäuptern und der internationalen Finanzaristokratie so nah gekommen, und er hatte das Gefühl, daß ihre Begeisterung und Geradlinigkeit ihn an diesem Tag zum erstenmal seit langer, langer Zeit klarsehen ließen.

Ein Jahr zuvor hatte ihn das plötzliche, schwindelerregende Erlebnis der Unvorhersehbarkeit des Daseins aus einer Bahn geworfen, der er seit seiner Kindheit gefolgt war, und ihn in eine Wildnis der Unsicherheit geschleudert. Verwandte mit gutem Willen und Einfluß hatten versucht, ihn daraus auf den rechten Weg zurückzuholen, indem sie ihn in eine ursprünglich dänische, jetzt aber weltumspannende Handelskompanie einführten, wo sie ihm das einzig sichere Transportmittel des Daseins verschafft hatten, nämlich eine gute feste Anstellung, und wo einer der Direktoren der Gesellschaft versprochen hatte, sein Mentor zu sein. Im Kopenhagener Hauptsitz des Unternehmens hatte David versucht, sich zu dem Punkt zurückzuarbeiten, von dem sich die Welt zusammenhängend und überschaubar ausnimmt, doch vorläufig war er nur bis zur Sympathie der Leute vorgedrungen. Die Leute mochten David wegen seiner Freundlichkeit, seines Fleißes, seines so glatten und vertrauensvollen Gesichts und seiner linkischen Bewegungen und aus einem anderen Grund, den sie sich eigentlich nicht genau erklären konnten. Auch der Direktor hatte sich seine Motive nicht ganz klarmachen können, als er David vorschlug, ihn nach Belgisch-Kongo zu begleiten, zur Einweihung der Katanga-Eisenbahn, an der die Kompanie gewisse Interessen hatte.

Bis vor einem Jahr und so weit er zurückdenken konnte, war David Mathematiker gewesen. Nicht Mathematiker wie Leute, die diese Disziplin erlernen, weil sie meinen, auf diesem Gebiet schneller zu begreifen als auf anderen, oder weil man ja schließlich einen Beruf haben muß oder aus Neugier, sondern Mathematiker aus einem tiefen, brennenden, leidenschaftlichen Verlangen nach der glasklaren, gereinigten Wissenschaftlichkeit der Algebra, aus der alle irdische Unsicherheit herausdestilliert ist. Als er in die Realschule kam, hatte er die Infinitesimalrechnung besser verstanden als seine Lehrer, und als man den Achtzehnjährigen anläßlich seines Aufsatzes über Abelsche Gruppen, den er in einer deutschen Zeitschrift veröffentlicht hatte, interviewte, erzählte er – errötend, weil die Gegenwart der Journalistin seine Konzentration gefährdete: »Ruhiges, mathematisches Denken ist meine größte Freude.«

Die Algebra war die einleuchtende, die euphorische, die in jeder Hinsicht befriedigende Lebensbahn für David, bis er bei einem Studienaufenthalt an der Universität Wien einem jungen Mann begegnete, der ein paar Jahre jünger war als er selbst und in einem Nebel der Zerstreutheit und Zuversicht mit David zusammenprallte. Der junge Mann hieß Kurt Gödel. Er hatte eine schwache Gesundheit und besaß eine Wißbegierde, die nichts als gegeben hinnahm, und seine Umgebung hatte ihn immer »Herr Warum« genannt. Er arbeitete jetzt an einem Gedanken, der wenige Jahre später zu einer Beweisführung werden sollte, die das Fundament der ganzen Mathematik ins Wanken brachte. Obgleich zu der Zeit noch nicht lückenlos, erschütterte diese Beweisführung David in seinen Grundfesten. An dem Tag, als ihn Kurt Gödel in einem Café an seinem stringent formulierten Zweifel hatte teilhaben lassen, lief David in schockierter Trance durch die Straßen von Wien, in dem klaren Bewußtsein, daß nach dem, was er heute gehört hatte, nichts jemals wieder so sein würde wie zuvor. Längst hatte er gelernt, die Mathematik auch als Medizin und Stimulanz zu benutzen. War er traurig, tröstete er sich mit Bertrand Russells sprudelnder Logik, war er hochmütig, las er einen der fehlgeschlagenen Versuche der geometrischen Dreiteilung des Winkels, und war sein Gemüt in Aufruhr, so fand er Meeresstille und Stringenz in Euklids Elementen. Als er aber an diesem Tag Trost für seine Verzweiflung suchen wollte, tat er einen Fehlgriff.

Auf seinem Tisch lag eine schön gebundene Faksimileausgabe der Aufzeichnungen des französischen Mathematikers Galois. David las wie so oft zuvor das von dem jungen Mann hastig niedergekritzelte Resümee seiner epochemachenden Lebensarbeit an der Lösung irreduzibler Gleichungen und seines lichten Glaubens an die Zukunft. Am Ende hatte der damals einundzwanzig Jahre alte Galois notiert: »Ich habe keine Zeit mehr. Ich muß mich duellieren.« Er war von seinen Notizen aufgestanden und in seinen Tod gegangen, und mit einemmal erschien es David, als läse er von seiner eigenen Vernichtung.

Am selben Abend noch reiste er aus Wien ab, fest entschlossen, sich nie mehr mit Mathematik zu beschäftigen. Alle, die später hinter seinem Rücken über seine Verzweiflung lachten, verstanden nie, daß die Liebe so umfassend ist, daß sich für den Liebenden das Wesen des Lebens im Kleinsten offenbart und die Wahrheit des Lebens mit der kleinsten Wahrheit, selbst mit der eines mathematischen Beweises, stehen und fallen kann.

Um dennoch leben zu können, hatte sich David in eine arbeitsame Gefühllosigkeit geflüchtet, aus der er erst durch seine Begegnung mit den Tropen herausgerissen wurde. Anfangs hatte er das Gefühl, nur zu einer neuen, unerträglichen Verwirrung geweckt worden zu sein, denn vierzehn Tage nach der Abreise fuhr ihr Schiff »Earnest«, eines der Passagier- und Frachtschiffe der Kompanie, in eine Hitze hinein, die wie eine unsichtbare Mauer in der Luft stand. Danach kam die Ankunft in Afrika und mit ihr der Sonnenglast über Davids Kopf; die unbekannten Gemüse und Gewürze waren ein Anschlag auf seine Verdauung und die dunklen und unfaßbaren Gesichter um ihn herum ein Kreuz für seine Gedanken. Erst nach einem Monat wurde seine anfängliche Verwirrung durch ein Gefühl zwar nicht der Geborgenheit, aber doch der Stabilität verdrängt. Bei der Einweihung der Eisenbahn erfüllte ihn dann das erste jubelnde Gefühl einer Klarheit, die er bis dahin für immer verloren geglaubt hatte.

An diesem Tag hatte eine plötzliche Kühle der Luft den nahezu stofflichen Druck gelockert, vor dem Gouverneurspalast stiegen die Gedanken der vielen Menschen frei zum blauen Himmel empor. Die Brise vom Meer her wehte die Stimmen der Redner zu den Zuhörern auf den Platz hinaus, und David sah, daß diese Redner glücklich waren. Die Regenten und Verantwortlichen der zivilisierten Welt hatten an diesem Tag freudig gerötete Wangen, ihre Hände zitterten in tiefer innerer Bewegung, ihre Augen wurden blank, ihre Stimmen unsicher. Es erschien David einleuchtend und richtig, daß gerade diese Männer die Zukunft der Welt in ihrer Hand hielten, und zum erstenmal begriff er, daß das Volk mit solchen Führern keinen politischen Überblick braucht, mit solchen Führern brauchen wir uns, dachte er, vielleicht überhaupt nicht mit Politik zu beschäftigen; denn zum einen ist ihr Einblick so tief, daß wir ihn ohnehin nicht ausloten können, zum anderen können sie – an einem Tag wie heute – die Politik so klar und durchsichtig machen wie das blaue Meer hinter der Brandung von Cabinda.

Für David hatte die tiefste Ehrlichkeit immer die Form von Zahlen gehabt, und dieser Tag war voller Zahlen gewesen. Rücksichtslos mutig und aufrichtig hatte der Direktor der

Bahn, Sir Robert Wilson, die numerischen Aspekte der Konstruktion vorgetragen: »Wir haben«, sagte er, »siebentausend Mann zweitausendsiebenhundertundsieben Kilometer Gleise durch Landschaften legen lassen, deren Temperaturen zwischen vierzehn und hundertzwanzig Grad Fahrenheit schwanken und deren sämtliche Steigungen und Neigungen zusammen zweihunderttausend Meter ausmachen. Das Gleis ist einen Meter breit und hat pro Kilometer zweihundertfünfzigtausend Francs gekostet, insgesamt zweihundertsiebzig Millionen siebenhundertfünfzigtausend Francs. Die Strecke folgt dem Kongo über Leopoldville nach Llebo und führt weiter nach Bukama und zu den Kupferminen von Katanga, wo sie auf die Benguela-Eisenbahn aus Angola und die Rhodesien-Katanga-Eisenbahn trifft, und im Laufe nur weniger Jahre werden wir eine Verbindung zur Zentraleisenbahn von Tanganjika haben und damit Afrika vom Indischen Ozean bis zum Atlantik, von Kapstadt bis zur Sahara durchdringen und öffnen.«

»Öffnen und durchdringen«, dachte David später, verwirrt und glücklich, und hörte sich der Gattin des belgischen Kolonialministers erzählen, daß eines der Vorbilder seines Lebens, der große Kronecker, einmal gesagt habe, ›Gott hat die natürlichen Zahlen geschaffen – der Rest ist Menschenwerk‹. »Und welch ein Menschenwerk!« sagte er begeistert zu der Ministerfrau.

Aus Anlaß der Feierlichkeiten hatte man im Palast mehrere Trennwände herausgenommen, wodurch ein Saal in der ganzen Länge des Gebäudes entstanden war. Hier war für alle an einem endlosen Tisch gedeckt, und über die ganze Länge des Tisches hatte man ein Miniaturmodell der Eisenbahn aufgebaut. Das Porzellan war Crown Derby, der Wein ein Chambertin-Clos de Bèze, der Rehrücken schmeckte, fand David, wie Rotwild daheim, und als die plötzliche Tropenfinsternis einfiel, empfand er das zum erstenmal nicht als Überfall, denn die Lüster wurden angezündet, und nur die weißen Tropenanzüge, die Sonnenbräune der Männer und die schwarzen Diener in Livree und weißen Handschuhen verrieten, daß dies nicht Europa war.

Dieses Abendessen wurde von einem starken Zusammengehörigkeitsgefühl beherrscht, die Gäste hatten das Gefühl, alle eine mühevolle und gut geleistete Arbeit hinter sich zu haben; sie spürten ein leichtes Gliederreißen, als hätten sie selbst Erde geschaufelt und Schwellen geschleppt. Die Arbeitsgemeinschaft hatte alle Rangunterschiede verwischt, alle waren geradezu und lautstark, die Ministerfrau schäkerte mit David, der das Gefühl hatte, daß in dieser hochkarätigen Gesellschaft jeder einzelne und auch er selbst an Wert gewann, »hier haben wir«, dachte er, »alle einen selbstverständlichen Platz und eine Bedeutung im Gefüge, keiner muß als nicht definierbare Größe in einer Ecke stehen«.

Beim Dessert erreichte die Gesellschaft eine Nachricht, die die letzte Steifheit der formellen Umgangsformen beseitigte. Irgendwann wurde der belgische König fortgerufen, und als er kurz darauf zurückkehrte, war er so blaß, daß sich niemand zusammennahm und aufstand, als er sich hinter seinen Stuhl stellte. Er schlug an sein Glas und erhob die Stimme etwas. »Ich habe«, sagte er, »soeben eine glückliche Nachricht erhalten. Ein englischer Journalist, der vor zwanzig Minuten mit dem Dampfer aus Sankuru angekommen ist, um als Gast der belgischen Regierung auf der morgigen Jungfernreise unserer Bahn die Weltpresse zu vertreten, teilt uns mit, meine Damen und Herren, daß die vereinten belgischen, englischen und portugiesischen Truppen unter Leitung von General Machado gestern bei Kamina die eingeborenen Aufrührer besiegt haben, die während der letzten Jahre der Bauarbeiten unser größtes Problem waren. In der Schlacht wurde der Anführer, Lueni aus Uganda, getötet. Die Leiche wird jetzt auf dem Fluß hierhergebracht.« Der König schlug die Hacken zusammen. »Meine Damen und Herren, auf das Wohl unserer tapferen Truppen!«

Einen Augenblick lang war es ganz still. Dann erhoben sich alle und stießen in tiefem Ernst an, denn ein glückliches Ereignis kann so heftig sein, daß man es nur allmählich und schweigend begreift. Für Neuankömmlinge wie David war der Name Lueni nur ein exotischer Laut, bedrohlich wie der dichte Dschungel um die Stadt. Für die Ansässigen aber war er ein Konzentrat der Angst, ein plötzlicher Tod wie Gehirnmalaria, ausbleibender Nachschub und Hunger, ausgebrannte Dampfer, die ohne Spur ihrer Besatzung den Fluß hinuntertrieben, es war ein Name aus dem innersten Raum der finsteren Hölle Afrikas.

Einen Augenblick lang sahen alle in tiefem Schweigen wie in einer Vision die Leiche, schwarz wie poliertes Holz, auf einer Segeltuchbahre ausgestreckt, dann aber kam die Freude wie ein Strom, man rief nach Champagner, der König verlor die Selbstbeherrschung und drückte Sir Wilson an seine Brust, und in den Augen des Monarchen sah man Tränen glänzen. Der alte Lord Delamere, der, wie alle wußten, im Ochsenkarren von Mombasa und durch Rift Valley gezogen war und mehr als einmal mit dem Gewehr in der Hand für das Leben seiner Frau und seiner Kinder gekämpft hatte, saß zusammengesunken da, die Hände um die Tischkante geklammert, und murmelte: »Ist das möglich, ist das möglich?« Einige stimmten die belgische Nationalhymne La Brabanconne an, die Leute klopften einander auf die Schulter, und David entdeckte irgendwann zu seiner Verblüffung, daß er die Ministerfrau an der Hand hielt. Glücklich sah er in die glühenden Gesichter, auf die blitzenden Orden, auf die strahlenden Kleider und die Livreen der Diener. Er spürte, wie der Raum nach dieser mächtigen Ingenieurarbeit und der militärischen Leistung in ausgelassener Brüderlichkeit wogte. Die Hand der Gnädigen in der seinen, begriff er in plötzlicher Empfänglichkeit für Symbole, daß das hier wie ein Kasernenfest war, ein glücklicher Karneval, hinter dem sich die vollkommenste Ordnung verbarg.

Später ging er in den Garten hinaus, um einen Augenblick lang allein zu sein. Er hatte das Gefühl, die Tropen lachten ihm zu wie eine junge Negerin. Die unbekannten und verlockenden Laute und Düfte umwogten ihn, durch die offenen Türen erreichte ihn Grammophonmusik, dort drinnen tanzte man Straußwalzer, der Gouverneurspalast glich mit seinen weißen Säulen einem erleuchteten griechischen Tempel, und über den Dachzinnen stieg das Sternbild Waage empor, das große himmlische Quadrat, »vielleicht«, so dachte David, »als Zeichen und Aufforderung, nicht aufzuhören, wo Galois aufgehört hat«.

Am Nachmittag des folgenden Tages, als die Eisenbahn mit der ersten Abfahrt von Cabinda nach Katanga offiziell eingeweiht wurde, als die Freude des Vortages durch die Aussicht auf die Reise verstärkt wurde, als das Heeresorchester spielte, als der König den Reisenden zum Abschied die Hand gedrückt hatte, als alle Gedanken unzweideutig den Eisenbahngleisen zu den fernen, blauen Bergen folgten, da entstand auf dem Bahnsteig, unbemerkt von allen, außer einigen wenigen Dienern und Stewarts, am Übergang vom Schatten des Schutzdachs zur weißen Sonne ein Augenblick des Zweifels. Am Tag zuvor hatte der Kolonialminister – beseelt von der gehobenen Stimmung und der Nachricht von der Niederlage der Aufrührer – mitgeteilt, daß er die Reise mitmachen würde. Seine Gattin hatte David anvertraut, daß er mit jeder neuen Machtbefugnis, die er in seinem Leben erreicht hatte, zwei Pfund zugenommen habe. Als sich nun die kolossale Gestalt in den vorderen Salonwagen zwängte, der alle Geladenen hätte aufnehmen sollen, war mit einemmal klar, daß der Wagen voll war.

In diesem Augenblick wurde zischend das Drucksystem des Zugs ausprobiert, und in der Dampfwolke über dem Bahnsteig gingen vier übriggebliebene Gestalten wie aus dem Boden geschossen aufeinander zu. Während man um sie herum dafür sorgte, daß noch ein Wagen an den Zug angekoppelt wurde, starrten sie einander in die Augen. David hatte in den vergangenen Tagen auf verschiedene Gesichter achtgegeben, diese drei aber hatte er ganz sicher noch nie zuvor gesehen. Sie standen vor ihm, als hätten sie sich aus diesem kleinen peinlichen Versagen einer ansonsten tadellosen Organisation herauskristallisiert, schweigend und fremd, als sollten sie nie Kontakt finden, als teilten sie nur dies eine: außerhalb zu stehen.

Direkt vor David stand ein Soldat, eine gedrungene, schroffe, abweisende und massive Gestalt mit einer schwarzen Augenklappe und einer Uniformbrust, die mit so vielen Beweisen unverwelkbarer militärischer Ehren übersät war, daß man, dachte David, keinen Platz finden würde, um mit einem Bleistift auch nur das kleinste »Quod erat demonstrandum« auf den unglaublich weißen Galamantel zu schreiben. David verstand sich nicht auf das Militärwesen, doch unter den blinkenden Symbolen erkannte er den deutschen Adler, und ihn erfüllte eine flüchtige Verwunderung darüber, hier unter den siegreichen Nationen des Weltkriegs diesem zerzausten Vogel der Niederlage zu begegnen.

In der Sonne stand ein schwarzes, schlankes Dienstmädchen in weißem Kleid. Sie trug einen großen Lederkoffer, der der ältesten und vierten Person der Gesellschaft gehörte, einem rotwangigen Mann mit melancholischen Augen, poröser und ungesunder Gesichtshaut und einem prahlerischen gewichsten Schnurrbart; er trug einen Anzug aus teurem, englischem Tweed, mit Weste und Halsbinde, die in der Tropenhitze selbstmörderisch wirkten.

In dem Augenblick, da das Schweigen für David nicht länger zu ertragen war und er die Hand ausstreckte, um sich vorzustellen, in dem Augenblick wurde die Gesellschaft von einer weiteren Dampfwolke eingehüllt. Freundliche Hände ergriffen David und sein Gepäck und führten ihn an den Mannschaftswagen mit Soldaten vorbei, vorüber an den Güterwagen, die zum erstenmal eine größere Menge Güter der westlichen Zivilisation in die Minen von Katanga transportieren und Kupfer und Gold zurückbringen sollten, und weiter zu dem angekoppelten Salonwagen. Vom Trittbrett aus sah er die Majestäten und den belgischen Distriktskommissar zum Abschied winken, hinter dem Bahnhofsgebäude ging die Sonne unter, so schnell, als fiele sie senkrecht auf den Horizont. Die Soldaten grüßten aus den Zugfenstern mit gefällten Bajonetten, und David dachte, jetzt fahren wir nach Afrika hinein, gewehrstarrend wie ein Igel, ein aggressiver Igel auf Schienen, und im selben Moment packte ihn die Verlegenheit über seine eigene maßlose Phantasie und über die vielen Menschen, die auf dem Bahnsteig winkten und hurra schrien, und errötend stolperte er in die kleine Garderobe hinter sich.

Hier blieb er einen Augenblick stehen und zog seine helle Jacke zurecht. Dann öffnete er die Tür zum Salon.

Nach einem Monat in den Tropen hatte David geglaubt, sich so leidlich an die jähen Wechsel zwischen Dunkelheit und Licht gewöhnt zu haben, an die heftigen Kontraste, die ihm in den ersten Wochen Kopfschmerzen bereitet hatten. Trotzdem blieb er jetzt einen Moment gelähmt an der Tür stehen, während er zu begreifen versuchte, wie es zugehen konnte, daß er hier aus Afrika heraus- und in den extremsten und dennoch klassischen europäischen Komfort eingetreten war. Den Boden bedeckte ein dicker, dunkelroter Orientteppich, an den Fenstern hingen schwere, cremefarbene Seidengardinen, um einen Tisch standen lederne Polstersessel, an den Wänden hingen Gemälde von kühlen Eichenwäldern, an der Decke war vergoldeter Stuck, und am fernen Ende des Raumes sah er einen offenen Marmorkamin. Das ganze unwahrscheinliche Tableau wurde von zwei hohen, schlanken Petroleumlampen auf dem Tisch erleuchtet.

Seine beiden Reisegefährten standen noch, als warteten sie auf ihn. David sah die Uniform und den Herrn in Tweed an, und ihm fiel das Wort »Theater« ein. »Das hier ist eine Kulisse«, dachte er, »deshalb rüttelt und schlingert das Ganze, man läßt uns gerade vom Schnürboden auf die Bühne hinunter.«

In diese kurze, zwischen ihnen sich erstreckende Leere aus Zweifel und Unverantwortlichkeit trat nun der Mann in Tweed, verbeugte sich steif, wartete auf eine Reihe nervöser

Zuckungen in seiner linken Schulter, die sich über sein Gesicht hin fortpflanzten und verloren, und ergriff mit Höflichkeit und Autorität das Wort.

»Meine Herren«, sagte er, »gestatten Sie mir, daß ich mich vorstelle. Ich bin Journalist. Ich hatte gestern die Ehre, Seiner Majestät die Botschaft vom Sieg unserer Truppen zu überbringen. Ich bin deshalb, wie Sie verstehen werden, erst gestern auf dem Fluß diesen Weg gekommen, eine Reise, die ich vor vielen Jahren schon einmal gemacht habe. Ich möchte mich deshalb, indem ich auf meine relativ größere Erfahrung und die – wie soll ich sagen – *responsabilité sociale* verweise, die das Alter verleiht, erbieten, Ihr Gastgeber zu sein.« Er klopfte leicht auf zwei der breiten Ledersessel, David und der Soldat nahmen Platz, und David dachte, daß es sich hier nicht um ein Angebot, sondern um einen Befehl handele und bereits hinter der Höflichkeit der ersten Begrüßungsworte des alten Mannes etwas lauere, das David – hätte er nicht gewußt, wie gut gekleidet und in jeder Hinsicht respektabel sein Gastgeber war – insgeheim durchaus als melancholische Unverschämtheit hätte bezeichnen können.

In einer Ecke nahm das Mädchen unaufgefordert auf einem Schemel Platz und blieb völlig regungslos sitzen.

»Diese Reise«, fuhr der Mann, der nun ihr Gastgeber war, fort, »wurde, so habe ich mir sagen lassen, gestern der Aufrichtigkeit geweiht. Es soll also keine ganz gewöhnliche Zugreise sein, an deren Ende man seinen Mitreisenden ebenso unbekannt ist wie zu Beginn. Ganz im Gegenteil, wir müssen unseren Teil dazu beitragen, den Wunsch Seiner Majestät zu erfüllen, und sie zu einer Reise der Offenheit machen. Deshalb müssen wir uns zunächst unbedingt miteinander bekannt machen. Mein Name ist Joseph Korzeniowski, aber meine Freunde, zu denen ich Sie, davon fühle ich mich überzeugt, nach unserer Reise zählen kann, nennen mich Joseph K.«

In diesem Augenblick stellte ein schwarzer Diener eine Flasche Champagner in einem großen Silberkühler auf den Tisch und machte sich danach daran, den Kamin anzuzünden. Gleichzeitig ging ein leichter Ruck durch den Zug, denn die Lokomotive begann ihren Anstieg zu den fernen Bergen, und David fiel ein, daß die Nacht selbst hier am Äquator kalt werden konnte.

Dann verstand er, daß man auf ihn wartete, und richtete sich auf. »Mein Name ist David Rehn«, sagte er, »ich bin Mathematiker.«

Das letzte war ein spontaner Zusatz. Er hätte sich als Sekretär der dänischen Delegation vorstellen sollen, aber hatte ihr Gastgeber nicht gesagt, daß sie alle auf dem Weg in die Nacht der Aufrichtigkeit seien? Joseph K. rieb sich denn auch zufrieden die Hände. »Ein Mathematiker«, sagte er, »wie richtig, wie … symbolisch, denn sagen Sie mir, ist die Mathematik nicht das Wahrste, was es gibt, die Disziplin, die der Idee des Universums am nächsten kommt?«

»Doch!« entfuhr es David, und errötend, aber stolz fügte er hinzu: »Ein großer Mathematiker hat einmal gesagt, als Gott Himmel und Erde schuf und Licht und Dunkel und Wasser und Erde und Oben und Unten trennte, da habe er sich als Mathematiker erwiesen, denn diese Taten setzten die Kenntnis der binären Gegensätze voraus. Wir können also auf die Frage, was im Anfang war, antworten: Im Anfang war die Mathematik.«

»Welch leuchtender Aphorismus«, sagte Joseph K. und versuchte den Champagner zu öffnen, was jedoch mißlang, und David bemerkte, daß sein rechtes Handgelenk stark geschwollen war. Da nahm ihm der Soldat die Flasche ab. Unter den großen, kundigen Händen glitt der Korken mit ganz schwachem Zischen heraus, worauf er langsam und sorgfältig, die Serviette zwischen der warmen Hand und der kalten Flasche, einschenkte, sich im Sessel zurücklehnte und mit starkem deutschen Akzent sagte: »Ich bin von Lettow-Vorbeck. General Paul von Lettow-Vorbeck.«

Selbst für David, der nicht ganz frei davon war, einen Hauch von Stolz darüber zu empfinden, daß er über den Teil der Welt, der keine Erwähnung in mathematischen Zeitschriften fand, nichts wußte, stand dieser Name, einmal ausgesprochen, mit einer Schwere im Raum, als habe sich ein Reiterstandbild materialisiert. Für Europa war General von Lettow-Vorbeck zu der Zeit das Heldenhafte schlechthin, er war ein Heros, und sein Ruf litt nicht im geringsten unter der Tatsache, daß er auf seiten des verlierenden Deutschlands gekämpft hatte. Ganz im Gegenteil, Lettow-Vorbeck hatte während des Weltkriegs in Ostafrika mit dem Mut eines Löwen, der Klugheit eines Elefanten und der Giftigkeit einer Schlange gegen eine vernichtende Übermacht für die rechtmäßigen deutschen Kolonien gekämpft. Für die Engländer und jene Inder, die man auf den afrikanischen Kontinent geholt hatte, damit sie an diesem europäischen Krieg teilnehmen konnten, war er zu einem Mythos geworden, den sie nie sahen, dessen Nähe sie aber immer spürten. An der Spitze seiner weißen Soldaten und schwarzen ›Askaris‹ hatte er eine Nadelstichtaktik entwickelt und verfeinert, einen Guerillakrieg, der die unvermeidliche Konfrontation und die unvermeidliche Niederlage vor sich herschob und ihm deshalb den gleichen Spitznamen eingetragen hatte wie dem gerissenen römischen Konsul Quintus Fabius Maximus, nämlich der »Zauderer«. Als er mit Deutschlands Niederlage auf Befehl aus Berlin bei Kasama die Waffen niedergelegt hatte, zog er heim zu einem Heldenempfang und zu militärischen und politischen Ehrenämtern, die alle von einer feinen, nie übertriebenen Märtyrerglorie umgeben waren. Man war sich stillschweigend darüber einig, daß General von Lettow-Vorbeck ohne den Befehl zur Kapitulation noch heute irgendwo am Ufer des Tanganjikasees kämpfen würde.

Nun saß dieser Recke, von dem alle gehört, den aber so wenige gesehen hatten, als gemütlich zurückgelehntes Dschungelphantom in dem breiten Ledersessel.

»Herr General«, sagte Joseph K. und kehrte in einer Geste der Ohnmacht seine Handflächen nach oben, »ich finde keine Worte, der Auserwählte des Kriegsgottes hier bei uns! Darf ich Ihnen sagen, daß ich mir – nun, da ich weiß, daß Sie es sind – erlaube zu meinen, daß ich Sie kenne, Herr General, denn ich habe natürlich Ihre *Erinnerungen aus Ostafrika* und Ihr unvergeßliches, der deutschen Jugend gewidmetes *Heia, Safari* gelesen, in dem Sie uns allesamt daran erinnern, daß wir unsere Kolonien eisern im Griff behalten und nie loslassen sollten. Herr Rehn, Sie müssen sich an meine Seite stellen, damit wir beiden, als Vertreter der siegenden und … zurückhaltenden Mächte einen Trinkspruch auf den tapferen Sohn Deutschlands und Europas, den Cunctator von Deutsch-Ostafrika ausbringen können.« Mit einer schnellen, geübten Bewegung seines nicht steifen linken Handgelenks leerte Joseph K. sein Glas und füllte es erneut.

»Herr General«, sagte er nach kurzem Nachdenken, »auch Sie sind ein Apostel der Wahrheit, auch Sie haben ja in Ihrem *Heia, Safari*, an das ich mich so ausgezeichnet erinnere, berichtet, daß gerade der Krieg Afrika dazu brachte, sein wahres Gesicht zu zeigen. ›Der menschliche Krieg‹, wie Sie ihn so schön nennen, und ich hoffe, Sie werden diese interessante Ansicht in dieser Nacht der Aufrichtigkeit erläutern, damit wir anderen sie gegen die bösen – meist bolschewistischen – Zungen verteidigen können, die in Europa gegen den Krieg wettern und behaupten, daß er immer, gleichgültig wo und wann, unmenschlich ist.«

Das sehende Auge des Generals hatte den Sprechenden unverwandt angestarrt. Jetzt zog er, ohne daß das kräftige Gesicht, das David an Konstruktionen aus schwerem Gußeisen denken ließ, seine Konzentration verloren hätte, die Klappe vor dem Auge fort und trocknete die Höhle mit einem schneeweißen Taschentuch und der gleichen bedächtigen Gründlichkeit, mit der er den Champagner geöffnet hatte.

»Der Krieg«, sagte er darauf ruhig, »hat gezeigt, daß unsere Kolonien die Möglichkeit bieten, den Boden für ein neues Deutschland zu bereiten. Er hat deutlich gemacht, daß Afrika ungeahnte Ressourcen besitzt, daß der Kontinent ein ausgezeichnetes Territorium für die künftige deutsche Expansion darstellt.«

»Richtig, ich habe an Sie«, sagte Joseph K. leutselig lächelnd, »immer als Paulus, den General des Herrn, gedacht, der auf seinen Missionsreisen das Evangelium verkündet. Haben Sie darüber nachgedacht, ob Sie es den Heiden verkünden, die zuhören, oder den Juden, die der Wahrheit den Rücken kehren werden?«

»Ich habe in meinem Leben keine Zeit gefunden, groß in der Bibel zu lesen«, sagte der General zurückhaltend.

»Daran haben Sie recht getan«, antwortete Joseph K. freundlich, »das praktische Leben sollte mit dem geistigen Hand in Hand gehen. War es nicht Ihr Kollege Cromwell, der einmal gesagt hat: ›Vertraut auf Gott, Leute, aber haltet Euer Pulver trocken‹?«

Joseph K. wandte sich an David. »Und Sie, mein junger Freund«, sagte er, »Sie sind, da wir uns nun schon bei der Symbolik der Vornamen aufhalten, natürlich der junge David, der soeben Gesalbte, der nicht weiß, daß das Leben auf ihn wartet, und der inzwischen« – hier erwog der Redner wählerisch seine Bilder – »seine mathematischen Schafe hütet.«

Jetzt war sich David sicher, daß hinter der höflichen Scherzhaftigkeit ihres Gastgebers etwas anderes und Drohendes lauerte, und er beugte sich zu ihm hin.

»Und wer sind Sie dann?« fragte er Joseph K.

»Ich«, antwortete der alte Mann, und sein Gesicht leuchtete triumphierend auf, »ich bin Joseph, ausgestoßen von seinen Brüdern unter den Menschen, in einen Brunnen gestürzt, aus dem er sich aber schon herausziehen wird. Ich bin natürlich der Traumdeuter Joseph, und niemand hat den Traum von Afrika so verstanden wie ich.«

Während er von sich sprach, verschwand die Ironie aus seiner Stimme, an ihre Stelle trat ein mächtiges Selbstgefühl, mit dem er sich erhob und in den Raum hinaustrat, wo die Lampen auf dem Tisch sein blasses Gesicht von unten her erleuchteten und seinen Schatten hinter ihm an die Wand warfen, als hätte er einen Zeugen gerufen, der sein Format bestätigen konnte.

Bis zu diesem Moment war David in jeder Beziehung freundlich gesonnen gewesen, ja, hätte man die Leute, die ihn kannten, gefragt, so hätten die allermeisten wahrscheinlich sogar gesagt, sein Wesen kenne keine anderen Stimmungen, genau mit dieser vorbehaltlosen Freundlichkeit sei alles über David Rehn gesagt.

In diesem Fall hätten diese Leute seine Sehnsucht nach der Wahrheit vergessen. Alle Suchenden müssen das Falsche vom Wahren trennen, weshalb sie mit der glatten Lüge ebenso vertraut sind wie mit der Vernunft, und als sich David nun dem alten Mann zuwandte, zitterte unter seiner höflichen Frage etwas Neugieriges, Provozierendes und zugleich Impertinentes.

»Sie können mir ja«, sagte er, »möglicherweise erklären, weshalb die Bilder von Afrika in Europa immer so unzugänglich wirken. Ich meine, die Bilder von Afrika, die uns erreichen, zeigen immer einen dunklen Waldrand, aus dem der plötzliche Tod als wildes Tier oder vergifteter Pfeil herauskommt. Mir ist der Gedanke gekommen, daß dies möglicherweise kein ausreichender Teil der Wahrheit sein kann. Von einer Theorie kann man verlangen, daß sie widerspruchsfrei, erschöpfend und so einfach wie möglich ist. Mir scheint, daß man das von dieser Waldrandtheorie nicht sagen kann.«

Jetzt verschwand das Lächeln aus Joseph K.s Gesicht, und als er antwortete, war seine Stimme gedämpft und kalt.

»Der Traum, von dem Sie hier reden, den habe ich geschaffen«, sagte er, »und er ist dunkel, weil Afrika dunkel ist.«

Mit einem einzigen Ruck zog er an einer Schnur, die hellen Gardinen glitten zur Seite, und gegen das Fenster drückte schwarz und undurchdringlich die Tropennacht.

»Dort draußen«, sagte Joseph K., »liegt Afrika, dort draußen liegt das Dunkel und wartet darauf, ... uns alle einzustampfen. Dort draußen ist der Kongo, eine mächtige zusammengerollte Schlange, den Kopf im Meer und den Körper in einer Fieberhölle, und wenn es sinnvoll ist, diese Reise der Aufrichtigkeit zu weihen, dann nicht etwa, weil es dort draußen klare Verhältnisse gäbe. Dort draußen gibt es nur das große Vergessen. Nein, in der Begegnung mit dieser Schwärze ziehen sich einige Striemen durch unsere Seele, und bei einigen von uns entquillt den Wunden die Erkenntnis unseres Wesens und das Wissen, daß die Einsamkeit in das Dasein sozusagen eingebaut ist, daß wir leben, wie wir träumen, nämlich völlig allein.«

Mit dem letzten Satz hatte er seine Stimme wieder unter Kontrolle, trotzdem aber hing nun im Salon ein überempfindliches Schweigen, wie es einer plötzlichen Blöße folgt.

Da beugte sich David unvermittelt vor und blies die Petroleumlampen aus. Der Salon wurde zuerst stockfinster. Dann trat aus dem Dunkel draußen die mondbeschienene Landschaft mit einem weißen Glitzern hervor, als läge über den Baumwipfeln ein endloser Teppich aus Schnee.

»Das Licht der Wissenschaft birgt die Gefahr«, sagte David still, »daß man glauben kann, die Welt und man selbst seien ganz erfaßt, während man in Wirklichkeit von der Lichtquelle geblendet ist und deshalb seine Umgebung dunkel und unverständlich sieht, während die eigene Nase strahlend hell erleuchtet ist. Wer Afrika in einem erleuchteten Salon bereist, wird nach seiner Rückkehr erzählen, Afrika sei ein drohender Waldrand.«

Nun saßen sie eine Weile schweigend da. In dem von draußen einfallenden Mondlicht waren die Gesichter des Generals und Joseph K.s bleich und glatt, von dem Dienstmädchen war nur das Kleid zu sehen, das Licht reichte nicht bis an das dunkle Gesicht. Da strich Joseph K. ein Streichholz an und entzündete die Lampen auf dem Tisch. Bei Licht waren seine Züge zunächst verbissen, dann entspannten sie sich.

»Sie sind ja«, sagte er, als notiere er sich mit Interesse eine freudige Überraschung, »ein ... intelligenter junger Mann. Und irgendwie sind Sie wohl auch ... der Wahrheit auf der Spur. Aber was Sie sagen, würde in den Ohren der europäischen Öffentlichkeit nicht richtig ... gut klingen. Es hat –

darin geben Sie mir wohl recht, Herr General – keine richtige ... Schlagkraft.«

»Die Schlagkraft«, sagte David mit einer nun trockenen Stimme, »interessiert mich nicht. Als Wissenschaftler, als Logiker interessiert mich nur die Wahrheit.«

Joseph K. erhob sich langsam und trat ans Fenster. Einen Augenblick blieb er stehen und blickte in die schwarze Glasfläche, in der sich der Salon, die Lampen und die Orden des Generals als blinkende Goldreflexe verdoppelten. Dann zog er die Gardinen vor und wandte sich dem Tisch zu.

»Das mit der Wahrheit«, sagte er leise, »ist ausgezeichnet, ganz ausgezeichnet. Ich interessiere mich ja auch selbst dafür. Sie hat nur einen Haken, sie wird so ... höllisch schlecht bezahlt! Ich weiß, wovon ich rede, denn ich kann Ihnen, als weiteren Beitrag zu der gemeinsamen Aufrichtigkeit, ein Geheimnis erzählen, nämlich daß ich hier nicht so sehr in meiner Eigenschaft als Journalist sitze, sondern weil ich Schriftsteller bin, sogar ein berühmter. Ich habe mich ein ganzes, langes Leben lang mit dem Unterschied zwischen Wirklichkeit und Phantasie vertraut machen können, und Ihnen, Herr Professor«, sagte er zu David gewandt, »kann ich einen Spaltbreit das Tor zu meinem Erfahrungsschatz öffnen, der besagt, daß wir, die wir uns wie der Herr Feldmarschall dort und ich davon ernähren, weitgereist zu sein, von der Wahrheit verdammt noch mal nicht leben können.«

Einen Augenblick lang rührte sich der General nicht, dann beugte er sich zu Joseph K. hin. »Sie betrachten sich also«, sagte er, »als einen Mann ohne Ehre.«

Der Schriftsteller goß den letzten Champagner in sein Glas und leerte es genießerisch. Dann lächelte er den General an.

»Selbst in meinem hohen Alter«, erwiderte er, »hört das Leben nicht auf, mich zu überraschen. Hier muß ich mich über den Stolz belehren lassen, und das von einem Menschen, der sein Lametta« – hier machte er eine Handbewegung zu der ordengeschmückten Brust seines Gegenübers – »dafür bekommen hat, daß er sich zurückgezogen hat.«

Jetzt ließ von Lettows Auge seinen Widersacher nicht mehr los. »Ich habe«, sagte er, »immer geglaubt, meinem Vaterland besser zu dienen, wenn ich auf den Knien weiterkämpfte, statt im Stehen zu sterben.«

»Und ich«, antwortete Joseph K., »ziehe es als Mensch und Schriftsteller vor, beide Beine solide auf der Erde zu haben, statt mit dem Arsch auf Grundeis zu gehen. Als alter Seemann kann ich Ihnen ein paar Sachen darüber erzählen, wie süß es ist, wenn man weiß, daß man nicht tiefer sinken kann. Ich habe«, sagte er und warf gereizt den Körper im Sessel zurück, »ich habe, kann ich Ihnen erzählen, meine Herren, einmal ein Buch über eine Reise geschrieben, die ich genau auf dieser Strecke unternommen habe, die wir heute fahren, und in dieses Buch hatte ich meine ganze Seele gelegt. Es war ein vollgültiger Ausdruck meiner selbst und enthielt deshalb natürlich Lüge und Wahrheit. Für die Wahrheit drohte mich das Publikum am Spieß zu braten, und für die Lüge wollte es mich vergolden. Seither habe ich immer sorgfältigst betont, daß meine Bücher Romane sind. Dann kann ich die Wahrheit immer leugnen und sagen, sie sei erdichtet, und von der Lüge behaupten, sie ruhe solide auf einem Fundament aus Wirklichkeit. Ich stehe also aufrecht auf dem Grund, ich sinke nicht so tief, Herr General, daß ich meine Lügen *Erinnerungen* und *Heia, Safari* nenne.«

Selbst jetzt, als der General den alten Mann am Revers packte, ihn aus dem Sessel hob und zu sich hinzog, blieb sein Gesicht ausdruckslos und seine Stimme leise. »Welche Lügen?« fragte er.

Ohne das geringste Anzeichen von Furcht stützte sich Joseph K. auf den Tisch, um in dem eisernen Griff, in dem er hing, Luft zu kriegen. »Das eigentliche Fundament Ihrer ... Schriften, Herr Oberfeldmarschall, ist ja nicht die bescheidene und ... deutsch gründliche Darstellung, wie Sie kraft Ihres Glaubens Reiche besiegt, Gerechtigkeit geübt, dem Löwen den Rachen gestopft, die Macht des Feuers gebrochen haben und der Spitze des Schwertes entflohen und zum

Kriegshelden geworden sind. Nein, die wichtigste Behauptung ist ja die, daß die Nigger uns lieben, daß sie sich stolz und froh und lustig trällernd mit uns und ihrer eigenen Rasse geschlagen haben und wie die Fliegen gestorben sind, um unseren und vor allem Deutschlands glorreichen Weltkrieg auszufechten, wo es doch in Wahrheit so war, daß sie vor einem deutschen Bajonett in den Krieg spazierten, den Kopf in einer Wolke aus Versprechungen und religiös vernebeltem Geschwafel. In der Geschichte von dem freiwilligen Kolonialkrieg der enthusiastischen Schwarzen haben Sie, Herr General, sich als größerer Lügner entlarvt als irgendein anderer von uns.«

Einen Moment lang fürchtete David, von Lettow-Vorbeck würde dem Alten das Genick brechen, denn nun spürte er hinter der äußerlichen Selbstbeherrschung des Soldaten eine blinde Wut. Doch der General starrte Joseph K. nur ins Gesicht. Dann ließ er den alten Mann los und ließ ihn in den Sessel zurückfallen.

»Eine militärische Maske«, sagte von Lettow-Vorbeck, und jetzt vernahm David in seiner Stimme einen neuen Klang, einen Klang uralter Müdigkeit, »kann zuweilen notwendig sein, wenn man zu einer tieferen politischen Wahrheit vorstoßen will.«

»Und Ihre Uniform«, fuhr Joseph K. triumphierend fort, »dieser imponierende ... Christbaumschmuck, Herr General, hier unter Nationen, die Deutschland den letzten Tritt versetzt haben, unter Nationen, die eine deutsche Uniform nur hinter Gittern dulden, ist die auch eine Art Maske? Ich finde, Sie sind unserem jungen Freund, unserem ... mathematischen Bählamm eine Art Erklärung dafür schuldig.«

Zuerst schien es, als würde von Lettow-Vorbeck nie antworten, als habe er sich voll Überdruß aus der Gesellschaft in einen inneren Schützengraben zurückgezogen. Dann sagte er langsam, als läse er aus einer vorbereiteten Verteidigungsrede: »Mehrere deutsche Banken haben ihre Interessen an dieser Eisenbahn. Und von belgischer Seite hat man mich um meine

Anwesenheit ersucht. Man hat mir diplomatische Immunität verliehen, und die Uniform trage ich, weil ich dazu aufgefordert wurde. Somit sind alle Formalitäten eingehalten.«

Joseph K. blickte nahezu begeistert vor sich hin. »Phantastisch«, sagte er, »clever, selbstverständlich, um die Aktionäre zu beruhigen. Die besänftigende Anwesenheit des alten Löwen. Was macht es schon, daß er keine Soldaten, keine Machtbefugnisse, keine Zähne hat, wenn er nur da ist und brüllt und an all die abgeschlachteten Massai in Mara, die abgemurksten Gelben in China erinnern kann – Sie sind doch auch in China gewesen, nicht wahr, Herr General? –, an die Somali bei Daressalam, an all die Leichen in beruhigenden Farben. Auf die Aufrichtigkeit, meine Herren! Diener, mehr Champagner!«

Eine neue Flasche wurde hereingebracht, augenblicklich und lautlos, wie man es erwarten durfte. Nur David bemerkte, daß der Diener, der sie brachte, nicht derselbe war wie zuvor, daß er eine Uniform trug, die ihm viel, viel zu klein war, und daß er den Hals der Flasche nach unten hielt.

Der General öffnete den Champagner und schenkte ein. In dem Schweigen, das jetzt entstand, sah David das Mädchen an. Ihre Blicke begegneten sich, und er wußte, daß das Mädchen sie die ganze Zeit über betrachtet hatte. Ihn überkam das sonderbare Gefühl, daß sie, die nichts verstand, alles, was im Raum gesagt und getan worden war, in sich aufgesogen hatte und er in Wirklichkeit alles an sie gerichtet gesagt oder dabei zumindest an sie gedacht hatte, und zum erstenmal in seinem Leben fiel David ein, daß er möglicherweise immer, auch wenn er zu anderen Männern oder in einem Hörsaal oder zu sich selbst oder in den leeren Raum hinein gesprochen hatte, mit einem Zipfel seines Bewußtseins eine unsichtbare Frau im Sinn gehabt hatte.

Die Stimmung im Wagen war feindselig, und dennoch herrschte in dieser Feindseligkeit ein eigentümliches Gefühl geteilter Bedingungen, als hätten diese drei Männer, auch über diese Reise hinaus, irgend etwas, noch Verborgenes, gemeinsam. Joseph K., der Schriftsteller, war es, der Worte für diese Vertrautheit fand.

»Wir sind«, sagte er, »jetzt auf dem Weg, der Aufforderung Seiner Majestät nachzukommen, indem wir einen neuen und geklärten Zustand erreicht und damit bestätigt haben, was ich selbst schon vor einem Menschenalter ausgedrückt habe, daß nämlich diese Fahrt in das Herz der Finsternis auch eine Reise zum Licht sein kann. Jetzt ist nämlich offenbart worden, daß ich selbst kein unbekannter Journalist und glühender Anhänger der Wahrheit bin, sondern ein berühmter Schriftsteller und Spezialist für das ... Redigierte. Und es hat sich gezeigt, daß von Lettow-Vorbeck kein unüberwindlicher Teutone ist, sondern ein Kriegsgefangener mit diplomatischer Immunität, eine Art militärische Zuckerpille für die Aktionäre. Und es hat sich gezeigt, daß unser junger David kein weißes Blatt Papier ist mit einigen algebraischen Schnörkeln in der oberen Ecke, sondern ein suchender junger Krieger, der den Goliath der Unwahrhaftigkeit nicht fürchtet, wenn er ihm begegnet.«

»Ich habe«, sagte der General, so als sei auch er einen Augenblick lang freundlicher gestimmt, »eine Bekannte, die behauptet, die Wahrheit über einen Menschen erfahre man aus seiner Maske. Damit meint sie«, fuhr er erklärend fort – und David sah ihn plötzlich vor sich, wie er vor einer Schlacht kurz und instruktiv seine Taktik darlegte –, »daß der Mensch durch die Wahl seiner Maske die Wahrheit über seine Strategie verrät.«

»Diese Bekannte«, sagte Joseph K., »sollte ein Buch schreiben; denn sie hat mehr recht, als sie selbst ahnt. Die Maske ist nämlich die äußerste Wahrheit. Nicht, weil sie etwas von dem verrät, was dahintersteckt, sondern eben weil nichts dahinter ist. Das gilt für das gesamte Dasein. Das gilt auch für Sie und mich. Und das gilt selbstverständlich auch für die Literatur. Ich habe«, sagte er – und hier kam David mit intuitiver Plötzlichkeit, wie zuweilen die Lösung eines mathematischen Problems, der Gedanke, daß die tiefgründigste Wahrheit über ihren Gastgeber, der doch erzählt hatte, er ernähre sich als Illusionist, möglicherweise darin bestand, daß er keine Illusionen hatte –, »ich habe das selbst klar und präzise ausgedrückt, indem ich geschrieben habe, daß der Sinn einer Erzählung nie in der Erzählung steckt, sondern sozusagen immer außen, in ihrer Form. So ist die tiefste Wahrheit dieser Reise der Zug, die dreitausend Kilometer Gleise. Ihre tiefste Wahrheit, Herr General, sind Ihre Orden, und die tiefste Wahrheit unseres jungen David ist seine offenkundige Naivität.«

»Und Ihre, Herr Joseph K.«, fragte David. »Was ist Ihre tiefste Wahrheit?«

»Meine tiefste Wahrheit ist ... mein Gesicht«, antwortete der alte Mann. »Heutzutage muß sich ein Künstler auch durch sein persönliches Auftreten feilbieten, und es erscheint mir wie ein boshafter Streich des Schicksals, aber doch ein treffendes Symbol meines Daseins, daß ich jetzt, wo es mich siebenundsechzig Jahre harte Arbeit, unfaßbare Ärgernisse und ... artistische Trinkerei gekostet hat, dieses Gesicht zu modellieren, diese ... interesseweckende und werbefähige Physiognomie, die auf dem Theater des Daseins bis in die letzten Reihen reicht, daß ich jetzt« – hier senkte sich seine Stimme zu einem Fauchen –, »zu senil geworden bin, um mich an meine Repliken zu erinnern.«

»Es wundert mich«, sagte David nachdenklich, »daß die Wahrheit, wenn sie außen sitzt, nur dadurch an den Tag kommt, daß man einander beleidigt oder einen Weltkrieg führt oder dreitausend Kilometer Eisenbahn baut. Ich meine, wenn sie außen sitzt, sollte sie unmittelbar zu beobachten sein.

Und es wundert mich auch, daß wir – oder jedenfalls Sie, meine Herren – heute nacht gleichsam mehrere Masken übereinander getragen haben, während Afrika, das nach meinem Gefühl durch Ihr Dienstmädchen vertreten ist, kein Wort sagt und dennoch bleibt, wofür es sich die ganze Zeit über ausgegeben hat. Ich fange an zu glauben«, sagte David und spürte, daß er eigentümlich ergriffen und seine Stimme belegt war, »daß dieser Kontinent, im Gegensatz zu Europa, nichts zu verbergen hat.«

Da erhob sich von Lettow-Vorbeck. »Meine Herren«, sagte er, »ich bedaure, aber ich habe das Gefühl, in die falsche Gesellschaft geraten zu sein. Ich habe in meinem Leben zu viel gesehen und erlebt, um meine Zeit mit Pazifisten und ehrlosen Männern zu verschwenden. Ich werde meinen Aufenthaltsort verlegen. Ich sehe, daß ich den Mannschaftswagen nie hätte verlassen sollen.« Der General schlug die Hacken zusammen, verbeugte sich leicht, erst vor Joseph K. und dann vor David.

In diesem Augenblick rührte sich das Mädchen in der Ecke zum erstenmal. Sie richtete sich auf, streckte die Füße von sich, und dann sagte sie: »Dieser Weg ist versperrt, General.«

Beim Klang des dunklen, fehlerlosen Englisch erstarrten die drei Männer zu völliger Regungslosigkeit. Für zwei von ihnen hatte es im Salon bis jetzt keine vierte Person gegeben, die Negerin war wie der Kamin oder die Gardinen oder die Gemälde oder vielleicht eher wie draußen das Dunkel gewesen. Jetzt materialisierte sie sich im Raum, und kein Geist aus dem dunklen Waldrand hätte überraschender kommen können.

»Die Türen«, sagte sie, »wurden verschlossen. Der Verbindungssteg zum nächsten Wagen ist auch weg.« Als David einen Blick über die Schulter warf, fügte sie nachdenklich hinzu: »Die Diener sind ausgestiegen.«

Der General hatte das Mädchen, während sie sprach, konzentriert angestarrt. Auch jetzt sah er sie an, während er, als habe er kein Wort von dem Gesagten gehört, in die Luft hinein sagte: »Sie spricht englisch.«

Joseph K. schüttelte langsam den Kopf, als wolle er etwas bestreiten oder als sei da etwas, was er nicht verstand.

Da richtete der General seine Autorität wie einen Scheinwerfer auf das Mädchen.

»Steh auf«, sagte er zu ihr. Ohne daß er seine Stimme angehoben hatte, war sie nun voller Gefährlichkeit, »steh auf, wenn ein weißer Mann zu dir spricht. Wer bist du?« Jetzt sah das Mädchen nur den General an, dann lehnte sie sich mit einer Geste der Gemächlichkeit und des grenzenlosen Selbstbewußtseins langsam auf dem Stuhl zurück.

»Ich bin Lueni aus Uganda«, sagte sie.

David war in diesem Augenblick froh, daß er saß, denn ein plötzlicher Schwindel brachte den Raum langsam zum Drehen, während er noch einmal seine Vision vom Vortag, eine ausgestreckte Leiche, vor sich sah und die Erinnerungen an die Schreckensberichte über diesen Namen auf ihn einstürmten, die er im Laufe seines Monats im Kongo gehört hatte.

»Lueni«, sagte von Lettow-Vorbeck, »muß ein Mann sein.«

»Lueni«, sagte das Mädchen, »das bin ich.«

Die drei Männer sahen sich nicht an, aber das war auch nicht nötig. Von dem Mädchen auf dem Stuhl in der Ecke ging eine Autorität aus, die über jeden Zweifel erhaben war und jede Frage überflüssig machte.

Da bewegte sich von Lettow-Vorbeck, und wie die großen Katzen griff er lautlos an. In einer langen, geschmeidigen Bewegung näherte er sich der Afrikanerin. Er hatte seine Hände erhoben, sie waren gespannt und weiß, und in diesem Bruchteil einer Sekunde erkannte David hinter dem Alter und den militärischen Ehrenzeichen blitzartig die überrumpelnde Schnelligkeit der preußischen Kampfmaschine.

Doch das Mädchen war schneller. Sie änderte ihre Stellung nicht, aber im Raum war ein blanker Reflex, und in ihren ausgestreckten Händen richtete sich ein stumpfer Revolver auf den Nasenrücken des Generals.

»Auch der hier«, sagte sie, »hat nur ein Auge – aber einen scharfen Blick.«

Von Lettow-Vorbeck hatte die Afrikaner nie verstanden, den Tod aber konnte er mit Sicherheit identifizieren. Nun ging er, ohne sie aus dem Auge zu lassen, rückwärts und ließ sich in den Sessel fallen, und in dieser Bewegung lag seine ganze persönliche Furchtlosigkeit und seine Fähigkeit, die Niederlage hinauszuschieben.

»Wir brauchen nicht so lange zu warten«, sagte das Mädchen. »In Kürze sind wir auf dem Gipfel und beginnen den Abstieg. Dort führt das Gleis über eine hohe Brücke über einem tiefen, schmalen Tal. Ihr sucht ja nach der Wahrheit. Die könnt ihr an dieser Brücke finden, jedenfalls die Wahrheit des nächsten Lebens, denn wir haben den größten Teil der Brückenversteifung weggenommen.«

Einen Augenblick lang versuchte David, sich die vor ihnen liegende Brücke vorzustellen, die gelösten Bolzen, den langsam um die eigene Achse kreisenden Sturz und den Aufprall. Dann blickte er seinen Mitreisenden ins Gesicht und sah viele verschiedene Gefühle: Erstaunen, Zorn, Entschlossenheit und Ironie, aber keine Furcht. Was immer sie empfinden mögen, dachte er, Angst haben sie überhaupt nicht, und im selben Moment verspürte er selbst einen merkwürdigen, widernatürlichen Trost und eine neue Wärme, als sei das Kaminfeuer erneut aufgeflackert. Ruhig und wohlüberlegt füllte von Lettow-Vorbeck die drei Gläser auf dem Tisch. Joseph K. zog aus seiner Westentasche einen Kneifer, putzte ihn und setzte ihn auf. Das Mädchen senkte den Revolver und ließ ihn auf ihrem Schoß ruhen.

»Auf das Glück«, sagte Joseph K., »das Glück, das uns noch nicht im Stich gelassen hat«, und sie hoben ernst das Glas. »*Fortuna*«, sagte Joseph K. und nahm damit seine Rolle als Gastgeber wieder auf, »*morituri te salutant.*« Sie sahen sich mit einem neuen Ernst an, der in unerklärlicher Weise auch die Afrikanerin und ihren Revolver einschloß, und mit einemmal begriff David, woher dieses Gemeinschaftsgefühl kam. »Das ist«, so dachte er, »die Intimität der Todgeweihten, das ist die wahnwitzige bürgerliche Höflichkeit, die so groß ist, daß sie auch die Henkerin und ihre Opfer einschließt und dauern wird, bis daß der Tod sie scheidet. Diese drei wahnsinnigen Menschen sind außerdem mit dem Tod so vertraut, daß sie sich jetzt, wo er sich als fünfter, blinder Passagier zu erkennen gegeben hat, geradezu in guter Gesellschaft fühlen«, und nur mit Mühe unterdrückte er das Bedürfnis zu schreien.

Jetzt musterte Joseph K. ihn durch den Kneifer, beugte sich vor und sagte freundlich: »Ich glaube, mein Junge, Sie haben die Möglichkeit, noch einen weiteren Schritt über die Schattenlinie zu tun, die die Jugend vom wirklichen Leben trennt. Ich meine, jetzt wird Ihnen vielleicht deutlich, worauf ich hinauswill, wenn ich davon rede, daß man auf dem Grund steht und weiß, daß man nicht tiefer sinken kann.«

»Sinken vielleicht nicht«, sagte der General zornig, »aber doch zweihundert Fuß fallen.«

»Wenn mein ehemaliges Housegirl von dem Tal spricht, an das ich denke«, sagte Joseph K. freundlich, »dann handelt es sich eher um siebenhundert Fuß.«

»Die sind«, dachte David, »völlig wahnsinnig«, doch seine wissenschaftliche Schulung verpflichtete ihn dennoch zu einer korrigierenden Anmerkung. »Die fünfhundert Fuß Differenz machen keinen Unterschied, meine Herren«, sagte er, »zweihundert Fuß reichen aus, der fallende Zug kann dabei fast die maximale Fallgeschwindigkeit erreichen.«

Einen Augenblick war es still, und in diesem Moment empfand David, die minimale Fortsetzung seines jungen Lebens sei das dem Zug noch verbleibende kurze, kalte Stück Eisenbahngleis.

Da hob Joseph K. die Arme, als rufe er eine große Versammlung zur Ordnung. »Meine Herren, die Ereignisse der letzten Minuten haben mich einen Augenblick lang meine Konduite verlieren lassen. Aber jetzt fühle ich mich restituiert, und indem ich Sie daran erinnere, daß es jetzt mit der Aufrichtigkeit mehr als je zuvor eilt, da wir« – er zog eine goldene Uhr aus der Westentasche –, »da wir, wenn ich denn an das richtige Tal denke, bis zum … Augenblick der Wahrheit kaum mehr als eine Dreiviertelstunde haben, möchte ich Sie, Herr David, da wir von Ihnen nur wissen, daß Sie ein glattes Gesicht und einen … schnell geweckten Gerechtigkeitssinn haben, bitten zu erzählen, wer Sie sind.«

Ungläubig sah David seine Mitreisenden an, aber es war deutlich, daß ihre Ruhe nicht gespielt, sondern aufrichtig war.

Da schüttelte er den Kopf. »Ich fürchte«, sagte er, »daß ich nicht konsistent denken kann, weil ich weiß, was uns erwartet. Ich meine, wir sollten die Zeit dazu benutzen, einen Ausweg zu finden, beispielsweise abzuspringen.« Er sah den General herausfordernd an.

Doch von Lettow-Vorbeck wandte verächtlich den Kopf ab. »Erstens könnten wir«, sagte er, »einen Sprung in diesem Gelände und bei dieser Geschwindigkeit nicht überleben. Zweitens hätte Herrn Korzeniowskis Negerin uns wie Hunde abgeknallt, bevor wir auch nur ein Fenster aufgekriegt hätten, und drittens würde ich mich nicht der Demütigung aussetzen, vor einer Mohrin flüchten zu wollen.«

»Hören Sie auf die Sachkenntnis«, sagte Joseph K. freundlich, »und lassen Sie uns die letzte Zeit dazu nutzen, wirklich auf ... den Knien zu leben. Sehen Sie den General und mich an, Herr David, vielleicht können Sie daraus etwas Stärke gewinnen.«

David blickte den Sprechenden an und sah mit tiefer Verzweiflung, daß der Schriftsteller etwas Manisches hatte, wie ein Mensch, der sein ganzes Leben hindurch gedemütigt worden ist, nun aber alle Rücksichten über Bord geworfen hat und in den Tiefen seines Gemüts zu einer befreienden Unverschämtheit vorgestoßen ist.

»Der General«, sagte Joseph K. heiter, »hat sein ganzes Leben am Tor zur Hölle gelebt, und mit meinem Alter und meiner Gesundheit habe ich jeden neuen Tag, an dem ich aufwachte und mich lebendig fand, mit Überraschung aufgenommen. Denken Sie an den General und an mich, junger Freund, oder an etwas ebenso Unvergängliches. Die Mathematik zum Beispiel.«

David blickte hoffnungslos vor sich hin. »Tatsächlich«, sagte er, »habe ich, immer wenn ich in meinem Leben wirklich Angst hatte, einen besonders schönen mathematischen Beweis durchgelesen, und das hat mich in der Regel getröstet. Es sah für mich so aus, als läge die Essenz des Daseins in der Logik, ja, als würde man, wenn man nach einem dem Universum zugrunde liegenden Schöpferplan suchte, ihn eher in der Arithmetik als in der Bibel finden.«

Er spürte, wie seine Mitreisenden ihn interessiert betrachteten, und unter dem Druck des Bewußtseins, daß sein Leben nur noch nach Minuten zählte, hörte er seine sich verhaspelnde Stimme weiterreden. »Trotzdem bin ich hier, weil ich die Mathematik aufgegeben habe«, sagte er. »Ich habe sie aufgegeben, weil ich einen Traum hatte. Ich habe darüber nachgedacht, was Sie gesagt haben, Herr Joseph K., daß wir allein leben und träumen, und ich glaube, daß das falsch ist. Verstehen Sie, den Traum, den ich hatte, den teilte ich mit einer ganzen Welt. Es war der Traum von der großen Einfachheit. Irgendwie habe ich das Gefühl, daß es verkehrt ist, Ihnen jetzt davon zu erzählen, aber ich will es dennoch tun. Wir träumten, die Welt sei vollständig zusammenhängend und einfach. Wenn wir hofften, daß es so sein möge, hatte das etwas damit zu tun, daß« – David suchte nach den Worten – »die Mathematik allmählich dem Schiefen Turm von Pisa glich. Eine enorme Konstruktion, die sich langsam neigt, und man weiß nicht, was man tun soll. Aber man hofft ja.«

Er blickte unglücklich vor sich hin. »Es ist ja nicht nur die Mathematik, es ist auch die Naturwissenschaft. Namen wie Boole, Hilbert, Maxwell und Planck, Namen, die Ihnen nichts sagen, aber sie haben allesamt an der Konstruktion weitergebaut. Sie wächst empor und neigt sich immer mehr. Vielleicht ist es auch nicht nur die Wissenschaft, sondern die ganze Welt. Denken Sie nur an den Krieg. Vielleicht ist also der Turm von Pisa kein gutes Bild, das Ganze ist eher wie Venedig, das Ganze sinkt. Und da erschaffen wir einen Traum, den Traum, in die Verwirrung einen Zusammenhang zu bringen, eine zusammenhängende Theorie, damit wir die Talfahrt in den Morast aufhalten können. Niemand wagt es wohl geradeheraus zu sagen, aber wir wissen es allesamt: Es ist ein Wunsch wie der Turm von Babel. Der Wunsch, Gott zu erreichen.«

David wiegte sich verzweifelt hin und her, vor den Mitreisenden löste sich die Glätte seines Gesichts auf, sie sahen einen

Menschen vor sich, der die kenternde Bewegung seiner Kultur in sich aufgenommen hatte und nun in seiner eigenen Verzweiflung die sinkende Bewegung nachzuvollziehen schien.

»Wir haben geglaubt«, fuhr er fort, »die Neurologen und Psychiater würden zeigen, daß auch die Seele des Menschen Biologie ist. Die Biologen und Physiker sollten diese Biologie auf Chemie und Physik reduzieren, und die Mathematik sollte die Chemie und die Physik auf die Arithmetik vereinfachen. Diese Mathematik wiederum wollten wir dann selbst auf ein logisches Kalkül reduzieren.

»Der Mensch«, sagte David, und in seiner Stimme schwang einen Augenblick lang das unerschütterliche Selbstvertrauen der europäischen Naturwissenschaft, »sollte sich erschöpfend aus wenigen Zeichen und deren Kombinationsregeln erklären lassen.«

Jetzt beugte sich Joseph K. über den Tisch, und zum erstenmal in dieser Nacht hatte der alte Mann sich selbst vergessen. »Genau das«, sagte er schwärmerisch, »genau das habe ich immer gewußt. Das ist es, was ich in meinen Büchern vorhergesagt habe. Und es wird in Erfüllung gehen. Dem visionären Dichter ist das klar. Der Mensch hat etwas ... Vorhersehbares. Wenn man seinen Hintergrund aufdeckt, seine ... dunklen Triebe, wenn man seine innere Schattenlandschaft kartiert, dann tritt alles zuletzt so unendlich einfach zutage.«

Er erhob sich mit einem Ruck, wie von einer heftigen inneren Bewegung aus dem Sessel getrieben, und begann im Raum hin und her zu hinken. »Als Junge habe ich mir Landkarten angeschaut, ich war ... von Landkarten besessen, am meisten jedoch von den weißen Gebieten. Das sind die Orte, die man nicht kennt, das sind die dunklen Stellen im Universum, von denen eine ... animalische Anziehung ausstrahlt. Deshalb ging ich zur See. Ich mußte dorthin. Man reist und reist, in Asien, in Südamerika, den Kongo hinauf, und es ist ... es ist ... eine Reise in das eigene Innere, es ist eine gigantische Kartierung, man ist ein ... psychischer Landvermesser. Es taucht eine Landschaft auf, erschreckend und dunkel, es braucht, es braucht ... schon Mumm, sie zu betreten, und man versteht etwas, irgend etwas. Und es kommt ein Tag, an dem man alles gesehen hat, an dem man im Universum an eine Mauer stößt, weiter kommt man nicht, es gibt nichts Neues, die Karte hat keine leeren Flecken mehr. Aber noch immer ist da etwas, was man nicht versteht, im Inneren des Menschen gibt es immer noch weiße Flecken, und man ...« Hier blieb er stecken und starrte mit tränenden Augen, die nichts sahen, durch den Kneifer vor sich hin. »Hier muß dann«, sagte er, als er seine Stimme wieder unter Kontrolle hatte, »die Wissenschaft einspringen. Wenn wir Künstler und Entdeckungsreisenden dem Publikum gezeigt haben, was es zu sehen gibt, dann muß die Wissenschaft beweisen, daß die letzten weißen Flecken, die Schuld und die Religion und die Moral und ... die Liebe, ein – wie hieß das noch gleich ...?«

»Logisches Kalkül«, sagte David.

»Richtig, ja, ein logisches Kalkül sind –, daß wir alle, Sie, Herr General, und ich und dieser junge Mann, in Wirklichkeit eins sind.«

»Ich verspüre«, sagte der General, seine Stimme war eiskalt, und einen Moment lang hatte er das Mädchen vergessen, als sei diese Frage wichtiger als die Frage von Leben und Tod, »keine Verwandtschaft mit Ihnen, sei sie nun chemischer oder anderer Art. Ich habe heute nacht begriffen, daß Sie ein von rassenfremder Unverschämtheit getriebener ehrloser Zivilist und Feigling sind!«

Einen Augenblick lang stand Joseph K. verblüfft blinzelnd vor der ersten verbalen Breitseite dieses selbstbeherrschten Soldaten. Dann zog ein überaus entgegenkommendes Lächeln seinen Schnurrbart zitternd nach oben. »Oh«, sagte er, »Sie machen mich neugierig. Von welchen edlen und komplizierten Motiven wird denn dann der Sohn des Vaterlandes getrieben?«

»Bis zu meinem Tod«, sagte der General, und seine Antwort kam ohne Zögern, »werde ich in allem, was ich tue, dem germanischen Brudergeist dienen, wie ihn unser großer Goethe zum Ausdruck gebracht hat, wenn er sagt:

Nimmer sich beugen,
Kräftig sich zeigen,
Rufet die Arme
Der Götter herbei.«

»Was die Zeit bis zu Ihrem Tod betrifft«, sagte Joseph K. nachdenklich, »dürfte die ja wohl abzusehen sein. Was Goethe angeht, so haben Sie mich mit Ihren literarischen Kenntnissen nochmals überrascht. Was jedoch Ihre und meine Gemeinschaft angeht, Herr General, so führt daran kein Weg vorbei.« Hier stützte er sich auf dem Tisch ab und beugte sich zu dem Gesicht des Soldaten hinunter. »In ein paar Jahren hat uns unser kleiner Freund hier in einem ... logischen Kalkül erfaßt. In ein paar Jahren wird eine junge Ordonnanz die Hacken zusammenschlagen und in einem schmutzigen preußischen Militärlager einige Bogen Papier mit ein paar Zeichen und deren Kombinationsregeln über die Schranke reichen und sagen: ›Das ist – in allen Einzelheiten – General Paul von Lettow-Vorbeck!‹«

»Ich meine mich zu entsinnen«, sagte der General ruhig, »daß Sie zuvor gesagt haben, Sie hätten Ihr ganzes Wesen in einem Buch über eine Reise ins innerste Afrika konzentriert. Da das nun einmal so ist, geschieht es also täglich, daß in englischen Buchhandlungen einige Bogen Papier mit ein paar Zeichen und deren Kombinationsregeln über den Ladentisch gereicht werden, von denen es heißt: ›Das ist – in allen Einzelheiten – der große Schriftsteller Joseph K.‹«

Zum erstenmal auf der Reise schien der alte Mann sprachlos zu sein. In der Pause, die dadurch entstand, räusperte sich David.

»Leider«, sagte er, »läßt sich das wohl kaum machen.« Er merkte, daß alle ihn ansahen, er sah seinerseits in die Runde, sein Blick begegnete dem des Mädchens und blieb dort hängen.

»In Wien«, fuhr er langsam fort, »bin ich einem Menschen begegnet, der sehr klar sieht. Er arbeitet an einem mathematischen Beweis. Durch ihn meinte ich meinen Traum zertrümmert zu sehen. Er ist natürlich nicht der einzige. Wie ich schon sagte, an gewissen Anzeichen ließ sich bereits erkennen, worauf das Ganze hinauslaufen würde. Aber er zeigte mir Venedig, er zeigte mir, daß der Fehler bereits im Fundament steckt. Er hat gezeigt, nein, er wird zeigen, daß es, wenn man es mit Zusammengesetztem zu tun hat, und wir Menschen sind ja zusammengesetzt« – hier spürte er, daß er, den Blick des Mädchens noch immer in dem seinen, errötete –, »daß es im Zusammengesetzten Größen gibt, die sich nicht aus den Voraussetzungen ableiten lassen. Das bedeutet vielleicht, auch wenn wir den Ausgangspunkt dieser Reise in allen Einzelheiten gekannt hätten, so hätten wir uns dennoch nicht gegen das Unvorhersehbare wappnen können.

Der Beweis deutet auch darauf hin«, fuhr er fort, »daß wir, selbst wenn wir uns unseren Ausgangspunkt ganz klar gemacht haben, nicht sicher sein können, daß später Widersprüche zu vermeiden sind. Das Leben ist ja«, sagte er und mußte den Blick senken, »voller widerstreitender Gefühle.«

Dann hob er wieder den Kopf. »Schließlich wird man nachweisen«, sagte er, »daß es – im Gegensatz zu unserer Überzeugung – nie möglich sein wird, die Form einer logischen Beweisführung im voraus zu bestimmen. Jedenfalls nicht in der Mathematik und vielleicht auch sonst nirgendwo im Dasein. Wir können« – hier begann er nach Worten zu suchen – »in der Mathematik die ... Erfindungsgabe und ... das Gefühl nicht entbehren.«

Einen Augenblick lang saß er schweigend da. »Bis heute nacht«, sagte er dann, »fand ich es schrecklich, daß es im Dasein nichts, aber auch gar nichts gibt, das nicht von Anfang an mit Unsicherheit behaftet ist. Aber nun glaube ich, jetzt glaube ich, daß es vielleicht doch nicht so viel ausmacht, daß man vielleicht trotzdem arbeiten könnte. Und jetzt ist es zu spät ...«

Joseph K. schenkte mit Mühe und beiden Händen die Gläser voll, als wolle er auf das, was zu spät war, anstoßen.

»Es ist aber trotzdem sonderbar«, sagte David langsam, »daß in dieser Nacht wir Europäer auf Abwegen sind. Wir alle haben unsere Heimat verlassen. Sie, Herr Joseph K., sind weg von Ihrer Schriftstellertätigkeit, der General von seinen Soldaten und ich von der Mathematik. Wir sind sozusagen auf dem falschen Gleis. Sie dagegen, Fräulein, Sie« – David suchte nach einer vernünftigen Formulierung – »sind gleichsam an Ihrem Platz.«

»Dummkopf«, sagte das Mädchen fast freundlich, »ich bin viertausend Kilometer von zu Hause weg.«

»Aber vielleicht gerade nur im Augenblick«, schlug David vor.

»Ich habe meine Ausbildung in England erhalten«, sagte das Mädchen. »In meinem Stamm haben wir ein Sprichwort, das heißt so: Wer wie ein *otoyo*, eine Hyäne, träumen will, muß Leichen fressen lernen.« David sah sie verständnislos an. Sie beugte sich vor. »Die europäischen Sprachen«, sagte sie, »sind gut für große Zahlen. Im Englischen beispielsweise kann man die siebentausend Sklaven, die diese Eisenbahn gebaut haben, leicht zählen.«

»Die Sklaverei«, sagte von Lettow-Vorbeck, »ist aufgehoben.«

Das Mädchen betrachtete ihn nachdenklich. »Wir haben ein Sprichwort, das heißt: *Omuga*, das Nashorn, läuft schneller, als es denkt. Deshalb kann man in der Savanne kleinen Windstößen begegnen, das sind die kleinen Gedanken, denen das große Tier davongelaufen ist. Für den Eisenbahnbau haben die belgischen Truppen viertausend Afrikaner von der Goldküste und aus Angola geholt. Einige kamen wegen eines ganz winzigen Lohns. Doch die meisten kamen, weil man zu einem Gewehrlauf nur schwer nein sagen kann. Sie arbeiteten unter bewaffneter Aufsicht, unter der Peitsche und mit einem schmiedeeisernen Ring um den Hals, damit man sie erkennen konnte, wenn sie flüchteten. Wir müssen die Zahlen noch vervollständigen: Die letzten dreitausend waren Strafgefangene aus Europa, meist aus Portugal. Von den siebentausend Arbeitern starben fünftausend an Mißhandlung, Schwarzwasserfieber, Schlafkrankheit und Überanstrengung. In meinem Stamm sagen wir, daß die Eisenbahnen durch Afrika nicht auf Schienen fahren. Sie fahren auf den Knochen der Afrikaner. Haben Sie dafür ein anderes Wort als Sklaverei, Herr General?«

In diesem Augenblick ging ein Ruck durch den Zug, mit kreischenden Bremsen legte sich die Lokomotive in eine scharfe Kurve. Da richtete sich das Mädchen auf. »Es ist soweit«, sagte sie, erhob sich und ging, ohne sie eines Blickes zu würdigen, durch den Wagen und zur Tür hinaus. Mit einem Gefühl leichter Übelkeit sackte David zusammen. Das Mädchen war das Kraftzentrum gewesen, das sie alle bis zum Zittern gespannt und aufmerksam gehalten hatte; sobald sie verschwunden war, sackten sie in sich zusammen.

Danach verlagerte sich der Schwerpunkt des Raumes, denn Joseph K. zog aus seiner Jackentasche eine flache, matte Pistole. »Meine Herren«, sagte er, »in fünf Minuten bremst der Zug in der äußerst scharfen dritten Kurve. Dort springen wir ab.«

David verfolgte, wie das Gesicht des Generals beim Anblick der Waffe zu einer Maske mißtrauischer Ungläubigkeit erstarrte, die zeigte, daß er in dieser Nacht die Grenze seiner Auffassungsgabe erreicht hatte und von jetzt an allem mit dem tiefsten Mißtrauen begegnen würde.

»Ich habe, Herr General«, sagte Joseph K. freundlich, »noch eine Maske: die des Geschäftsmannes. In einem der Güterwaggons, die vor uns herrollen, befinden sich etliche Kisten, die meinen Stempel tragen. Darin liegt eine Partie ausgezeichneter Webleygewehre, die ich der jungen Dame hier verkauft habe. Ich habe mir aus meiner Zeit auf See einen Geschmack für ... einträglichere Geschäfte als die Schriftstellerei erhalten.«

»Sie sind also«, sagte der General, »auf seiten der Neger?«

»Ich bin«, antwortete Joseph K., »auf meiner eigenen Seite,

Herr General, und das ist, glaube ich, in diesem Jahrhundert die einzige Seite, auf der man überhaupt sein kann.«

»Mir fehlen die Worte«, sagte der General. »Das glaube ich gerne«, erwiderte Joseph K. »Der germanische Brudergeist hat ja keine lange Geschichte zu erzählen. Aber ich«, sagte er, zog seine Taschenuhr heraus und betrachtete sie einen Augenblick, »ich habe noch eine letzte Geschichte zu berichten, bevor wir springen. Es gehört sich wohl auch so, daß der Schriftsteller das letzte Wort hat.«

Erst jetzt, so kurz vor dem Ende, verstand David den alten Mann. Er begriff, daß Joseph K. sein ganzes Leben über unter einer nie gelockerten Selbstbeherrschung gelebt hatte, zugleich aber in ihm eine Lunte geschwelt haben mußte. Jetzt, unmittelbar vor Abschluß seines Lebens, hatte diese zischende Glut die geheimen Pulverkammern seines Gemüts erreicht. Sie waren in dieser Nacht Zeugen des Schwanengesangs des großen Schriftstellers gewesen, und dieser Schwanengesang mußte sich in seinem Fall in einer langen Reihe von Detonationen äußern.

»In Daressalam«, sagte Joseph K., »in der Biashara Street, liegt ein kleines Geschäft. Es wird von einem Inder geleitet, der einmal unmäßig fett war, mit den Jahren aber die Bürden des Lebens abgelegt hat und zu der Zeit, in der die Geschichte spielt, bereits mager war. Dieses Geschäft ist vielleicht der einzige Ort auf dem afrikanischen Kontinent, wo wirklich echte Ware zu haben ist: die Kentestoffe des Ashantistamms aus schwerer Seide und mit Motiven, deren Sinn vor zweihundert Jahren verlorengegangen ist, Bronzefiguren aus den verschwundenen Königreichen Zentralafrikas, Goldschmuck aus Sansibar.

An der Wand des Geschäfts hängt auch die allergrößte Seltenheit: eine grüne Tanzmaske des Macondestamms, ein grobes und geschwungenes Gesicht, das in seiner Unbeweglichkeit ununterbrochen den Ausdruck zu wechseln scheint.

Eines Tages, ein paar Jahre vor dem Krieg, kam ein Offizier in das Geschäft. Es handelte sich dabei, Herr General, um einen Ihrer Kollegen. Als er die Maske sah, wollte er sie kaufen. Als er erfuhr, daß ihr Träger beim Tanz von der Maske besessen wird und diese von der Zukunft erzählt, verlangte er sie, wie das ein deutscher Offizier in Daressalam vor dem Krieg nun mal tun konnte. Daraufhin erzählte ihm der Inder, daß man die Masken des Macondevolkes niemals kaufen oder verkaufen darf.

Da setzte der Offizier die Maske auf, machte in seinen Reitstiefeln ein paar Tanzschritte und rief hinter dem geschnitzten Holz hervor: ›Wohin führt das, wenn ich dich kaufe?‹ Und da antwortete eine Stimme: ›Zum Teufel.‹

Da packte den Offizier der Furor teutonicus. Mit dem Dienstrevolver in der Hand zwang er den Inder, ihm die Maske zu verkaufen, damit er zeigen konnte, daß sie ungefährlich war. Denn die europäische Rasse, und vielleicht besonders die germanische, hat überall, wo sie auf den primitiven, afrikanischen Gedanken stieß, daß Maske und Träger eins sind, ihren Revolver entsichert.

Kurz darauf machte der Offizier eine Dienstreise nach Arusha und weiter nach Bismarcksburg und an den Tanganjikasee, und überall, wo er hinkam, tanzte er mit der Maske vor den weißen Offizieren, die sich amüsierten, und vor den schwarzen Soldaten und Eingeborenen, die sich nicht amüsierten, aber die Maske sprach nicht mehr, und ihr Schweigen grub sich in das Fleisch des Offiziers wie der Augenwurm Loa-loa. Er begann zu trinken, und eines Tages, in Ngorongoro, tanzte er sich in einen Krampf, aus dem er erst drei Monate später, bei seinem Tod, befreit wurde. Seine Sachen wurden in der Garnison von Bagamojo ausgelegt und verkauft oder verschenkt – ich kaufte ein Rasiermesser mit Schildpattschaft –, und niemand hatte Einwände, als der Inder die Maske abholte.

Am Tag danach war die Beisetzung. Es war Regenzeit, und als der Trauerzug mit der Urne durch die Biashara Street kommt, bleibt der Wagen in einem Schlammloch stecken. Die blaue Urne ist dabei genau vor dem Fenster des Geschäfts angelangt, die Maske und der Inder schauen sie an, und da sagt die Maske: ›Zum Teufel.‹«

Die Lokomotive stieß in diesem Moment einen langen Pfiff aus, mit einer Verbeugung bat ihr Gastgeber sie in die Garderobe hinaus. Mit einem Tritt öffnete er die Wagentür, die Bergluft schlug ihnen kühl und klar entgegen. Der Himmel war milchigweiß von Sternen, vor ihnen wand sich der Zug wie ein langer, leuchtender Wurm auf die Kurve zu.

»Springen Sie, Gentlemen«, sagte Joseph K. und wedelte überredend mit seiner Waffe, »springen Sie, und lassen Sie uns sehen, ob Afrika uns einäschern oder vergolden wird.«

Etwas später standen sich die vier Menschen so gegenüber wie einst auf dem Bahnsteig. Oben am Gleis wartete schweigend eine Gruppe Afrikaner. Weit fort, als Reihe leuchtender Punkte und ferner Lärm war der Zug, auf Kollisionskurs, unterwegs in das Herz der Finsternis.

Mit einem Grasbüschel versuchte der General, den Staub von seiner Uniform zu bürsten.

»Ich erwarte, daß Sie mir ein paar Minuten Zeit geben, damit ich soigniert sterben kann«, sagte er.

Joseph K. sah ihn wohlwollend an. »Sie werden nicht sterben, Herr General«, sagte er. »Sie sind frei und können die Heimreise antreten.« Er zeigte auf die Eisenbahnstrecke. »Ich bin überzeugt, daß Sie, wenn Sie die zweihundert Kilometer zu Seiner Majestät zurückspaziert sind, in dem Ausdruck ›auf den Knien leben‹ einen neuen Sinn sehen werden.«

Der Schriftsteller steckte seine Waffe in die Jackentasche, drehte sich um und ging zu den wartenden Afrikanern hinauf. Er hinkte, und David begriff plötzlich, daß dieser Mann wahrhaftig jede Verlängerung seines Lebens mit Überraschung begrüßen mußte.

Einen Augenblick später drehte sich der General um und machte sich mit elastischen Schritten auf, am Gleis entlang, zurück in die Richtung, aus der sie gekommen waren.

Zum erstenmal waren David und das Mädchen allein. Eine

Weile sahen sie sich aufmerksam an. Dann sagte das Mädchen: »In meiner Sprache bedeutet mein Name Krieg.«

David nickte. »Die Europäer«, sagte er, und ohne es zu merken, sprach er, als sei er keine Teilmenge dieser Klasse mehr, »die Europäer sind Experten der Kriegführung.«

»Wir haben«, sagte das Mädchen, »in meinem Stamm ein Sprichwort, das heißt: Das Quaken der kleinen Frösche hindert das Vieh nicht daran, seinen Durst zu stillen.« Danach gab sie David mit einer knappen Bewegung die Hand, drehte sich um und ging zu denen hinauf, die sie erwarteten.

David sah ihr nicht nach. Er setzte sich und begrub den Kopf in den Händen. Über ihm überschritt die Waage den Zenit der Nacht und fiel zum Horizont hin. Die europäische Gerechtigkeit über dem tropischen Afrika.

Hommage à Bournonville

»Mechanismus und Anstrengung durch harmonische Ruhe zu verbergen ist der Höhepunkt der Kunstfertigkeit.«

August Antoine Bournonville in »Mein Theaterleben«

Es war der 19. März 1929, zu Beginn der sechsundzwanzigsten Nacht des Ramadan, der Nacht, in der Allah den Koran vom Himmel auf die Erde sandte, und im Hafen von Lissabon, unterhalb der Altstadt Alfama, waren zwei junge Männer jetzt in jeder Hinsicht am Ende ihres Weges angelangt.

Sie saßen an Deck eines jener kleinen Segelboote, die man südlich vom Horn von Afrika »meli« nennt und die nichts in Lissabon zu suchen haben, da ihr Segel für einen anderen Wind und ihr Rumpf für andere Wellen gemacht ist, zudem hatte das Boot ein kleineres Leck und hing in den Vertäuungen, als sei es von dem eingedrungenen Salzwasser berauscht oder als werde es durch die Verzweiflung über die beiden Segler zum Meeresgrund gezogen.

Sie waren von einem kleinen Holzkohlenfeuer beleuchtet, das zwischen ihnen auf einer Metallplatte glühte. Sie hatten lange gehungert, und der eine von ihnen, der aufrecht im Schneidersitz dasaß, war nun so mager, daß sein nackter Oberkörper nur noch aus Knochenhebeln und den sie bewegenden dünnen Muskelschnüren zu bestehen schien. Er trug einen Turban aus weißer Wolle, in seinem Gesicht vereinten sich afrikanische und orientalische Züge und eine Reihe von Eigenschaften, die einzeln genommen ätzend und explosiv gewesen wären, zu einer harmonischen Mischung. Sein Name war Rumi, und er war Mönch im islamischen Mewlewi-Orden.

Sein Reisegefährte war zweifellos einmal kräftig gewesen, doch auch ihm hatte der Hunger hart zugesetzt. Auch wenn er, wie jetzt, bequem ausgestreckt ruhte, mußte er oft die Stellung wechseln, um nicht auf seinen herausstehenden Knochen liegen zu müssen. Sein Name war Jakob Natten, und er war einmal Tänzer am Königlichen Theater in Kopenhagen gewesen.

Die Ruhe der beiden Männer hatte etwas Selbstverständliches, ein Betrachter hätte das ramponierte Boot leicht übersehen und meinen können, da säßen zwei Seeleute, die ihren Frieden, viel Zeit und einleuchtende Gründe für ihr Hiersein hätten. In Wirklichkeit aber verhielt es sich so, daß keiner der beiden Segel setzen oder einen Kurs hätte abstecken können. Beide wußten, daß sie in dieser Nacht mit geborgter Zeit lebten, und wunderten sich so sehr über ihr eigenes Dasein, daß nicht einmal der Mohammedaner hätte sagen können, ob sie zu ihrem eigenen und zum Besten der Welt in Lissabon gelandet waren oder ob ein Engel irgendwo im All ausgerechnet ihre Papiere verlegt hatte.

Sie waren sich ein halbes Jahr zuvor in Olorose auf Sardinien begegnet. Als die Carabinieri des italienischen Faschismus über diese Stadt herfielen, hätten sie mit den Freiheitskämpfern ins Maquis hinaufgehen können, statt dessen aber segelten sie weiter. Da begannen sie zu begreifen, daß ihre Heimatlosigkeit vielleicht nicht im Raum, sondern in der Zeit lag. Daß sie vielleicht in einem anderen Jahrhundert zu Hause waren als in dem, in das sie hineingeboren worden waren. Seitdem hatten sie sich zusammen so weit auf den Rand der Gesellschaft zubewegt, daß sie nun an dem Punkt angelangt waren, wo das Leben aufhört und etwas anderes beginnt.

Doch selbst hier war noch zu sehen, daß sie sich einmal in der Mitte befunden hatten, beide trugen über ihrer Unterernährung eine gemeinsame, abgeblätterte Würde, niemand konnte im Zweifel sein, daß die Glut zwei heruntergekommene Wunderkinder beleuchtete.

Über Rumi und seine Jugend gehen noch immer übertriebene Gerüchte um, obwohl die Wahrheit, heute wie damals, durchaus ausreicht: Er wurde am türkischen Hauptsitz des Mewlewi-Ordens in Konya erzogen. Mit fünf Jahren konnte er den Koran auswendig und wurde nach Mekka gebracht, wo er auf dem Platz vor der Kaaba fünf Tage und fünf Nächte lang vor den Gläubigen zweimal das Heilige Buch rezitierte und nur einmal eine ganz kurze Pause machte, um zu trinken. Als er zwanzig Jahre alt war, hatte er in den heiligen Zirkeltänzen einen solchen Kontakt zu Allah erreicht, daß er jederzeit seine Entrückung ins Paradies erwartete. Zwei Jahre später verbot Atatürk den Orden und schloß das Kloster, Rumi wurde in eine Unsicherheit geschleudert, von der er zwar gehört, die er jedoch eigentlich nicht für möglich gehalten hatte. Da war er längst eine Persönlichkeit, von der man sprach, und hätte zweifellos wie andere heimatlose religiöse Führer dieser Jahre in einer europäischen Hauptstadt Aufnahme und einen Vorgeschmack des Paradieses finden können, von dem Allah im Koran (76. Sure) verspricht, wir würden dort alle im Schatten der Bäume auf weichen Kissen sitzen. Doch das wollte Rumi nicht. Die Mewlewis nennen sich »Derwische«, ein Wort, das im Persischen »arm« bedeutet. Sie haben ihr Leben Allah gewidmet und suchen ihn im Glauben, in der Armut, im Tanz und in der Musik und nicht in Paris, und dieser konsequente Standpunkt hatte Rumi zuerst auf die Landstraße geführt und ihn dann eine winzige Sünde gegen den Koran begehen lassen, indem er, um sich am Leben zu erhalten, irgendwo bei Port Said ein Boot stahl. Später hatte er ihn über das Mittelmeer nach Sardinien geweht, wo er Jakob begegnet war, und von dort aus hatte er ihn bis nach Lissabon getrieben.

Von Jakob Natten wußte Rumi nur, daß er einmal Balletttänzer gewesen war und eine Beharrlichkeit besaß, die ihn jetzt anscheinend das Leben kosten sollte. Einmal hatte Rumi seinen Reisegefährten gefragt, was ihn bewogen habe, den Tanz und sein Vaterland zu verlassen, worauf Jakob nur geantwortet hatte, die Dinge hätten sich so entwickelt, daß er im Gefängnis hätte weitertanzen müssen, wenn er in Dänemark geblieben wäre.

Beide wußten sie, daß an diesem Abend nach ihnen gesucht wurde. Irgendwo kämmte ein Zug Gendarmen methodisch die Kais ab, und hin und wieder klang das Gebell der Hunde über das Wasser bis zu den beiden herüber. Den Fluß hinunter zog langsam, fast treibend, eines der flachen, dunklen Boote der Hafenpolizei, das die ankernden Boote absuchte.

Keiner der beiden fragte mehr danach, was man von ihnen wollte. Am Tag zuvor hatte ein Uniformierter in einer Weinschenke ihren Paß sehen wollen, und da hatte ihm Jakob einen echten dänischen Kopfstoß verpaßt, nicht aus politischen Gründen – Jakobs Vorstellungen von Politik waren so diffus, daß sie ihn nie dazu gebracht hätten, einem Menschen etwas zuleide zu tun –, sondern aus jenem panischen Verfolgungswahn, der sich bei einem Menschen entwickelt, der zugrunde geht. Es war ihnen gelungen, ihre Verfolger irgendwo in Lissabons Labyrinth aus kleinen Gassen und Plätzen abzuschütteln, doch sie hatten es nur mit Mühe und Not geschafft, und beide hatten sie das Ende gespürt; denn hinter diesem Fluchtversuch lauerte die Erinnerung an all die Male, da sie aus Orten geflohen waren, wo sie gestohlen hatten, oder da sie vor der Hafenpolizei und dem Zoll davongelaufen waren. Obgleich keiner von ihnen (und nicht einmal beide zusammen) einen Überblick über gesellschaftliche Zusammenhänge besaß, begriffen sie allmählich, daß es für jemanden, der keinen Paß, keine Papiere und keinen Beruf vorzuweisen hat, der nicht verheiratet oder zumindest verlobt ist oder sich zur Fremdenlegion gemeldet hat, auf die Dauer eine nicht zu bewältigende Aufgabe darstellt, am Leben, obenauf und auf freiem Fuß zu bleiben.

Jetzt warteten sie auf das Ende, und vielleicht zeigt sich die Natur hier von ihrer barmherzigen Seite, denn wenn die Erschöpfung so groß ist, daß man stehenbleiben und sich nach seinen Verfolgern umdrehen muß, kann man das mit einer Ruhe tun, die dem Wissen entspringt, daß es keine andere Möglichkeit gibt. Diese Ruhe brachte jetzt die beiden Männer dazu, es sich am Rand des Abgrunds bequem zu machen.

Jetzt, wo sie von der Welt nichts mehr erwarteten, gab ihnen die Umwelt alles. Die Sonne war untergegangen, es war die Stunde, in der die Bedeutung von Freundschaft und Liebe, Strafe und Belohnung, Durst und Gerechtigkeit verblaßt und verschwindet, weil Allah seine blaue Wesenheit enthüllt. Der Tejo war ein Spiegel aus erstarrtem Silber, vor den violetten Berghängen waren die Häuser der Großstadt Filigrankästchen aus weißem Marmor, und die letzten Strahlen der sinkenden Sonne rundeten sich vor den schwarzblauen Wolken im Westen zu einer Feuerbohne aus erhitztem Gold.

Ab und zu tranken die beiden Männer aus einem Kessel Milch, die mit Zimt gewürzt war. Der Kessel stand auf der Glut, und die kochende Flüssigkeit trieb ein leichtes Delirium der Heiterkeit durch ihre Adern. Ohne daß sie ein Wort gewechselt hätten, schlugen ihre Gedanken die gleiche Richtung ein und bewegten sich gemeinsam weiter. Sie dachten an die Kunst des Überlebens, an die Märkte, auf denen sie gestohlen, an die Häuser, in denen sie gebettelt hatten, und daran, daß sie, die einst für Allah und die Gäste des Königlichen Theaters getanzt hatten, jetzt für Vorübergehende tanzten. Erst da entschieden sich ihre Gedanken für getrennte Wege, erst da wurde es notwendig zu sprechen.

»Rumi«, sagte Jakob, »hast du schon einmal daran gedacht, daß ich noch kurz vor unserer Begegnung geglaubt habe, ich würde mich in einen ewigen oder jedenfalls sehr langen Ruhm tanzen? Und du hast geglaubt, du würdest dich ins Paradies tanzen. Wir haben gewissermaßen geglaubt, daß wir im Takt der Musik auf dem Weg ins ewige Leben seien. Und nun zeigt sich, daß wir auf dem Weg in ein Lissaboner Gefängnis waren.« »Das ist nur ein Übergang«, sagte Rumi. »Der das ganze Leben dauern kann«, sagte Jakob und sah einen mißmutigen Augenblick lang das Gesicht der portugiesischen Diktatur vor sich. »Selbst dann ist es nur ein Übergang«, sagte Rumi. »Und es ist nicht sicher, daß er so lange dauert.« »Rumi, denkst du nie daran, daß du woanders hättest sein können als dort, wo du bist?« fragte Jakob. »Der Koran befiehlt, daß wir jeden Tag daran denken, wo wir die Ewigkeit zubringen werden«, antwortete der Mohammedaner. »Aber wie ist es mit dem Ort, an dem wir morgen sein werden?« beharrte Jakob. »Über morgen lache ich«, sagte Rumi. »Du lachst ja nie«, wandte Jakob ein. »Ich lache innerlich. Seit ich in Europa bin, lache ich nur innerlich«, erwiderte der Mohammedaner. »Ihr Europäer könntet bei Gibraltar ein Tor errichten, auf dem stehen müßte: Hier kommt nur herein, wer vollkommen ernst ist. Denn die Länder Europas sind die ernstesten Orte, die ich je gesehen habe.« »Die arabischen Lieder, die du singst, klingen wie eine einzige lange Klage«, sagte Jakob. »Wir Mohammedaner«, gab Rumi zurück, »sehnen uns nach dem Paradies, sehen ein, daß wir es nicht erreichen können, und weinen laut. Danach lachen wir. Ihr Europäer sehnt euch wie wir und weint wie wir. Danach aber winselt ihr, weil ihr hofft, euren Gott vielleicht doch noch dazu bewegen zu können, dem Schmerz der ganzen Welt ein Ende zu setzen. Ich wünsche mich nirgendwo anders hin als an den Ort, wo ich mich gerade befinde, denn ich will Allah nicht mit meiner Winselei plagen.« »Ich bitte niemanden um Hilfe«, sagte Jakob ernst, »aber kurz bevor ich dich kennenlernte, hat mich jemand etwas gefragt, und seither klingt mir diese Frage in den Ohren. Es ist die Frage, ob wir bleiben oder fliehen sollten.« »Das entscheidet Allah«, sagte der Mohammedaner zufrieden. »Das mag sein«, gab Jakob zurück, »aber ich habe das Gefühl, daß er gleichsam so ganz nebenbei auch hören möchte, was ich dazu meine. Möchtest du hören«, fuhr er fort, »wie die Frage, ob man bleiben oder fliehen sollte, in mein Leben kam?« Ohne die Antwort abzuwarten, richtete er sich auf und rückte näher an die Glut. Er wußte, daß auf der anderen Seite des Feuers eine Neugierde saß, die geduldig und grenzenlos war wie seine eigene, und als er sich zurechtsetzte, spiegelte er, ohne es zu merken, die Haltung des Mohammedaners, so daß Sprecher und Zuhörer eins wurden.

»In dieser Geschichte habe ich auch einen Platz. Die Hauptperson aber war ein Freund von mir. Zugestoßen ist sie Andreas.

Damit du verstehst, was ich dir jetzt erzähle, Rumi, mußt du wissen, daß sich in meinem Land die Reichen nicht mehr an die fünf Säulen der Pflicht lehnen, auf denen, wie du sagst, der Islam ruht. Sie haben entdeckt, daß sie im Alltag ohne den Glauben, das Gebet, das Fasten, die Pilgerfahrt und das Almosen auskommen.«

»Sie werden in der Hölle braten«, sagte der Mohammedaner.

»Das ist nicht sicher«, erwiderte Jakob. »Statt dessen haben sie nämlich eine Art Tempel für diese fünf Säulen errichtet. Der Tempel, in dem man den ersten vier Säulen huldigt, ist ein großes Theater in Kopenhagen.«

»Was ist mit der fünften, dem Almosen?« fragte Rumi.

»Das Almosen«, sagte Jakob, »teilt ein anderes Theater aus. Das heißt Staat. Darum geht es in einer anderen Geschichte.«

»Die kannst du mir«, sagte der Mohammedaner, »dann im Gefängnis erzählen.«

»In gewisser Weise wäre das der richtige Ort dafür«, antwortete Jakob. »Aber die Geschichte des Theaters ist eine so eingesperrte, daß man sie am besten unter freiem Himmel erzählt.

Das Theater heißt das Königliche Theater. Außen hat es Säulen und Treppen wie ein Tempel und die Form und Gewichtigkeit einer Burg, innen herrscht eine Pracht wie in einem Schloß, es hat intime Logen und Korridore und verblichene Plüschteppiche wie ein Bordell, und du mußt wissen, dieser Ort ist so unbegreiflich, daß ich weiß, ich habe nur Bruchstücke davon verstanden. Es ist wie eine große Maschine. Ein anderer, der wie ich durch diese Maschine hindurchgegangen wäre, würde eine andere Geschichte erzählen. Wenn er denn überhaupt erzählen würde. Das Seltsame ist aber, daß die Leute das nicht tun. Wer die Maschine beschreibt, ist noch immer ein Teil davon, ist selbst Zahnrad, und die Geschichte, die von einem laufenden Zahnrad erzählt wird, *muß* eine verworrene Geschichte sein.

Was ich nie verstanden habe, war das Publikum. Soviel aber begriff ich: Für unsere Zuschauer – es waren wenige, so wenige, daß ich mich fragte, ob die Menschenmenge, für die wir tanzten, nicht in Wirklichkeit immer aus denselben zweitausend Menschen bestand, die Tag für Tag das Theater füllten – war der Ort ein Tempel. Sie wallfahrteten gleichsam dorthin. Sie kamen, um auf der Bühne Menschen zu sehen, die *glauben*, vielleicht, weil sie selbst auf niemanden vertrauten, nicht einmal auf Gott. Sie kamen, um zu hören, wie es klingt, wenn jemand zu etwas *betet*, vielleicht, weil sie selbst niemanden oder nichts kannten, von dem sie hätten annehmen können, daß er oder es ihnen zuhören würde. Und sie kamen, um das *Fasten* zu sehen, und ich bin sicher, das hatte etwas damit zu tun, daß sie im täglichen Leben so mit Anhäufen beschäftigt waren, daß sie ins Theater kommen *mußten*, daß sie Menschen sehen mußten, die freiwillig entsagten, um einen flüchtigen Blick auf Gott zu erhaschen.

Selbstverständlich dürften sie auch aus anderen Gründen gekommen sein. Doch eben jetzt, heute abend, kann ich mir nicht vorstellen, aus welchen.

An der Ballettschule dieses Theaters fingen Andreas und ich als kleine Kinder an. Was bringt Eltern dazu, ihre Kinder zu einer solchen Schule zu begleiten? Wohl der Glaube, Kinder könnten eine Art Strohhalm sein, durch den die Erwachsenen das richtige Leben aufsaugen können. Verlange bitte keine bessere Antwort auf diese Frage, denn allein der Gedanke an die Eltern macht mich zornig, und das hier soll keine bittere Erzählung sein, jedenfalls keine ausschließlich bittere Erzählung.

Die Schule hatte keine Inschrift über der Tür. Jetzt aber sehe ich, daß dort hätte stehen können: Hier wird nur eingelassen, wer seine Selbständigkeit an der Garderobe abgegeben hat. Denn sobald man durch die Tür trat, wurde jeder freie Wille zum Hindernis, zu einer Art Blei in den Schuhen, denn an dieser Schule ging man in eine Freiheit, die so groß war, daß sie alles andere ausschloß, man wurde nämlich davon befreit, sich Gedanken über das eigene Leben machen zu müssen.

Wir lernten springen, wir lernten es von einem Lehrer, dessen Erfahrung und Liebe zum Tanz in einem kurzen Rohrstock steckte. Damit zog er uns eins über die Beine, wenn wir nicht hoch genug sprangen. Nach einiger Zeit meinten wir, die Welt sei so eingerichtet, daß irgendwo im All ein Gott mit einem Rohrstock stehe.«

»Dieser Gott war nicht Allah«, sagte der Mohammedaner.

»Nein«, sagte Jakob. »Ich bin überhaupt nicht sicher, daß dort ein Gott stand. Ich gebe niemandem die Schuld. Ich versuche nur, ein Bild zu finden. Du hast recht, das Bild von Gott ist schlecht. Mehr als irgendein anderer Grund war es unser eigener Wunsch, der uns zum Arbeiten brachte. In Dänemark sind sich alle einig, daß das große Rätsel die *Verschiedenheit* ist. Bei uns sind die unbegreiflichen Menschen diejenigen, die aus dem Gleichschritt geraten, die die ganze Zeit über ihre eigenen Füße stolpern oder vorneweg laufen, weil sie das Gefühl haben, hinter ihnen brenne irgend etwas, oder es sind die Leute, die uns andere nicht einholen können, weil sie ein Holzbein haben oder dreihundert Pfund wiegen. Sie zu verstehen ist zur Kunst geworden. Für mich, Rumi, ist das anders. Oder jedenfalls ist es anders geworden. Für mich besteht das große Geheimnis in der Frage, weshalb so viele im Gleichschritt gehen, mein Rätsel ist das *Rätsel der Disziplin*.

Ich weiß nicht mehr richtig, wie es sich mit dem *Leiden* in dieser Welt verhält. Nachdem ich gesehen habe, daß einem fast alles fehlen und man dennoch trällernd glücklich sein kann, wage ich die Leidenden nur noch zögernd zu benennen. Soviel aber möchte ich sagen, den meisten ging es an diesem Theater nicht gut. Die paar in jeder Klasse, die jedes Jahr rausgeworfen wurden, weil sie nicht gut genug waren, waren vielleicht nicht einmal die Unglücklichsten.

Man erzählte uns immer, die Ballettschule habe sich wie eine Pflanze entwickelt. Sie sei ein Same gewesen, ein zarter, doch vielversprechender Keim, und im vorigen Jahrhundert sei sie dann von einem großen Gärtner und Ballettmeister übernommen worden, einem geborenen General, der am Totenbett seines Vaters eine Militärpolka tanzte und versprach, er wolle sein Theater wie eine Kaserne aufziehen und seine Tänzer wie Soldaten trainieren. Zu seiner Zeit trieben die Schule und der Tanz eine große Rose aus, die seither blüht, und halten konnte sie sich so lange, weil sie aus Gips ist. Damals muß der Tanz, jedenfalls eine Weile, weich gewesen sein, und die Blüte wurde so geformt, daß sie dem Leben glich, und dann ist sie erstarrt wie die Pflanzen, die das Theater schmücken, zu dem weißen, steifen, ewigen Befehl an die Nachwelt, sich das Lebendige genau *so* vorzustellen.

Vielleicht gehorchten wir deshalb, vielleicht erklärte sich das Theater gleichsam selbst. Vielleicht verbissen wir den Schmerz, weil alles um uns herum uns versicherte, daß es für alle Zukunft kein anderes wirkliches Leben als dieses geben werde.

In dieser Maschine war mein Freund Andreas lange Zeit hindurch ein wichtiges Teil.

Wenn er dir heute abend gegenübersäße, würdest du denken, man könne aus ihm Seife machen, so wie aus mir, er würde, wie ich, aussehen wie einer, der bereits heute nacht von der Müllabfuhr abgeholt werden soll. Doch bis vor nicht allzu langer Zeit war sein Körper das perfekte Instrument für einen Gott, der seine Geige mit einem Rohrstock streicht. Ich spreche mit Absicht vom Körper. Ich weiß, daß es Leute gibt, die meinen, man könne Körper und Seele nicht trennen, aber das sagen sie nur, weil sie nicht gesehen haben, was Andreas und ich sahen. Er und ich, wir wissen jetzt, daß man ohne Seele und gewissermaßen mit dem Kopf unter dem Arm tanzen und die Welt dennoch glauben machen kann, das Tote sei lebendig.

Unsere Stunden sind gezählt, Rumi, es bleiben uns nicht genug, um im Namen eines anderen bescheiden sein zu können. Wenn Andreas tanzte, sahen die Zuschauer draußen im Dunkeln ihre Träume in Erfüllung gehen. Ich weiß nicht, wie so etwas geschieht. Vielleicht war es seine Technik. Seine Pirouetten, seine ruhige Vorbereitung, die Art, wie er seine Achse fand, und die heftige und dennoch völlig regungslose Rotation. Oder sein etwas früher Absprung, seine Kulmination kurz vor dem Einserschlag und die Art und Weise, wie er hängenblieb; in dem Augenblick, in dem alle erwarteten, daß er wieder herunter-, auf die Erde und zu uns anderen zurückkommen würde, da streckte er sich und führte sein Schweben weiter. In diesem Augenblick hielten wir in den Kulissen und die zweitausend Menschen im Saal den Atem an, und wir hätten nicht entscheiden können, ob es der Engel des Lebens oder des Todes war, dessen Hauch wir alle im Nacken spürten.

So tanzte Andreas, bei aller Äquilibristik so mühelos, als ginge er spazieren. Dennoch war das nicht das Wesentliche, seine Technik ist nur ein unbedeutender Teil dieser Geschichte. Das Wichtige hier und für alle anderen, die sich an Andreas erinnern und ihn verstehen, war die Art und Weise, wie er mit den Tänzen, die er tanzte, eins war, wie er sich lächelnd und emsig und gegenwärtig unter uns bewegte und gleichzeitig aussah wie etwas, das man im vorigen Jahrhundert im Theater vergessen und verlassen hat. Wie er mehr als irgendein Tänzer vor ihm vom Gips des Balletts erfüllt war.

Die Ballette des Meisters handeln von vielen Dingen. Davon, wie gerecht es ist, daß es den Unterschied zwischen Arm und Reich gibt, und davon, wie schön es in der freien Natur ist, immer wieder aber handeln sie von der Liebe, davon, daß die Liebe überall ist, daß sie überirdisch schön oder überirdisch traurig ist, aber immer etwas mit »über«, nie etwas mit »unter«, und auf jeden Fall nie, niemals unter der Gürtellinie.

Selbstverständlich verliehen diese Tänze unserem gemeinsamen Wahnsinn eine besondere Färbung, selbstverständlich drehten wir alle, auch im Alltag, auch auf dem Weg vom Theater nach Hause, die Füße nach außen und trugen unseren Kopf mit den Resten der Schminke hoch, um den Leuten zu zeigen, daß die Liebe an uns klebte, daß in jedem von uns ein Stück Prinz und Prinzessin, Bauernmädchen und Teufel steckte. In uns jedenfalls waren die Edelmetalle zu finden!

Mit Andreas aber war das anders, bei ihm war es keine Schminke. Er spielte keinen Prinz, er *war* ein Prinz. Außerhalb der Bühne sah ich ihn selbstverständlich vor allem trainieren, immer mit der Wildheit, die dem Wissen entspringt, daß man das einzig Richtige im Dasein tut, denn der Verdacht, den einige von uns hegten, das Theater könne ein Abstellgleis sein, das uns ins Abseits führte, dieser Verdacht kam Andreas nicht, Andreas fühlte sich sicher, daß er sich mit jedem Zwischenschritt dem innersten Wesen des Lebens näherte. Wenn er nicht trainierte, drehte sich sein Leben, glaube ich, um Frauen. Ja, ich bin sicher, es drehte sich um Frauen. Doch nicht um eine einzelne Frau, eher ganz im Gegenteil, es drehte sich um die Frau als Prinzip. Andreas ist mir vor allem als galant in Erinnerung geblieben; wenn ich mir sein Bild ins Gedächtnis rufe, sehe ich ihn den Tänzerinnen die Tür aufhalten, ihre Taschen tragen und ihnen bei technischen Problemen helfen, vor allem aber sehe ich ihn mit ihnen tanzen, nicht wie ein Tänzer, der als romantischer Held auftritt, sondern als der romantische Held selbst, als ein brillant tanzendes und durch und durch gegenwärtiges Überbleibsel aus dem vorigen Jahrhundert.

Wer wird das jemals verstehen können, wenn er es nicht selbst gesehen hat? Ich sage nur, wenn er auf der Bühne litt, strahlte seine Qual in den Saal aus, so daß die Menschen weinten. Wenn er an einem Waldsee aus gemalter Pappe entlangspazierte, hätte ich geschworen, die Nachtigallen singen zu hören. Es geschah schon mal, daß in dem Augenblick, in dem er das Messer hob, um einen unglaubwürdigen Theaterselbstmord zu begehen, eine Zuschauerin auf die Bühne stürzte und ihm in den Arm fiel, und alle im Saal dachten, ja, sogar ich, der das Pappmesser und die anderen Illusionen so gut kannte, selbst ich dachte, zumindest an gewissen Abenden, jetzt würde ich einen Menschen sterben sehen. Man könnte es so ausdrücken: Die Romantik von Andreas war perfekt, nur kam sie mit hundert Jahren Verspätung. Ich dachte damals, für ihn kann es nie ein gewöhnliches Leben geben, für ihn wird es nie eine Frau oder eine Familie oder ein Alter geben, er kann nur auf der Bühne leben, und dort muß er dann ewig leben. Es war wohl nicht undenkbar, daß er, der jeden Abend das Gesetz der Schwerkraft aufhob, ewig tanzen konnte. Und kann er das nicht, dachte ich, so muß er jedenfalls auf der Bühne sterben, auf dem Höhepunkt seiner Karriere.

In all dem habe ich mich geirrt, Rumi, und das ist gut und richtig so. Wenn man schläft und träumt, irgend etwas hier auf Erden dauere ewig, dann finde ich, muß man geweckt werden und es erfahren.

Ich war selbst dabei, als er das Mädchen zum erstenmal sah, deshalb weiß ich, was geschah, soweit man etwas überhaupt verstehen kann, was man zwar erlebt hat, woran man aber selbst keinen Anteil hat.

Irgendwo in Kopenhagen hatte in einer Wohnung hoch über der Stadt ein Fest stattgefunden, und nun war es vorbei. Ich glaube, rundherum schliefen Leute in den Polstermöbeln, nur zwei von uns waren wach, Andreas und ich. Ich weiß nicht, warum er immer noch da war, normalerweise ging er als einer der ersten, doch in dieser Nacht – oder vielleicht war es früh am Morgen – war er immer noch da. Vielleicht hoffte er, vielleicht sehnte er sich plötzlich nach etwas und hatte nun das Gefühl, daß ihn die Welt aufnehmen und ihn ein wenig von seinem inneren Gips befreien würde, wenn er nur wartete.

Ich gehöre nicht zu denen, die glauben, daß man sich zu etwas Besonderem hinwarten kann, also weckte ich den Violinisten. Er war ein kleiner Junge mit Klumpfuß und groben Händen, ein Bauernjunge, der auf Dorfbällen gespielt hatte, bis jemandem aufgefallen war, daß er die Musik auf seiner Violine wie einen fehlerlosen Silberdraht durch den Raum zog. Andreas und ich waren sehr jung, doch er muß noch jünger gewesen sein, auch er, Rumi, war also gewissermaßen ein Wunderkind. Aber trotzdem ein kleiner Schafhirte und Kuhtreiber, das ließ sich nicht leugnen, und dennoch hatten wir ihn überall mit dabei. Wenn ich gehe, höre ich hinter meinen eigenen Schritten noch immer das schiefe, dumpfe Schlurfen seiner Schuhe. Wir hatten im Theater für häßliche Menschen nicht viel übrig, an das Erbarmungswürdige wollten wir zuallerletzt erinnert werden, für uns waren Behinderte, und besonders Behinderte aus der Provinz, eine Kränkung des großen, heiligen Taktgefühls des Theaters. Aber trotzdem nahmen wir den Jungen auf Schritt und Tritt mit, und zwar wegen seiner Musik. Man hörte ihn das erstemal spielen und wußte, daß die eine Hälfte seiner Seele bei den Göttern der Musik war, die andere Hälfte bei den neuen Komponisten, von wo sie dem Klumpfuß zündende Anfeuerungen zuflüsterte. Außerdem war er glücklich. Woher ich weiß, daß er glücklich war? Das kann ich nicht beantworten. Ich entsinne mich nicht, mit ihm gesprochen zu haben. Ich erinnere mich nicht einmal daran, ihn vielleicht lächeln gesehen zu haben. Trotzdem weiß ich, daß er glücklich war. Er, ein Krüppel, ein Mensch, der in unseren Augen nicht einmal zur Tragik, sondern nur zum erbärmlichsten Elend geboren war, er leuchtete, wenn er spielte und seinen Fuß hinter uns herschleifte, in widernatürlicher Begeisterung am Leben. Ich glaube, wir nahmen ihn mit, wie man eine unbeantwortete Frage mit sich herumträgt, die einem keine Ruhe läßt.

Jetzt weckte ich ihn, ich erinnere mich, daß wir ihm Wein gegeben hatten, er hatte zum erstenmal getrunken, und der Alkohol hatte eine ungeheuer aufmunternde und danach brutal lähmende Wirkung auf ihn. Aber nun spielte er trotzdem ein Lied, ein abgebrochenes, stotterndes, lustiges, klagendes und dennoch kühles Lied. Damals hörte ich es zum erstenmal, jetzt kenne ich es auswendig. Komponiert wurde es von einem Mann, der Strawinsky heißt, und damals war diese Musik eine Provokation, wie im übrigen auch heute noch. Später habe ich erfahren, daß es in dem Lied um einen jungen Mann geht, der spielt und danach seine Geige an den Teufel verkauft, aber schon damals hatte ich das Gefühl, Töne aus dem Abgrund zu hören.

Dann tanzte das Mädchen. Ich weiß nicht, woher sie kam, ich hatte sie vorher nicht gesehen, plötzlich aber stand sie in dem großen, kahlen Raum. Sie tanzte barfuß, holte den Klumpfuß und mich aus unserer Besoffenheit und versetzte uns in eine stille, wilde Verzückung, Andreas aber entrückte sie in eine verrückte Verliebtheit.

Dann blieb sie stehen und verschwand, und danach ging ich nach Hause. Als ich den Raum verließ, saß Andreas ganz still im Sessel, als hätte er eine Axt auf den Kopf gekriegt, und betrachtete die Stelle, an der ihre Fußsohlen den Boden geküßt hatten. Ich sagte nichts, zum einen wollte ich das Erlebnis bestimmt nicht zerreden, zum anderen wirst du mir darin recht geben, daß man einen, dem der liebe Gott eine Art Hirnriß verpaßt hat, nicht ansprechen soll.

Es verging wohl ein halbes Jahr, ohne daß wir sie sahen, und wenn wir nicht von ihr sprachen, dann nicht, weil wir sie etwa vergessen hätten, sondern weil wir selbstverständlich wußten, daß sie irgendwo an der nächsten Ecke auf uns wartete. Eines Morgens stand sie dann in der Klasse an der Stange und nahm teil, als gehörte sie dazu. Ich weiß nicht, wie sie hereingekommen war, es war eigentlich undenkbar, daß das Theater eine neunzehnjährige Fremde hereinlassen würde, aber selbst ein Mausoleum kann zu einem Wunder nur schwer nein sagen. Es kann ja auch sein, daß man sie zunächst abgewiesen hat, was weiß ich, aber sie gehörte zu den Leuten, die ihren Fuß noch in eine zuschlagende Tresortür schieben und danach durch den Spalt schreiten würden, als hätte man sie flehentlich um ihren Auftritt gebeten.

Nun hatte ich also Gelegenheit, sie tanzen zu sehen, nicht allein mit ihren eigenen unerklärlichen Bewegungen, sondern in den ewigen, minutiös festgelegten Schritten des klassischen Balletts. Ich habe häufiger, als ich zählen kann, mit ihr im selben Raum und auf derselben Bühne gestanden und habe nie auch nur annähernd begreifen können, wie es ihr möglich war, so schnell zu lernen und so schön zu tanzen. Ich versuchte, aus ihren Bewegungen ihre Vergangenheit zu erraten, ich kann aber nur sagen, daß sie sicher, ganz sicher, sehr viel im Freien und mit Jungen gespielt haben mußte. Näher kann ich der Sache nicht kommen.

In Wirklichkeit war mir klar, daß ich nicht so sehr sie selbst, sondern Gott verstand, wenn ich sie tanzen sah. Wenn ich ganz ehrlich sein soll, weiß ich nicht, was ich von der Existenz Gottes halten soll – das sage ich geradeheraus, sogar dir, Rumi –, aber wenn es ihn gibt und er die Welt erschaffen hat, dann verstand ich, nachdem ich das Mädchen gesehen hatte, warum er zuerst die Fische und die Vögel und die wilden Tiere gemacht hat. Denn selbstverständlich mußte er erst üben, sagte ich mir, selbstverständlich mußte er erst trainieren, um die Geschmeidigkeit des Aals und die waagerechte Präzision des Sperbers und den Panthersprung der Katze in einem Menschen wie jetzt diesem Mädchen vereinen zu können.

Als sie ihr erstes Morgentraining im Theater verließ, hielt Andreas ihr die Tür auf. Er hatte bereits eine Zeitlang an der Tür gestanden, um rechtzeitig genug da zu sein, und als sie gegangen war, stand er immer noch da, stützte sich an der Türklinke ab und starrte das Loch in der Luft an, das sie hinterlassen hatte, und ich freute mich, ich dachte, wie schön, wenn ein Standbild vom Sockel steigt und blöde seine Bewunderung wedelt, und ganz besonders, wenn dieses Standbild der eigene Freund ist.

Von Anfang an hoffte ich, daß sie ihn auflesen und vom Staub befreien würde, und als sie ein Jahr am Theater war und das erstemal mit ihm tanzte, war ich mir ganz sicher. In dieser Erwartung nun sollte ich recht und unrecht behalten.

Was ich jetzt erzähle, weiß ich von Andreas, selbst habe ich es nur von weitem gesehen. Seiner Ritterlichkeit wurde nun also das Äußerste abverlangt. Auf der Bühne bildeten sie ein Paar, das jeden glauben ließ, daß die Liebe ewig währt, aber auch, daß es möglich ist, die Seele zu lieben, ohne den Körper zu begehren. Außerhalb der Bühne waren sie dann die besten Freunde der Welt, aber auch nicht mehr. Das eine Mal, als ich alle Rücksicht beiseite schob und Andreas nach ihrer Beziehung fragte, lächelte er mich höflich und tugendhaft an, redete davon, wie sehr er sie respektiere, und davon, daß die Frau ein höheres Wesen sei. Ich dagegen schaute durch sein Lächeln geradewegs in seine frierende Einsamkeit, aus der ihn, das wußte er selbst, nur das Mädchen herausziehen konnte.

Bis zu einem bestimmten Tag verbiß er sich also seine Gefühle und schluckte sie hinunter, damit sie nicht auffielen und das höhere Wesen einschüchterten, das jeden Abend vor den Augen von zweitausend Menschen in seinen Armen ruhte. Eines Tages aber bot er aller Scham Trotz und erklärte sich ihr.

Ich bin fast dankbar dafür, daß ich seine Erklärung nicht anhören mußte. Andreas war Tänzer, *Worte* lagen ihm nicht sonderlich, und mit der Liebe ist es in Dänemark schwierig. Was so schön klingen sollte, klingt oft, als holte man es aus einem anderen Zeitalter und als hätte es vergraben gelegen. Trotzdem gelang es ihm, und er erzählte mir, wie befreiend es für ihn gewesen sei. Irgendwann, während er redete und alles gestand, war es, als breche etwas auf, er sank auf die Knie, küßte ihre Hand, und aus seinem Mund ergossen sich ein Brei aus Regieanweisungen der Ballette, die er getanzt hatte, und große Stücke aus Gips und Klischees, die er als Kind gehört hatte, aber auch etwas anderes, auch ein Strom aus echtem Gold.

Er hat mir erzählt, daß das Mädchen ihn bis zu Ende anhörte, ohne ihn zu unterbrechen. Dann dachte sie einen Augenblick nach und erzählte ihm, wer sie eigentlich sei.

Zunächst hatte sie gesagt, wenn er nun einmal so für sie empfinde, so müsse sie ihm die Wahrheit erzählen. Und das hatte sie dann getan, nüchtern, fast so, als lese sie aus einer Zeitung vor, als sei das alles etwas, was sie von außen betrachtete.

Sie war in Deutschland geboren, von einer Mutter, die aus irgendeinem Grund Dänin war, nicht lange vor dem Krieg, in einer Stadt, an deren Namen sie sich nicht erinnern wollte, durch die jedoch die Front verlief. In dieser Stadt arbeitete ihre Mutter in einem der Bordelle, die kurze Zeit später vom Staat übernommen und dem Heer übergeben wurden. An diesem Ort war sie das einzige Kind, und sie wußte nicht, wie es ihrer Mutter gelungen war, sie zu behalten. Sie sagte zu Andreas, sie habe keine Erklärungen und suche keine. Sie wisse nur, seit sie groß genug gewesen sei, sich an das Gesehene zu erinnern, sei ihre Mutter eine kleine, zarte und hart arbeitende Hure gewesen, die alle fürchteten, selbst ihre Kunden. Die lange Reihe der Männer, die jeden Tag durch ihre Tür gingen, umschlang sie mit langen Girlanden aus Unverschämtheiten. Das Mädchen erzählte Andreas, daß Männer eine Hure immer irgendwo hassen, ihre Mutter aber sei verhaßter gewesen als irgendeine andere und habe immer gewußt, daß die vielen, vielen Männer, die zu ihr zurückkehrten – bevor sie fortgeschickt wurden, um nie mehr zu irgend etwas zurückzukehren –, kamen, weil sie hofften, der Samen, den sie in ihr verspritzten, könnte ihr irgendwie den Mund verschließen.

Bereits an dieser Stelle hatte Andreas darum gebeten, nicht noch mehr hören zu müssen, aber da hatte das Mädchen wieder den Fuß in die Tür gesetzt und gefragt, ob er denn nicht eben um ihr Vertrauen gebeten habe, und dann fuhr sie fort.

Von klein auf hatte die Mutter Tuberkulose gehabt, und das Mädchen hatte immer das Gefühl, diese Frau, ihr einziger Anhaltspunkt im Dasein, hätte eigentlich tot sein müssen. ›Kinder merken so was‹, hatte sie zu Andreas gesagt, ›Kinder wissen, wenn ein Mensch gegen die Ordnung der Natur lebt. Ich stellte mir den Tod als einen Mann mit Sense vor‹, sagte sie weiter. ›Ich dachte mir, er käme nur deshalb nicht, weil selbst er Angst hatte, was da wohl rauskommen würde, wenn meine Mutter ihn sähe und den Mund aufmachte.‹

Seit ihrem vierten Jahr wusch dann das Mädchen das Glied der Soldaten über einem Waschbecken aus Zinn. Darauf stand unter dem kaiserlichen Adler: *Rein im Glauben*.

Hier hatte Andreas erneut darum gebeten, ihm alles weitere zu ersparen. ›Aber so ist das Leben‹, hatte das Mädchen gesagt.

›Dann will ich nicht mehr leben‹, sagte Andreas.

›Genau das sagen alle‹, erwiderte das Mädchen. Das hatten die Soldaten gesagt, das hatte ihre Mutter und das hatte sie selbst gesagt. Aber nun zum Beispiel die Soldaten, die sie wusch. Das waren ja leere Hülsen. Aus ihnen war alles Menschliche ausgeleert worden, und dann hatte man sie alle mit dem gleichen bodenlosen Grauen und Elend gefüllt, das sie nie verließ. Auch wenn sie sich auszogen, behielten sie ihr Gewehr, sie legten es in Reichweite vor das Bett, und selbst wenn sie in ihrer Mutter kamen und die Augen verdrehten, schielten sie nur zu ihrem Gewehr. Aber selbst diese Hülsen versuchten ja am Leben zu bleiben, auch wenn sie sagten, daß sie ebenso gern sterben würden. Selbst die kamen ja zu der Mutter des Mädchens, um einen Augenblick lang eine Frau verachten zu dürfen und sich eine Art Bild, eine Art Postkarte von einer Zärtlichkeit zu holen, die vielleicht hätte existieren können, wenn da nicht der Krieg gewesen wäre.

Das Mädchen meinte, sie sei neun Jahre gewesen, als sie nach Auffassung ihrer Mutter alt genug war, um mit einem Mann zusammenzusein. Natürlich waren neun Jahre ein bißchen früh, aber trotzdem machte sie ihrer Mutter keine Vorwürfe, die Mutter lag im Sterben, für beide ging es also um das Leben, und wenn es darum geht, gibt es nicht so viel zu reden, dann dürfen wir einander nichts vorwerfen. Es hatte auch nicht so weh getan, wie man hätte meinen sollen. Sie sei nicht einmal mehr zornig auf die Männer, sagte sie, denen habe sie vergeben.

Wann das endlich aufhörte, hatte Andreas gefragt und damit selbstverständlich gemeint, wann sie mit dem Erzählen aufhören würde, um ihm damit diese unerwünschte Begegnung mit der Wirklichkeit zu ersparen. Er hatte sich selbst fragen hören, mit einer nicht wiederzuerkennenden, quakenden Stimme, die einem Fremden gehörte, dem Fremden, der er in dieser kurzen Zeit geworden war, die sie für ihre Geschichte benötigt hatte.

Eines Tages war ihre Mutter dann tot. Kurze Zeit darauf, sie meinte, es sei ihr vierzehnter Geburtstag gewesen, habe ein Mann versucht, ihr ein Leid anzutun. Sie habe unter ihm gelegen und gespürt, wie ihr Körper Schaden nahm. Da habe sie gedacht: ›Nein, ich *muß* ja leben‹ und sich um sein Glied geschnürt, so daß er nicht freikommen konnte, und dann habe sie ihn mit einer Rasierklinge losgeschnitten. In dem Augenblick habe sie aufgehört, Männer zu hassen, in dem Moment habe sie begriffen, was der Feldgeistliche gemeint hatte, jetzt hatte sie die Hand auf den Scheitel dieses Mannes gelegt und ihn in die Wüste geschickt, damit er sühnen konnte, was die anderen ihrer Mutter und ihr angetan hatten. Was danach geschah, erzählte sie Andreas bei dieser Gelegenheit nicht, sondern erst nach und nach. Es war die Geschichte, wie sie sich auf der Straße durchgeschlagen und Grenzen überschritten hatte, weil sie in das Land ihrer Mutter zurückwollte, wie sie Pflegeeltern gesucht und endlich einen Platz an der Sonne gefunden hatte.

Damals aber sagte sie Andreas nur, er solle sie nicht so ansehen, jetzt sei sie froh, nun sei sie gesund und munter, nun denke sie nicht mehr an damals. Wenn sie ihm davon erzählt habe, dann nur, damit er verstehe. Verstehe, daß kein Mann sie jemals mehr auf diese Weise anfassen könne.

›Aber auf der Bühne fasse ich dich doch auch an‹, hatte Andreas gesagt.

›Ja‹, hatte sie geantwortet, ›auf der Bühne, wenn das Licht an ist und der Saal voller Menschen und wir genau so tanzen, wie es vorgeschrieben ist, da habe ich die Sicherheit, daß nichts Unerwartetes geschieht, dann können wir uns wunderbar lieben. Wenn die Männer die Lampe ausmachen wollten, die meine Mutter am Bett stehen hatte, dann sagte sie: ›Nein, ich will sie an haben, denn ich bin eine Lampenhure. So ist das auch mit mir, Andreas, ich bin eine Lampenhure, nur bei Rampenlicht ist es möglich.‹«

Hier hielt Jakob in seiner Erzählung einen Augenblick inne, um aus dem Kessel zu trinken. Es war Nacht geworden. Man spürte, daß irgendwo im All der Mond wartete, noch aber war der Himmel bewölkt, als wolle die Welt (das heißt Allah, der Gelehrte, der Weise, der Barmherzige) die beiden Männer und ihre Geschichte bedecken.

»Ich denke gerade daran, Rumi«, sagte Jakob, »was ich dir mit dieser Geschichte geben kann.«

»Eine Reise«, antwortete der Mohammedaner ernst. »In diesem Moment bin ich mit dir auf der Bühne, von der du sprichst.«

»Aber wie kann ich sicher sein, daß es dieselbe Bühne ist?« fragte Jakob.

»Wir sollten«, sagte der Mohammedaner, »unsere Kräfte nicht mit Fragen vergeuden, auf die es keine Antwort gibt, vor allem dann nicht, wenn wir mitten in einer Geschichte sind.«

»Du hast recht«, sagte Jakob. »Genau das habe ich mir auch gesagt, als ich mich damals fragte, ob Andreas wohl begriffen hatte, was sie ihm da erzählte. Mit der Zeit wurde dann klar, daß er es besser und tiefer begriffen hatte als irgendein anderer.

Es gibt ein Ballett, das heißt *Sylphide* und ist in Dänemark sehr beliebt. Es gehörte zu den Tänzen, um derentwillen das Publikum kam, weil dieses Ballett ihm *alle* vier Säulen des Glaubens auf einmal lieferte. Es handelt von einem Mann, der eine Frau liebt, die er nicht berühren kann, weil sie eine Art Engel ist, der sein Leben und seine Flügel verlieren würde, wenn ein Mann versuchte, in sein Wesen einzudringen.

Es ist ein vollendetes Ballett, und Andreas war für die Rolle des jungen Helden wie geschaffen. Das Ballett war hundert

Jahre alt, doch wenn er tanzte, konnte jeder sehen, daß es für ihn choreographiert war. Es hatte nur einen Fehler, nämlich sein Alter. Auch wenn sie es überschminkten und als taufrisch und aktuell präsentierten, hatte es etwas hoffnungslos Altmodisches, auch dann war deutlich, daß seine Zeit vorbei war. Als das Mädchen in unser Leben und in das Leben von Andreas trat, verschwand das Alter aus diesem Tanz wie ein Nebelstreif vor der Sonne. Das Mädchen *war* ein solch überirdisches Wesen, behende wie eine Katze, freundlich wie ein Engel, gut wie die Jungfrau Maria, vor allem aber war es völlig unmöglich, an sie heranzukommen.

Von jetzt an tanzte Andreas nur noch für sie. Wenn du mir erzählt hast, Rumi, daß es möglich sei, ohne Frauen zu leben, dann glaube ich dir, dann weiß ich, daß du recht hast. Aber nur, weil ich Andreas und das Mädchen habe tanzen sehen.

Ich will nicht behaupten, daß ich bis dahin viel von der Liebe wußte, aber jedenfalls war ich sicher, daß es irgendwann zu einer Verschmelzung der beiden Geschlechter kommen mußte, daß es irgendwie, früher oder später, notwendig sein würde, daß man miteinander schlief. In den folgenden Jahren entdeckte ich, daß ich mich irrte, und ich bin dankbar dafür, daß ich eines Besseren belehrt wurde. In den folgenden Jahren erforschten Andreas und das Mädchen für sich und für uns andere, und damit also auch für mich, die Liebe, die in der Leere zwischen zwei Menschen wächst, die nie vereint werden.

Nun verhält es sich so, daß sich die Ballette des großen Meisters Kulissen und Klischees aus fremden Ländern entliehen haben. Diese leeren Landschaften erfüllten Andreas und das Mädchen nun mit Gefühlen, die echt waren. Als ich sie tanzen sah, verstand ich die katholische Strenge des spanischen Flamencos, die jeden Augenblick mit Blut zu gurgeln droht, aber auch die lachlustige Lauterkeit der italienischen Tarantella, die nur auf die Unaufmerksamkeit eines Augenblicks wartet, um sich auf dem Mist zu wälzen. Selbstverständlich war es Theater, und zwar in einem Ausmaß, das mir damals verborgen blieb und das ich erst später entdeckte. In gewisser Weise war alles gespielt und falsch, aber ich sage es, wie ich es damals empfand: Ich sah sie tanzen und verstand die Liebe. Und zwar nicht nur die Liebe der jungen Liebenden. Denn wenn die Musik gedämpfter erklang, langsamer und klagend wurde, wurden Andreas' Schritte schwerer, es zerrte an ihm, es zog ihn zu Boden, bis ich das Leiden wie hochaufgetürmte Jahre auf seinen Schultern sah. Dann tanzte er aus der Zeit hinaus und in das hinein, was kommen sollte. Er zeigte uns das Alter, und wenn das Mädchen in seine Arme glitt und er sie mit einer abgeklärten Ruhe stützte, die alles gesehen und alles ertragen hat, sah ich zwei Menschen, die ihre Liebe über eine endlose Reihe von Jahren hinweggetragen haben und nun furchtlos dem Tod entgegenblicken. Bis ich sah, wie sie sich in der Garderobe abschminkten, hätte ich geschworen, daß sie in dieser Nacht ergraut sein mußten.

Ich fragte mich damals, ob wir das Recht haben, von der Liebe mehr zu fordern, und auf diese Frage habe ich noch immer keine sichere Antwort gefunden.

Sie wurde Solotänzerin, und dann richtete man für sie eine spezielle Stelle ein. Im Laufe weniger Jahre wurde sie die erste Tänzerin am Theater, die alles genauso bekam, wie sie es haben wollte. Ich bin sicher, alle hatten das Gefühl, daß sie in ihrer Person das gesamte Theater vereinigte. Sie war gekommen und ans Licht getreten, um es nie mehr zu verlassen.

Jeder andere wäre zum Gegenstand des Neids geworden. Sie nicht, für sie fanden alle Menschen nur Lobesworte, nichts anderes als Worte des Lobes. Das hatte damit zu tun, daß die Geschichte ihrer Vergangenheit bekannt wurde. Ich verstand damals nicht, wie das passieren konnte, denn Andreas war viel zu panisch gelähmt und liebte sie viel zu sehr, als daß auch nur ein Wort über seine Lippen gekommen wäre. Ich selbst aber war stumm wie ein Fisch. Trotzdem wußten am Theater seit dem Tag, an dem das Mädchen seinen Aufstieg begann, Rollen und Aufmerksamkeit erhielt, alle, daß sie ein verlorener Mensch war.

Weshalb war sie verloren? Wie soll ich erklären, was wir dachten, dir vor allem, Rumi, der du selbst ein Leben ohne Frauen gewählt hast? Es läßt sich vielleicht nie erklären, vielleicht kann ich es ebensogut aufgeben, aber laß mich sagen, daß für uns, für uns Tänzer, von den jüngsten in der Schule bis zu den ältesten, die pensioniert waren und nun als Corpsgedächtnis herumliefen und halfen, die Ballette des Meisters bis in die kleinste Fingerstellung hinein korrekt zu reproduzieren, daß für uns die körperliche Liebe die sechste Säule der Pflicht war, wenn du verstehst, was ich meine. Ein Mensch, der nie mit einem anderen Menschen würde schlafen können, schien uns rettungslos verloren.

Neid setzt Verwandtschaft voraus. Hätten wir das Mädchen um ihren Tanz und ihre Rollen und ihre Berühmtheit beneiden sollen, dann hätten wir uns mir ihr verwandt fühlen müssen. Aber man beneidet ja auch keine Katze um ihre federnden Sprünge, oder? Man beneidet doch keine Statue, weil sie gut gebaut ist. Es würde einem doch nicht einfallen, Jesus am Kreuz um seine guten Repliken zu beneiden, oder? Was ja wohl daran liegt, daß gewissermaßen weder die Katze noch die Statue, noch der Erlöser von dieser Welt ist, alle sind sie ja auf ihre Weise tragisch unwirklich, die Katze, weil ihr die Einsicht in den Zusammenhang der Welt fehlt, die Statue, weil sie leblos ist, und der Erlöser, weil er als Solist des Herrn so viel durchmachen muß, daß ihn niemand im Ernst um seine Rolle beneiden kann.

Jetzt, wo ich zurückschaue, verstehe ich, daß das Leben des Mädchens mit dem Theater verschmolz. Sie tanzte, daß einem vor Freude und Beklommenheit darüber, daß es sie gab, die Tränen kamen, und gleichzeitig fühlte man, daß ihr tragisches Schicksal über sie hinauswies und uns alle anrührte, daß sie tanzte, um eine unheilbare Seelenwunde zu heilen. Damit machte sie die Ballette des Meisters wahrhaftig, sie ließ das vorige Jahrhundert wieder auferstehen, sie lächelte auf der Bühne, und der ganze Gips erhob sich aus dem Grab und kam uns weinend entgegen. Uns wurde schwindlig, wir spürten, wie sich das Theater mit Sinn und Heiligem Geist füllte, daß es wirklich eine wahre, alles umfassende Kunst gab und das Mädchen ihre Prophetin war.

Propheten sind über den Neid erhaben, denn sie bezahlen für ihre Würde immer einen fürchterlichen Preis. Ich sah das Mädchen durch Tränen, das darf ich wohl zugeben, ich weinte, spürte und sah, daß sie wie ein geschändeter Tempel war, eine Art göttliche Ruine.

An so vielen Abenden blieb ich im Saal sitzen, um sie proben zu sehen. Um mich herum das leere, dunkle Theater. Auf der Bühne Licht und drei Gestalten. Das Mädchen, Andreas und der Klumpfuß, den sie aus dem Orchestergraben zum Leben emporgehoben hatte. Was verband sie wohl, fragte ich mich. Der Tanz und die Musik, antwortete die Welt, und das ist wohl auch richtig. Aber da war auch noch etwas anderes, das spürte ich, und da draußen im Dunkeln erkannte ich, was es war: die Entstelltheit. Dieses Wissen verband sie, sie wußten, wie es ist, als Beschädigter unter heilen Menschen zu leben.

Übrigens konnte der Junge auch modellieren. Statt der Geige hatte er oft einen Klumpen Lehm auf einer Holzplatte vor sich und modellierte das Mädchen. Irgendwann brannten sie mehrere der kleinen Statuen und stellten sie in einem Seitengang des Theaters auf. Doch selbst dort zogen sie in den Pausen das Publikum an, und nach einer Weile wurden sie wieder weggenommen, weil man meinte, sie wirkten vergröbernd. Damals war das Mädchen für alle am Theater ja ein überirdisches Wesen. Doch in den Statuen des Klumpfußes erkannte ich für Momente etwas anderes wieder, etwas, weswegen man sie wieder wegnahm, eine ferne Erinnerung an damals, als sie über den Dächern von Kopenhagen barfuß getanzt hatte.

Vor allem aber spielte er. Er spielt, und das Mädchen und Andreas tanzen oder proben eine schwierige Stemmszene aus dem großen *Pas de deux* im *Korsar*, immer wieder, mit einer Geduld ohne Grenzen, bis die Bewegung so schwerelos und einleuchtend ist wie – was soll ich sagen? – wie eine Liebkosung. Sie schweben gleichsam in einer Höhle aus Licht, treiben in einem warmen Wasser aus Licht, Kunst und Freundlichkeit. Keiner denkt an die Zeit, keiner weiß, wie spät es ist, die Zeit existiert nicht mehr, es gibt nur noch die Musik und die beiden, die tanzen, als Beweis dafür, daß jenseits von Krieg, Begierde, Groll und Alltag ein Ort existiert, und an diesem Ort erheben sich Kunst und Tanz als Verheißungen einer reinen, unbefleckten Ewigkeit.

Unten im Saal sitze ich, mein Körper ist in Dunkel gehüllt, doch in meinem Herzen brennen die Theaterlichter, und ich bin sehr glücklich.

Dir, Rumi, brauche ich nicht zu erklären, wie selten Gott uns anhaucht, wenn wir tanzen. Du und ich, wir wissen, was es kostet, diesen Hauch zu wollen, darum zu betteln und dann überhört zu werden, warten zu müssen. Von diesem Leid reden wir heute abend nicht, du hast gesagt, wir sollten nicht jammern. Statt dessen werde ich dir erzählen, wie Gott Andreas zum letztenmal anhauchte. Von dem eigentlichen Erlebnis gibt es nicht viel zu erzählen, das ist ja göttlich und läßt sich nicht erklären. Aber das Theater feierte, daß der Meister vor hundert Jahren als neuernannter Tanzdirektor sein erstes Ballett geschaffen hatte. Andreas und das Mädchen tanzten selbstverständlich die *Sylphide*, dieses vollendete Ballett von der Unmöglichkeit und Notwendigkeit der Liebe, und Gott hauchte sie an, und als Andreas nach dem letzten Vorhang in die Kulissen zurückkam, blieb er vor mir stehen, faltete die Hände und sagte langsam und innerlich, als betete er: ›Laß es immer so sein‹, und in dem Augenblick waren weder er noch ich im Zweifel – natürlich würde er erhört werden.

Wir blieben noch sitzen und redeten miteinander, während sich das Theater leerte, bis auch die Tänzer heimgegangen und die Schritte des letzten Wächters verklungen waren. Da erst fragte ich ihn, wie es denn sei, so auf Abstand zu lieben, ob das denn ausreiche? Andreas sah mich einen Augenblick ernst an und sagte dann: ›Es ist himmlisch, und sollte das Himmlische nicht ausreichen?‹

In diesem Moment herrschte großes Einvernehmen zwischen uns, wir wußten beide, daß er sein Leben und sein Liebesglück der Kunst, dem Tanz und diesem Mädchen opferte, und mich erfüllte eine stille Freude, weil ich heute abend bei ihm sein, ihm zuhören und ihn stützen konnte, wenn er sein Kreuz trug. Schweigend gingen wir nebeneinander durch das Theater, über die verlassene Bühne und durch dunkle Korridore. Zuletzt näherten wir uns der Garderobe des Mädchens, weil, so spürten wir, uns das Weibliche selbst durch seine Abwesenheit anzieht.

Bereits von weitem hörten wir sie singen, einen feinen Meßgesang, den wir beide als Kirchenlied auffaßten. Wir näherten uns still, behutsam, aber unwiderstehlich angezogen von dem Gottesdienst, den wir erwarteten. Wir hatten sie noch nie zuvor singen hören, trotzdem aber war uns klar, daß wir durchs Schlüsselloch schauen und sie in eine Art Gebet versunken finden würden.

Das Schlüsselloch war nicht nötig, denn die Tür stand offen, und wir schauten hinein, ehrerbietig und nervös, als befürchteten wir, ein Sakrileg zu begehen.

Auf dem Schminktisch war eine Kerze fast heruntergebrannt, der Docht war im Stearin gefangen, das Licht war nur noch ein Glühen, das nicht in das Dunkel des Raumes hinausreichte. In dieser Dunkelheit sahen wir nur etwas Kreideweißes, das auftauchte und verschwand, auftauchte und verschwand. In diesem Moment ergriff Andreas meine Hand und drückte sie fest, und ich spürte, was er dachte und daß es die gleichen Gedanken waren, wie sie mir durch den Kopf gingen. Eine überwältigende Sekunde lang waren wir überzeugt, das Mädchen sei aus seiner menschlichen Gestalt herausgetreten und entfalte jetzt im Dunkeln ein paar große weiße Engelsschwingen. Dieser Gedanke war in seiner wilden Unwahrscheinlichkeit vollendet schön und vollendet schrecklich zugleich, schön, weil es so richtig war, daß sie in den Himmel tanzen würde, schrecklich aber, weil sie uns verlassen wollte.

Da ließ der Luftzug das Licht aufflackern, der Docht befreite sich aus dem Stearin und flammte auf, ein Lichtstrahl fiel vom Schminktisch auf den großen, schrägen Garderobenspiegel und traf von dort das Gesicht des Mädchens. Ihr Kopf hing über der Lehne eines großen Sessels, und weil wir ihr Gesicht umgekehrt sahen, war sein Ausdruck rätselhaft. Aber das göttliche Weiß hob sich jetzt scharf ab. Es waren keine Engelsschwingen. Es war der weiße Hintern des klumpfüßigen Geigers, der aufstieg und sank, auftauchte und verschwand, während er sich über dem schräg nach oben gewendeten Unterleib des Mädchens hob und senkte. Während wir auf der Stelle erstarrten, wurde mir ihr Gesichtsausdruck völlig klar, selbst Andreas begriff. Ihr Gesicht war verdreht in dem Wunsch zu beschleunigen und zugleich zurückzuhalten.«

Hier machte Jakob eine lange Pause und blickte in die Nacht, als ließe er die Bilder jener anderen Nacht vor sich ablaufen. Nach einer Weile sagte Rumi: »Ich kenne die Fortsetzung der Geschichte. Vor der Tür hauchte Gott euch an und erfüllte euch mit heiligem Zorn. Du brachtest deinem Freund ein Schwert mit flammenzüngelnder Klinge, und mit Kräften, die die Wut versiebenfacht hatte, trat er die Tür auf, drang in das Zimmer ein und nagelte das Mädchen und ihren Hurenknecht an den Sessel, so wie man eine Nadel durch Insekten sticht, die sich paaren. Danach blieb er bis zum Morgengrauen an der Doppelleiche sitzen und sprach von Leben und Tod.«

»Das«, sagte Jakob, »wäre kein sehr dänischer Schluß gewesen. Wir müssen respektieren, daß die Geschichte in Dänemark spielt.«

»Das ist wahr«, sagte Rumi. »Es steht auch geschrieben – in der 42. Sure, Vers 37 – ›Auch wenn wir gereizt sind, müssen wir zu vergeben suchen.‹ Dein Freund hat also dem Hurenknecht vergeben?«

»Das auch nicht«, sagte Jakob. »Denn auch das wäre sehr wenig dänisch gewesen. Die Fortsetzung der Geschichte ist ein Gespräch zwischen dem Mädchen und Andreas, ein Gespräch, das ich nicht gehört habe, von dem er mir aber erzählt hat. Ich weiß nicht genau, wann es stattfand, stelle mir aber vor, daß es noch am selben Abend war. Ich glaube, Andreas hat gewartet. Obgleich er gewußt haben muß, daß jetzt zwischen ihm und dem Mädchen ein schwarzes Loch war, über das niemand würde eine Brücke schlagen können, hat er wohl trotzdem gewartet.«

»Wo warst du, Jakob?« fragte Rumi.

»Es gibt Zeiten«, sagte Jakob, »da das Kreuz des Daseins so schwer zu tragen ist, daß man nicht einmal seinem besten Freund helfen kann. Irgendwann war das Mädchen wieder allein, Andreas ist zu ihr hineingegangen und hat sie lange und direkt angeschaut. Und dann hat sie gesagt: ›Ich hatte plötzlich einfach Lust.‹ ›Ja‹, sagte Andreas. ›Es stimmt also nicht, was du mir damals erzählt hast?‹ ›Nein‹, erwiderte das Mädchen, ›nicht viel davon war wahr.‹ ›Weshalb hast du es mir dann erzählt?‹ fragte er. ›Ich weiß es nicht‹, sagte sie. ›Ich hatte plötzlich einfach Lust. Danach wollte ich dir jeden Tag die Wahrheit erzählen.‹ ›Warum hast du es denn nicht getan?‹ fragte Andreas. ›Weil ich sah‹, sagte sie, ›wie schön du getanzt hast. Da begriff ich, daß meine Unwahrheit ein großes Kunstwerk gewesen war. Daß ich dir erzählt hatte, was du hören mußtest, um so gut wie möglich zu tanzen.‹ ›Ich glaube‹, sagte Andreas, ›daß ich damals lieber etwas mehr von der Wahrheit gehört hätte.‹

Da lehnte sich das Mädchen zurück, als zöge sie sich in eine andere Welt zurück, und vielleicht, dachte Andreas, tat sie das auch. Von dorther sagte sie: ›Die Welt eignet sich nicht für die Wahrheit, mein Andreas, auch du eignest dich nicht dafür. Du verstehst es zwar nicht, aber ich will dennoch versuchen, es dir zu erklären: Die Menschen auf dieser Welt und vor allem an diesem Theater *müssen leiden*, sie müssen das, weil sie jede Sekunde in ihrem Leben in zwei entgegengesetzte Richtungen streben. Wenn du tanzt, Andreas, formst du ein Bild der Leichtigkeit. Abend für Abend sehen dich die Zuschauer über die grüne Wiese tanzen als der unbekümmerte junge

Prinz, der Vogelfänger oder der Adlige, der in dieser Welt keine Pflichten oder Sorgen hat. Du bist das wandelnde Bild der sorglosen Freiheit. Aber du und ich und das Publikum wissen, daß du, um dieses Bild der Freiheit formen zu können, freiwillig ins Kloster gegangen bist und dein Leben der härtesten und monotonsten Arbeit geweiht hast, die die Welt je gekannt hat. Jeden Abend zeigst du im Theater, daß Pflicht und Freiheit im Universum in einem Spannungsverhältnis stehen.

Jeden Abend tanzt du auf der Bühne den tugendhaften, ritterlichen jungen Mann, der alles tut, um die weibliche Schamhaftigkeit nicht zu kränken, und du tanzt deine Rolle als Heiliger in so strammen Hosen, daß jeder im Saal sehen kann, was du zwischen den Beinen hast, und unter anderem deshalb kommen sie ins Theater. Jeden Abend beweist du auf der Bühne, daß Begehren und Tugend im Universum in einem Spannungsverhältnis stehen.‹

›Ich will nichts mehr hören‹, sagte Andreas.

›Nein‹, sagte das Mädchen. ›Selbstverständlich willst du nichts mehr hören. Jeden Abend zeigst du auf der Bühne Momente des Glücks. Du zeigst der Welt, daß das Glück Weib, Wein und Natur ist und tun zu können, was einem gerade einfällt, während alle genau wissen, daß es in deinem Leben weder Frauen noch Alkohol, noch Wahlfreiheit gibt. Daß du dieses Bild nur formen kannst, indem du diesen Versuchungen den Rücken kehrst. Du willst die Wahrheit nicht hören, brauchst du auch nicht. Du sollst eine Geschichte haben, wie ich sie dir bereits erzählt habe, von einer tragischen Seele in einem schönen Körper. Kennst du die Geschichte von Moses, der die Wasser teilte, damit das Volk trockenen Fußes hindurchgehen konnte?‹

›Ja‹, sagte Andreas.

›Du bist Moses‹, sagte das Mädchen. ›Du spannst zwei widerstrebende Kräfte zusammen, damit das Publikum trokkenen Fußes hinüber und nach Hause kommen kann.‹

›Wenn ich Moses bin‹, sagte er, ›wer bist du denn dann?‹

Nur einen Augenblick besann sich das Mädchen. ›Ich bin der Herr‹, sagte sie.

Andreas blickte auf die zarte Gestalt im Tüllröckchen und mit hochgesteckten Haaren. ›So sieht der Herr nicht aus‹, sagte er still.

›Begriffen habe ich es‹, sagte das Mädchen, als spräche sie, dachte Andreas, zu sich selbst, was sie wohl auch tat, ›als ich der Versuchung widerstand, dir die Wahrheit zu erzählen, da begriff ich, daß ich ganz außerhalb stand. Und daran erkennt man Gott. Daran, daß er ganz außerhalb steht.‹

›Zum Teufel noch mal‹, jammerte Andreas, ›du bist doch wohl auch ein Mensch wie wir.‹

›In gewisser Weise, Andreas‹, sagte das Mädchen, ›bin ich wie ihr, auf eine andere Art aber bin ich anders und allein. Und so ist es, Gott zu sein. Man versteht alles, aber man ist immer allein, deshalb kann man tun, was notwendig ist.‹

›Und was ist denn notwendig?‹ fragte er.

›Daß an diesem Theater getanzt wird‹, sagte das Mädchen.

›Auch wenn es so ist, wie du sagst, daß die Wahrheit über das Theater aus zwei Lügen besteht, die zueinander in einem Spannungsverhältnis stehen?‹ fragte er.

›In dem Fall‹, erwiderte sie, ›ist es noch wichtiger als je zuvor, daß ihr alle das Gefühl habt, für etwas zu arbeiten, das harmonisch und größer ist als ihr selbst.‹

›Und was ist mit dir‹, fragte Andreas, ›wofür arbeitest du?‹

›In zehn Jahren‹, erwiderte sie, ›werde ich Ballettmeisterin sein, der erste weibliche Ballettmeister an diesem Theater. Dann werden sie von mir sagen: Damals war sie eine große Tänzerin. Jetzt ist sie eine große Ballettmeisterin. Bis dahin werde ich reich sein, ich werde in ganz Europa bekannt sein, und die Tänzer am Theater hier werden mich in einer Weise fürchten, die sie sich in diesem Augenblick noch gar nicht vorstellen können.‹

›Ich glaube, ich habe eine Ahnung davon‹, sagte Andreas.

›Und doch‹, fuhr sie fort, ›werden Macht und Geld und Ehre nur Begleiterscheinungen sein, der wirkliche Grund wird ein ganz anderer sein. Ihr tut alle euer Bestes, ihr schuftet alle wie die Tiere. Aber diejenige, die Moses die Kraft verleiht, die Wasser zu teilen, und sie getrennt hält, obwohl sie sich damit wissentlich über die Wahrheit hinwegsetzt, die muß mehr als jeder andere unter dem Druck der Wassermassen und der Unwahrheiten handeln. Unter diesem Druck handeln, das heißt, seine Pflicht tun. Genau das tue ich. Und genau das tat der Meister, als er die Ballette schuf.‹

Sie war jetzt aus dem Sessel aufgestanden, und ihr Gesicht war dem von Andreas ganz nahe. Er sah, daß sie wie aus weiter Ferne zurückgekommen und in diesem Augenblick so ehrlich war, wie er sie zuvor nur zweimal gesehen hatte: als sie hoch über der Stadt allein im Raum getanzt und als ihr Kopf über der Sessellehne gehangen hatte. ›Ich tue meine Pflicht. Und ich tue sie für das einzige, das größer ist als ich und größer als wir alle zusammen‹, sagte sie, ›ich tue sie für den *Tanz*, damit hier, zu unseren Füßen, bestmöglich getanzt wird.‹

So viel von diesem Gespräch hatte Andreas behalten, oder so viel wollte er mir erzählen«, sagte Jakob. »Und jetzt hat diese Geschichte zwei mögliche Schlüsse.

Am nächsten Tag bekamen wir Andreas nicht zu sehen. Am Tag darauf aber lag im Theater eine Nachricht seiner Eltern, daß ihr Sohn, von dem sie geglaubt hatten, er würde sie ins Leben führen, sie statt dessen in die Hölle mitgenommen habe: Er hatte ein Jagdgewehr auf den Boden gestellt, dessen Lauf in den Mund gesteckt und abgedrückt.

Ich weiß nicht mehr, wie wir reagierten. Ich entsinne mich nur noch an das Bild, das ich vor mir sah, als mich die Nachricht traf. Ich hing betäubt und schwerelos in der Luft und wartete darauf, daß die Trauer auf mich einstürzen würde. Ich sah Andreas vor mir, über die dunklen Löcher des Laufs gebeugt, als rufe er in die Unterwelt hinunter, daß er sich aufgemacht habe, und dann dachte ich, da hat er sich eine schöne Sudelei zum Sterben ausgesucht. Sein feines Gespür für die Schönheit hat ihn also zuletzt verlassen, wo er doch eine so schöne Leiche hätte sein können.

Viel später sah ich ein, daß der Selbstmord der einzig würdige Abschluß war. Denn natürlich hätte die Zeit auch ihn eingeholt, natürlich wäre auch er alt geworden. Jetzt ging er statt dessen in die ewige Jugend ein, in der die Erinnerung des Theaters und des Publikums ihn festhalten wird. Es war der vollendete Abgang, weil er sein Leben zu einem romantischen Ballett gemacht hatte.

Dies, Rumi, ist der eine mögliche Schluß.«

Eine Zeitlang schwiegen sie.

»Nein«, sagte Rumi dann, »das war kein vollendeter Abgang, denn er enthält keine Erklärung dafür, daß du heute nacht hier sitzen und diese Geschichte erzählen kannst. Es muß immer eine Erklärung für den Platz des Erzählers in der Geschichte geben. Diese Nacht heißt auf arabisch *alilet*, Schicksalsnacht. In dieser Nacht erzählt Mohammed den Koran. Aber nur, weil Allah ihm diese Erzählung durch den Erzengel Gabriel geschickt hat. Im Koran ist die Rolle des Erzählers also deutlich. Und so muß es sein.«

»Warum?« fragte Jakob.

»Damit wir sicher sein können, daß wir die unverfälschte Wahrheit hören«, sagte der Mohammedaner. »Eine Geschichte kann unwahr sein. Aber die Geschichte und ihr Erzähler zusammen sind immer wahr.«

»Du hast recht«, sagte Jakob. »Diese Erzählung braucht eine Fortsetzung. Diese Fortsetzung ist gewissermaßen das Begräbnis von Andreas. Denn am Tag seiner Beerdigung tanzten wir abends zu seinem Andenken die *Sylphide*.

Der Vorschlag kam von dem Mädchen. Ich sehe jetzt, daß sie schon lange einen weit größeren Einfluß am Theater gehabt haben muß, als einem von uns Tänzern klar war, und nun wollte sie das Ballett tanzen, um ihrem Partner ein Denkmal zu setzen. Alle anderen fanden, diese Tatkraft gereiche ihr zur Ehre. Was ich selbst fand, weiß ich nicht mehr so recht. Aber ich erinnere mich, daß ich dachte, selbst den Tod kann sie also dazu benutzen, dem Tanz Leben zu verleihen.

Ich weiß nicht, warum sie wollte, daß ich die Partie des jungen Mannes, Andreas' Rolle, tanzte. Möglich, daß sie damals an einer neuen Geschichte arbeitete, an einem Totentanz, der mich zu einem neuen Andreas machen sollte. Aber ich glaube es nicht. Ich glaube, sie suchte mich aus, um mich enger an sich zu binden. Ich glaube, daß sie bereits damals spürte, daß ich etwas wußte, daß ich schon da etwas außerhalb stand. Selbstverständlich versuchte ich mich zu entziehen. Ich sagte, ich trauere, doch sie trat dicht an mich heran und sagte, der Tanz sei größer als die Trauer des einzelnen, und das sagte sie so, daß ich – auch wenn ich von ihr nicht gewußt hätte, was ich tatsächlich wußte – gemerkt hätte, hier spricht kein Mensch, sondern das Theater zu mir.

Ich möchte nicht behaupten, daß ich an dem Abend sonderlich klar sah. Aber ich meine mich ganz sicher zu erinnern, daß im Theater eine sehr schöne Stimmung herrschte, weil der Selbstmord eine so vollendete Tat gewesen war. Ich sagte bereits, daß ich das Publikum nicht verstand. An diesem Abend aber kam mir doch die leise Ahnung eines Verständnisses. Ich begriff nämlich, daß sie sich alle ab und zu gewünscht haben müssen, das wirkliche Leben solle so sein wie das Leben auf der Bühne. Daß sie auf unerklärliche Weise die Geschichte kannten, die das Mädchen Andreas erzählt hatte; daß es ihr gelungen war, diese tragische Lüge über ihr Leben an die Öffentlichkeit dringen zu lassen, so daß das Publikum jetzt wußte, daß Andreas, als er auf den Abzug trat und die Schrotkörner seinen Kopf verdampfen ließen, Leben und Kunst vereint hatte.

In der *Sylphide* stirbt der junge Mann aus Trauer über den Tod der unberührbaren Sylphide. Das Ballett ist ein Schrei zu den Göttern über die Schönheit und Tragödie der rein geistigen Liebe, und nun saßen sie alle unten im Saal und wußten, daß es genau dieser Schrei war, den Andreas in die Gewehrläufe geschrien hatte.

In den letzten Minuten vor der Vorstellung versuchte ich, Trauer und Zorn aus meinem Gemüt zu verbannen und diese Gefühle draußen in der Garderobe zu lassen, aber es gelang mir nicht. Ich tanzte den ersten Teil des Balletts, aber ich tanzte mit Kleister an den Füßen, und in meiner kurzen Pause, als das Mädchen sein großes, schmachtendes Solo hatte, ging ich an allen vorbei, die in den Kulissen standen und vor Rührung weinten, zurück zu meiner Garderobe, um einen kurzen Augenblick lang Ruhe zu finden.

Als ich mich vorbeugte und meine leeren Augen im Spiegel ansah, stand hinter mir im Dunkel ein weißes Gesicht, und noch bevor ich mich umdrehte, wußte ich, daß es Andreas war. Einen kalten, kalten Augenblick lang dachte ich, er sei vom Himmel auf die Erde gekommen, um mir meine Schwäche vorzuwerfen. Doch dann erinnerte ich mich an den weißen Hintern des Klumpfußes im Dunkeln und dachte, daß es mit den Engeln verdammt noch mal langsam reichen sollte, und außerdem sah ich, daß Andreas' Gesicht weiß aussah, weil er geschminkt war. Geschminkt und umgezogen, um meine oder richtiger seine eigene Rolle zu tanzen.

Was ich zu ihm sagte? ›Du bist also nicht tot?‹ ›Nein‹, sagte er. ›Sie hat mich gelehrt, daß die Lüge eine große und notwendige Kunst sein kann. Aber jetzt gehe ich an deiner Statt auf die Bühne.‹ ›Ist das eine gute Idee?‹ fragte ich. ›Findest du, man kann es einem Kameraden abschlagen, an seiner eigenen Beerdigung teilzunehmen?‹ fragte er und war verschwunden.

Aus der Kulisse sah ich, wie sie sich begegneten. Sie war sicher, er sei ich. Solange er sie noch nicht berührt hatte, war sie von tränenbenetztem und pfauenhaftem Triumph erfüllt, doch als er sie stützte, sie ihm das Gesicht zuwandte und ihn erkannte, erstarrte sie zuerst zu Eis, und dann begannen ihr die Federn auszufallen.

Obwohl sie innerlich zu Eis erstarrt war, trieb die phänomenale Routine ihren Körper weiter, so daß anfangs nur ich wirklich *sah*. Sah, wie Andreas sie selbstsicher, entspannt und rücksichtsvoll stützte, während er flüsternd auf sie einsprach. Ich kann nur raten, was er sagte: ›Der Tanz ist größer als der einzelne, auch größer als du, und wenn du nicht weitermachst, wenn du nicht mit mir zu Ende tanzt, dann nehme ich dich mit zur Bühnenrampe und erzähle ihnen allen die Wahrheit über uns beide, denn jetzt habe ich selbst nichts mehr zu verlieren, ich bin ja so gut wie tot, wenn du verstehst, was ich meine, und wer tot ist, steht außerhalb, und für den, der außerhalb steht, gelten ja ganz besondere Regeln.‹

Ich kann nicht sagen, wie lange sie tanzten, vielleicht einige Minuten, und in diesen Minuten hatte er eine schreckliche Macht über sie, in diesen Minuten hielt er sie in einer Leere fest, und wenn es überhaupt eine Gerechtigkeit gibt, dann hat sie in dieser Leere den Unterschied zwischen Wahrheit und Lüge kennengelernt.

Da verhaspelten sich ihre Beine, und in den Kulissen muß jemand Andreas erkannt haben, denn sie ließen den Vorhang herunter. Doch bevor er die Bühne berührte, schlüpfte Andreas unten durch und stand allein vor dem Publikum. Sie versuchten mich zu bewegen, mitzugehen und ihn zu holen, aber ich wollte nicht, ich blieb nur stehen und hörte zu.

›Meine Damen und Herren‹, sagte er, ›ich bin wirklich Andreas, der Andreas, den Sie für tot gehalten haben. Ich war auch tot, aber nun bin ich wieder auferstanden, und wenn Sie die Augen aufsperren und sterben und nur ein klein wenig wieder mit mir auferstehen, dann verspreche ich Ihnen, daß Sie noch heute abend mit mir im Paradies sein werden.‹

Da rissen sie ihn zurück und sperrten ihn ins Kittchen – eine kurze Zeit lang –, dann ließen sie ihn wieder raus, und er verschwand. Ich konnte nicht mehr mit ihm sprechen, ich sah ihn nicht mehr. Aber nach dieser Geschichte war es sehr schwer für mich, am Theater zu bleiben, ich fühlte mich dort nicht mehr wohl, und eines Tages ging ich weg. Deshalb, Rumi, kann ich dir diese Geschichte erzählen.«

Lange saßen sie still und sahen in den Mond, der nun aufgegangen war und über der schlafenden Stadt leuchtete.

»Du«, sagte Rumi dann voller Gewißheit, »bist Andreas.«

»Zwischen dem Andreas«, antwortete der andere, »der in Kopenhagen tanzte, und dem Jakob, der dir gegenübersitzt, liegt ein weiter Weg.«

»Aber«, sagte Rumi, »es ist durchaus denkbar, daß auch Andreas irgendwo auf der Welt auf einem Schiffsdeck sitzt und den Mond anschaut.«

»Ja«, antwortete Jakob, »das ist durchaus denkbar.«

»Hat irgend jemand etwas aus Andreas' Schicksal gelernt?« fragte der Mohammedaner. »Kam jemand aus dem Publikum mit ihm ins Paradies?«

»Nein«, sagte Jakob. »Dorthin gelangte er allein.«

»Wer hat denn dann etwas gelernt?« fragte Rumi.

»Ich«, sagte Jakob. »Ich habe gelernt, daß es notwendig sein kann, außerhalb zu stehen, um klar zu sehen. Und ich kann nicht sagen, wer in dieser Geschichte mich das gelehrt hat.

Seit einiger Zeit meine ich, daß ich auch etwas anderes gelernt habe. In den letzten Wochen ist es schon mal passiert, daß ich aufgehört habe, mich zu ärgern, daß ich das Theater, das Mädchen und Andreas ohne Zorn gesehen habe, als sei ich jetzt imstande, das alles mit den Augen eines anderen Menschen zu erleben, als sei es doch möglich, innerhalb zu stehen.«

»Mit wessen Augen?« fragte Rumi.

»Denen vom Klumpfuß«, antwortete Jakob. »Und in diesen Augenblicken vergebe ich ihnen allen.«

»Vergebung ist schön«, sagte Rumi. Mit glasklarer, gedämpfter, aber dennoch kraftvoller Stimme, die für ein großes Publikum geschaffen und daran gewöhnt war, rezitierte er:

»Denen, die glauben,
sollst du sagen,
daß sie vergeben müssen denen,
die sich nicht nach Allahs Reich sehnen.
Allah allein wird
mit Gut und Böse vergelten
die Taten der Menschen.«

Langsam kam Jakob hoch, streckte sich und lehnte sich gegen die Takelage. Das Mondlicht fiel durch das Karomuster der Taue wie durch einen Filter und umschloß seinen Oberkörper mit einem imaginären Harlekinanzug. Die beiden Männer sahen nachdenklich in die Nacht hinaus, und ohne daß sie ein Wort gewechselt hätten, schlugen ihre Gedanken die gleiche Richtung ein und bewegten sich gemeinsam weiter, und sie dachten, daß ihre Geschichte jetzt zwei mögliche Schlüsse habe. Es war in diesem Augenblick nicht zu entscheiden, ob sie bleiben und das Kommende abwarten oder abstoßen, die Segel hissen und versuchen würden, ihre Beharrlichkeit den Fluß hinunter Richtung Meer zu verfrachten.

Urteil in Sachen Gerichtspräsident Ignatio Landstad Rasker

Will man die Geschichte Europas im neunzehnten und zwanzigsten Jahrhundert verstehen, kann man sich dem Beamtenstand zuwenden. Seiner rätselhaften, monoton ausdauernden Arbeitsamkeit, seinem Talent zum Entsagen, seiner tief begrabenen und dennoch anmaßenden Empfindsamkeit.

Planen heißt eine Spannung etablieren. Seinen Plan verwirklichen heißt diese Spannung aufrechterhalten. In der Geschichte Europas entwickelte sich die Kunst der Planung beim Beamtenstand bis zur Vollkommenheit. Und zugleich damit: die Kunst, Anspannungen zu schaffen und auszuhalten.

Die Seismologie ist die Wissenschaft von den Oberflächenerschütterungen, die durch Spannungen unter der Erdoberfläche hervorgerufen werden. Das Studium der Liebe ist die Seismologie der Persönlichkeit und der menschlichen Gemeinschaft. Deshalb blicken die Welt und die Familie, wenn sie Bescheid über die Zukunft wissen wollen, zuerst auf das Liebesleben ihrer Kinder.

Um ein Mitmensch zu werden, muß man seinen Liebesdrang eindämmen können. Um Staatsbürger zu werden, muß man ihn eindämmen und kanalisieren können. Wer sein ganzes Leben an diese erotische Ingenieurarbeit setzen kann, kann ein großer Beamter werden. Wer weder zu kanalisieren noch sein Leben einzusetzen vermag, kann eine Tragödie werden. Oder Künstler. Oder etwas Drittes, Unvorhersehbares.

Am 19. März 1929 wurden Thomas Landstad Rasker und Charlotte Römer in der Holmens-Kirche zu Kopenhagen getraut.

Am Nachmittag desselben Tages schauten die Neuvermählten aus den hohen Fenstern der Wohnung von Thomas' Vater auf den Frederiksholmskanal und das Sonnenuntergangslicht über der Hauptstadt. Am dritten Fenster des Zimmers stand Thomas' Mutter, Eline Landstad Rasker.

Der Tag war diesig gewesen, jetzt fing der Nebel das Sonnenlicht ein, und ein großer goldener Schleier senkte sich über die Schloßkirche, die königlichen Ställe und das Oberste Gericht, weiter oben, über Kirche, Heer und Verwaltung, war der Himmel klarblau.

Eline blickte in den hellen Himmel und meinte, eine lange, leuchtende Reihe anderer Sonnenuntergänge zu sehen. In ihrem Herzen sammelten sich die Jahre, die sie gelebt hatte, in einem einzigen Punkt aus Glück, Wehmut, explosivem Überdruck und der Gewißheit, daß vor uns die Nacht wartet. Sie sah ihren Sohn und ihre Schwiegertochter an und versuchte ihre Gedanken zu deuten, und wie so oft zuvor dachte sie daran, wie wenig Eltern über ihre Kinder wissen, ja, wie wenig der Mensch überhaupt begreift, woran er als Schöpfer selbst teilhat.

Da ging die Tür hinter ihnen auf, und im Raum stand Hektor Landstad Rasker.

Der beim Obersten Gericht zugelassene Anwalt würde nie allein sein. Überall würde er ein Schattengefolge aus mittlerweile verstorbenen Männern um sich haben, deren Taten für die dänische Gesellschaft jedoch weiterlebten. Acht Generationen lang hatte das Geschlecht Landstad Rasker an der Universität, in den Ministerien und bei den Gerichten das Rückgrat des dänischen Rechtssystems gebildet, die Kräfte, die es in den Dienst der Gerechtigkeit gestellt hatte, hatten sich angesammelt und waren als selbstverständliche Verpflichtung vom Vater an den Sohn weitergereicht worden. Zu dem ihm so Geschenkten hatte Hektor Landstad Rasker seine eigene steile Karriere, seine Habilitation, seine Siege im Akademischen Boxklub, seine Reisen und Fremdsprachen, seine Sitze in verschiedenen Aufsichtsräten hinzugefügt, und seine eigenen und die Verdienste anderer hatten sich um seine hohe Gestalt zu einer Aura magnetischer Stärke verdichtet. Diese Kraft verließ ihn anscheinend nie, auch jetzt war sie um ihn. Als er die ledergepolsterte Doppeltür schloß und den drei Menschen vor ihm bedeutete, um einen niedrigen, runden Tisch Platz zu nehmen, da schloß er die Außenwelt in jeder Hinsicht aus. Am selben Abend noch würde sich die weitläufige Wohnung mit Gästen und danach mit Musik füllen, doch in diesem Moment gab es für diese vier Menschen nur sie selbst.

In der Kirche hatte der Anwalt die Uniform des Obersten Gerichts getragen. Ihr militärischer Schnitt, der Degen und das Großkreuz oben links an der Brust hatten seine durchtrainierte Gestalt und natürliche Würde betont. Jetzt hatte er sich umgezogen und trug einen dunklen, eleganten Anzug, aber was immer er anhat, dachte Eline, ich kenne ihn nicht.

Ihre Ehe mit dem Mann, der jetzt vor ihr stand, hatte ein Jahr gedauert. Kurz vor Thomas' Geburt hatte er sich von ihr scheiden, sie aus seiner Wohnung ausziehen und in eine andere, am Gammel Strand, einziehen lassen. Jeden Tag hatte sie seitdem zu seinen Fenstern hinübergesehen, die aus der gekalkten Fassade wie blinde, dunkle Augen in einem weißen Gesicht vor sich hin blickten, und jeden Sonntagnachmittag waren sie und Thomas die wenigen hundert Meter die Kanäle entlang zu der schweren Einfahrt gegangen und hatten in dem Raum, in dem jetzt für die Gäste gedeckt wurde, mit Hektor Landstad Rasker Schokolade getrunken. Er machte zurückhaltend, doch höflich Konversation mit seiner ehemaligen Gattin, während Thomas im Matrosenanzug auf der Stuhlkante saß, an seiner Silberflöte lutschte und den Mann anschaute, der sein Vater war.

So stark war die Kraft, die von Hektor Landstad Rasker ausging, so groß die Eline umgebende Würde, und so begrenzt waren die Auskünfte, die sie sich entreißen ließen, daß das Ende ihrer Ehe nur ganz privat, nur mit der äußersten Behutsamkeit und nie mit ihnen selbst erörtert wurde. Einmal hatte einer der Männer, die durch Elines Leben gehen sollten, in einem wilden und verzweifelten Versuch, selbst die entlegensten Winkel ihres Daseins zu besetzen und dort seine Flagge zu hissen, eine Erklärung verlangt. Da war sie zum Fenster gegangen und hatte auf den Kanal geblickt.

»Es heißt«, sagte sie, »in der Eiszeit sei es einigen Großkatzen ganz widernatürlich gelungen, auf dem Eis zu überleben. So sehe ich ihn vor mir, einen Säbelzahntiger auf einem Gletscher.«

»Also eine bewundernswerte und tragische Gestalt«, konstatierte der Mann hinter ihr bitter.

»Nein«, sagte Eline, »ein Mitgeschöpf, das kalte Füße hat.«

Mehr war ihr nicht zu entlocken. Thomas fragte nie, aber als sie ihn für groß genug hielt, um neugierig zu sein, sagte sie: »Dein Vater wird dir das erklären. Er ist Rechtsanwalt. Er kann es so darstellen, wie es war.«

In dem Augenblick, als Hektor Landstad Rasker die Tür schloß, sich ihnen zuwandte und ihnen bedeutete, Platz zu nehmen, begriff sie, daß jetzt, nach zwanzig Jahren, die Zeit für seine Ausführungen gekommen sei, und dachte: »Die Verhandlung ist eröffnet.«

Da hob der Anwalt seine rechte Hand und zeigte ihnen allen, daß er ein langes Tranchiermesser mitgebracht hatte. Wie aus stiller innerer Belustigung heraus lächelte er den abwartenden Gesichtern zu und ging zum Tisch. Auf der polierten Platte stand eine große, staubige, hochschultrige Weinflasche.

»Dies«, sagte er, »ist eine Flasche Vintage Port, Quinta do Noval, aus der Lese des Jahres, in dem du, Thomas, geboren wurdest. Für mich besteht die Größe des Weines nicht in erster Linie in der Wirkung des Alkohols, nicht in seinem Geschmack oder in seiner Farbe, nicht einmal in seinem Preis. Für mich liegt der Wert dieser Flasche in ihrer Fähigkeit, Erinnerungen zu binden und danach freizusetzen. Der Wein ist in der Flasche gereift und hat sich eine Art flüchtige, aber intensive Wahrheit seiner Geburt erhalten und sie noch verstärkt. Mißversteht mich nicht. Auch für mich ist der Rausch eine Gabe Gottes an uns Menschen, damit wir klarsehen können, und auch ich habe alles über die Farbe Rot gelernt, indem ich eine Kerze durch ein Glas Burgunder betrachtet habe. Vor allem aber soll mich der Wein zurückschauen lassen auf das Jahr, in dem die Trauben gelesen wurden.

So auch mit dieser Flasche. Sie bietet uns Antwort auf viele Fragen und stellt uns hier zu Beginn nur eine: Wie wollen wir sie öffnen? Denn das ist ein empfindlicher Wein, der nach nur wenigen Jahren im Faß umgefüllt wurde. Er hat in der Flasche einen Bodensatz gebildet, einen Klumpen Wertlosigkeit, einen bitteren Staub aus Traubenschalen, Kernen und Stielresten, den Abfall des chemischen Unwetters, das durch diese Flasche gerast ist, damit sie es uns an diesem Tag ermöglichen kann, uns ganz deutlich zu erinnern.

Ich könnte einen Korkenzieher benutzen, werdet ihr sagen. Doch damit müßte ich zunächst das Bleisiegel entfernen und danach eine Reihe anderer störender Operationen durchführen, ich müßte die Flasche befingern, und denkt daran, daß sie drei Tage lang unberührt auf diesem Tisch gestanden hat, damit sich der Wein vollständig klären konnte. Mit einem Korkenzieher würde ich unweigerlich den Bodensatz aufwirbeln.

Dies ist nur eine Flasche, doch die Frage des Weines ist auch die Frage der Gesellschaft, und jetzt spreche ich als Jurist zu euch. Wie den Bodensatz ausscheiden, wie ihn vom reinen Wein trennen? Um diese Frage dreht sich mein Leben.«

Der Anwalt legte die Hand auf die Schulter der Flasche, schwang mit einer plötzlichen, heftigen Bewegung das Messer in einem großen Halbkreis zur Flasche hin, und mit einem scharfen, spröden Laut schien sich der Flaschenhals aufzulösen und zu verschwinden; während das Echo von pulverisiertem Glas auf dem Parkettboden erstarb, sahen sie alle auf den glatten Schnitt, der den Wein freigelegt, ihn jedoch unangetastet gelassen hatte.

»Ich habe mir«, sagte der Anwalt, »diese kleine Demonstration erlaubt als Argument für die Ansicht, daß die brutalste Lösung oft die sanfteste ist.«

Er wandte sich von ihnen ab und nahm aus einem Schrank eine Karaffe und vier Gläser. Dann hob er die Flasche und goß den Inhalt langsam um; mit den ersten Tropfen schien der Wein aus seinem Schlaf zu erwachen; wie eine große, unsichtbare Blüte entfaltete sich sein Duft über die Tischplatte hinaus im Raum, eine heiße Erinnerung an sonnenversengte, erdbraune Hänge an einem träge dahinströmenden Fluß. Hektor Landstad Rasker schnupperte an dem Wein. »Dies ist«, sagte er, »der Duft eines Winters vor zweiundzwanzig Jahren.«

»In diesem Zimmer«, begann er, »überbrachten sie mir den Brief meines Vaters.«

Die Hände auf dem Rücken, ging der Anwalt zur Wand und sah einen Augenblick aufmerksam auf das dunkle, ovale Porträt seines Vaters, des Präsidenten am Obersten Gericht Ignatio Landstad Rasker. Als er sich erneut den dreien am Tisch zuwandte, war die Ähnlichkeit der beiden Männer frappant. Der Gerichtspräsident war auf dem Gemälde von der Seite beleuchtet, das Licht fing sich in seinen weißen Haaren und in dem fein ziselierten Wasserfall kleiner Fältchen, die seinen Augen entströmten. Das Gesicht des Anwalts darunter war glatt, sein Haar dicht und dunkel, und dennoch spürte Eline wegen der melancholischen, katzenhaften Schönheit der beiden Männer wie schon so oft eine Trockenheit im Mund und einen leichten Druck auf dem Herzen. Und wie so oft schon dachte sie, diese Schönheit sei unerklärlich und sonderbar verhalten, es war, als zögen die schräg geschnittenen Augen, die langen Wimpern und die verletzlichen Lippen den Betrachter an sich und durch die Haut in ein Zentrum rätselhafter Trauer. »Und auch ich«, dachte Eline, »auch ich, nach allem, was geschehen ist, und nach all diesen Jahren, muß auch ich die Armlehne des Stuhls umklammern, um nicht fort- und hinabgesogen zu werden.«

»Du weißt«, sagte der Anwalt zu Thomas nun so, als spräche er nur zu ihm, »was dein Großvater für Dänemark bedeutet hat. Du weißt, daß er für seine Zeitgenossen das definitive Symbol des Obersten Gerichts war, die höchste Rechtsinstanz, deren Urteile inappellabel sind, die Gerechtigkeit selbst. Du weißt auch, daß er sein Amt unter Umständen niederlegte, die nie an die Öffentlichkeit gedrungen sind.

Aber du weißt noch nicht, was er für mich war und wurde. Um euch das zu erzählen, habe ich euch hier versammelt. Um dir zu erzählen, daß er auch in seinem Privatleben, auch für mich, die höchste und letzte Instanz des Daseins war.

Ich meine, daß Eltern den Respekt ihrer Kinder erwarten dürfen, nicht aber ihre Bewunderung. Um Bewunderung muß man sich verdient machen, die kann man von keinem Menschen verlangen. Dein Großvater gewann meine Bewunderung und nahm sie mit der gleichen Sicherheit hin, wie er die Bewunderung der Öffentlichkeit gewann, und zwar weil er ein Mensch ohne Fehl war.

Du weißt, daß der Mensch von heute einen Januskopf hat. Daß er der Öffentlichkeit konzentrierte, gespannte Züge zeigt, dem Privatleben aber ein ruhiges, entspanntes Gesicht, und so soll es auch sein. Die Gesellschaft ist eine zerbrechliche Ordnung, ununterbrochen vom Chaos bedroht, und kann nur durch weitgehende, mühselige Selbstbeherrschung aufrechterhalten werden, die die meisten, weitaus die meisten, ablegen, ja, abstreifen, sobald sie sich denen zuwenden, die ihnen nahestehen.

Aber es gibt Ausnahmen von dieser Regel, Menschen, für die Selbstbeherrschung keine Anspannung ist, sondern ein tiefer, unveräußerlicher, unablegbarer Teil ihres Charakters. Ein solcher Mensch war dein Großvater.

Beachte bitte, daß ich nicht sage, er sei unmenschlich gewesen. Ich habe andere Staatsbürger gesehen, deren Seele in einer Grabkammer der Korrektheit eingesperrt war und die jeden Tag zum Gericht und wieder nach Hause gingen, ohne jemals menschliche Züge zu zeigen, ohne je lebendig zu sein. Der Charakter deines Großvaters war von anderer Art, einer Art, für die es Jahrhunderte braucht. Er war ein Mensch, dessen Wesen mit der Geschichte verschmilzt. Wenn du mich fragst, wer deinen Großvater erzogen hatte, so könnte ich antworten: seine Eltern und Kindermädchen. Mit ebenso großem, ja größerem Recht aber könnte ich sagen: die Zeit hatte ihn erzogen, Dänemark hatte ihn erzogen, oder besser noch: die Gerechtigkeit – die Gerechtigkeit der großen dänischen Juristen Anders Sandøe Ørsted und Carl Goos – hatte ihn erzogen. Wir durchleben in diesen Jahren so viele Veränderungen, daß ein reiner Charakter wie der seine sich bereits in den Nebeln der allgemeinen Auflösung verliert. Aber so viel kann ich dir sagen, so sonderbar mühelos gerecht, so unbestechlich geradlinig war dein Großvater, daß Justizminister Alberti, der die Übung eines langen Lebens darin besaß, das Gesetz sensibel zu beugen und den Verhältnissen anzupassen, einmal gereizt sagte, zwischen Ignatio Landstad Rasker und die Gerechtigkeit sei nicht einmal etwas so Schmales wie ein Hunderttalerschein zu klemmen.

Als ich etwa zehn Jahre alt war, bat ihn der große Maler Willumsen, für sein Gemälde *Die Gerechtigkeit kämpft gegen das Unrecht* Modell zu stehen, und ich entsinne mich noch deutlich an die langen, sonnenhellen Tage im Atelier, an denen mein Vater im Raum stand, nackt, gekrümmt im Kampf gegen das finstere Unrecht. Ich erinnere mich, wie seine Kraft auf mich, der ich still auf dem Boden saß, ausstrahlte, aber auch auf den jungen Maler, der hektisch und gebannt arbeitete, und schon da, bereits Jahre bevor ich den Gedanken überhaupt hätte formulieren können, spürte ich, daß die Stärke meines Vaters untrennbar mit seiner öffentlichen Funktion, seiner Richterrobe und seiner Uniform verbunden war.

Ich stand neben meinem Vater, als Willumsen das fertige Gemälde präsentierte. Es zeigte sich, daß er dem Gesicht ganz gegen die Absprache die Züge meines Vaters verliehen hatte. Ohne die Stimme zu erheben, machte dieser den Maler auf den Fehler aufmerksam, aber Willumsen fertigte ihn kurz ab, erzählte ihm, welche Mühe es machen würde, das Bild umzumalen, und daß es eine Ehre sei, so als Gerechtigkeit porträtiert zu werden. Da öffnete dein Großvater einen Spaltbreit eine Tür zu seinem Inneren und ließ den Maler einen Blick auf eine nicht zu erschütternde Willensstärke tun. ›Sie werden‹, sagte er, ›die Güte haben, meine Züge durch andere zu ersetzen. Sie begreifen gewiß, daß Personenkult mit meiner Stellung als Richter am Obersten Gericht des Landes unvereinbar ist.‹

Willumsen prallte zurück, erinnere ich mich, als habe ihn etwas getroffen, und das war ja auch der Fall, das Rechtsbewußtsein eines Mannes war mit der moralischen Unsicherheit des Künstlers zusammengestoßen, und wir wußten, daß er die Gesichtszüge verändern würde. Neben meinem Vater stand ich, aufrecht, sehr jung, außerstande, alles zu verstehen, und mir doch völlig darüber im klaren, daß mein Vater selbst als Privatperson, hier vor dem Künstler, ein Vorbild war; selbst nackt verlor er keine Sekunde das Gespür für das Zulässige.

Ich will nicht bei den Jahren verweilen, die zwischen diesem Erlebnis und den Ereignissen liegen, von denen ich erzählen möchte. Ich möchte nur sagen, daß es keinen Augenblick gegeben hat, in dem er mir nicht wie ein Stern voranleuchtete. Ich bin mit einem Abstand zwischen Vater und Sohn aufgewachsen, der in unseren Tagen verschwindet, der für mich aber sein Gutes hat, ja, recht besehen wohl notwendig ist. Ich habe die sentimentalen Züge unserer Kultur nie gemocht, habe nie eingesehen, weshalb sich Individuen unbedingt umklammern müssen wie Blinde, die fühlend versuchen, andere in ihr eigenes Dunkel hineinzuziehen. Ich glaube an das Licht, und ein solches Licht war mein Vater. Der Mensch muß Vorbilder haben, es ist ungemein wichtig, daß jemand den Mut und das Format hat, aufzustehen und zu sagen, man muß dem Dasein so, genau so, entgegentreten. Für die meisten jungen Menschen wird das Leben zum erstenmal zu einer Wüste des Ekels, wenn sie die Schwäche ihrer Eltern erkennen, und von dem Moment an ist es schwer oder unmöglich für sie, an das Ideal zu glauben. Ich entsinne mich selbst noch mit bodenloser Traurigkeit an den Augenblick, als meine Mutter mich zum erstenmal belog, und danach an ihre und die Schwäche anderer Frauen als eine endlose Mahnung an den grauen Tod, der vor uns allen liegt. Ich glaube, wenn der Tod kommt, kommt er als Frau, die an meiner Seite steht und mir versichert, daß ich ewig leben werde.

Mit meinem Vater war es anders, von ihm wußte ich, daß er das Dasein im Griff hatte. Nicht nur die Teile, die so wollen wie wir, sondern das gesamte Dasein, jenes Wesen mit kühler, glatter Haut, das sich windet, dreht und wendet, wenn wir es festzuhalten versuchen, auch das hatte er im Griff, hielt es in Armeslänge auf Abstand und starrte es unverwandt an.

Ich gebe mich nicht sehr viel mit Träumen ab, aber ich kann euch verraten, daß ich einen Traum vom Alter hatte. Ich weiß nicht, wann er entstand, ich glaube, als ich ungefähr zwanzig Jahre alt war, eines Tages in den Spiegel blickte und einen Schatten, eine Furche entdeckte, die sich wie ein kleiner, feiner Wurm über meine Wange herabzog. Ich lachte darüber, sah, daß sie nur tiefer wurde, und erkannte, daß es der Schlangenwurm der Zeit war, ein kleines, empfindliches Reptil, eine Warnung, daß etwas angefangen hat und nie mehr aufhören wird, bevor alles aufhört. Ich glaube, ich muß bis dahin nach unten geschaut haben, drauflosgewandert sein, den Blick zu Boden gerichtet. In diesem Augenblick aber sah ich auf und dem entgegen, was uns alle erwartet, und da sah ich meinen Vater neu. Nicht mehr als den Olymp, als ferne Zinne, sondern als das, was mich selbst erwartete, und da entstand in mir eine Vorstellung von seinem Alter.

Seit dem Tag spürte ich, daß wir Menschen uns aus dem Staub erhoben und seiner gespottet haben, als würden wir nie mehr darniederliegen. Ich glaube, wir schlafen in Betten, weil wir uns die Erde vom Leib halten wollen, um einander und uns selbst davon zu überzeugen, daß der Schlaf nur zeitweilig dauert.

Aber die Erde erwartet uns, ich weiß das, seit ich zwanzig bin. Ich kann dir sagen, daß ich seither jeden Morgen mit dem deutlichen Gefühl aufgewacht bin, begraben zu sein; wie acht Fuß Erde lasten die Schwerkraft und die Gewißheit auf mir, daß das Dasein ein obligatorisches Maß an Schmerz für uns bereithält, und ich denke, über mir haben sie meinen Sarg vernagelt. Dann erkenne ich, daß es zu früh ist, sehe ein, daß der Tod ein Schlendrian ist, ein Ruhestand, den ich noch nicht verdient habe, ein Freispruch auf unrichtiger Grundlage, und dann schlage ich das Leichentuch zur Seite, stampfe durch die Erde nach oben und begrüße den neuen Tag, und ich sage das ohne Bitterkeit, aber auch ohne Illusionen.

Um jeden Tag die Kraft haben zu können, sich aus seinem eigenen Grab zu ziehen, brauchen wir Hilfe, und die holte ich mir bei meinem Vater.

Ich machte mir ein Bild von ihm als altem Mann in seiner Bibliothek. Dieses Bild hatte ich mir wohl aus Protest gegen den Verfall zurechtgelegt. Gegen das Alter, das uns jeden Tag umgibt und Ausgelöschtsein bedeutet, alte Menschen, die vergessen, ihre Schuhe anzuziehen, wenn sie ausgehen, Richter, die mich nach vorn rufen müssen, weil sie nicht hören können, was ich sage, und die die Gerichtsverhandlungen unterbrechen, indem sie sich erheben und sagen, das Gericht vertage sich, das Gericht müsse mal eben die Beine strecken, denn das Gericht habe Krampfadern! Wenn ich gesprochen habe, starren sie mich mit leeren Augen an, mit Augen voller seniler Schatten und voller Dinge, die sie nicht mehr verstehen.

Als Gegengewicht zu diesem Dunkel, das mich nach unten zu ziehen begann, bevor ich erwachsen war, machte ich mir ein Bild von meinem Vater. Er sitzt in seiner Bibliothek, weißhaarig wie auf diesem Porträt, faltig, ungebeugt und kristallklar und tief wie eine Quelle. Er liest, ich trete ein und sehe, daß wir einander gleichen, zwei Menschen, die sich geistig und körperlich aufrecht halten. Ich stelle ihm eine Frage, er gibt mir eine Antwort, eine kurze, klare Antwort, wie eine blanke Kapsel aus kristalliner Erfahrung, aus dem Salz des Lebens, ich nicke und verlasse ihn. So sah ich ihn vor mir, und nichts, nichts deutete damals darauf hin, daß sich dieser Traum nicht erfüllen würde. Bis ich seinen Brief erhielt.

Er hatte mir bis dahin noch nie geschrieben. Väter schrieben wohl nicht viel an ihre Söhne, außerdem besaß er die Vorsicht des Juristen im Umgang mit dem geschriebenen Wort. Worüber hätte er mir denn wohl auch schreiben sollen? Das eine Mal im Internat Herlufsholm, als sich die Schule an ihn wandte und ihn bat, mich schriftlich zu rügen, weil ich die homosexuellen Annäherungen eines Kameraden zurückgewiesen hatte, indem ich ihm zwei Zähne ausschlug und ihn eine halbe Stunde unter die kalte Dusche hängte, um ihm einen Einblick in eine maskuline Vorstellungswelt zu geben, da setzte er sich in seinen Mercedes, fuhr ihn zur Schule und in den Hof, parkte in den Rosen und ging in das Büro des Rektors, trat vor ihn hin und sagte: ›Ich komme, um Sie darauf aufmerksam zu machen, daß mich die Maßnahmen meines Sohnes nichts angehen.‹

Sein Brief kam an einem Wintertag, und ich las ihn in diesem Zimmer. Deine Mutter war auch hier, sie erwartete dich, und draußen war es eisig kalt. Er schrieb: ›Ich bitte Euch zu kommen. Es ist wichtiger und dringender, als Ihr ahnt.‹

Ich entsinne mich, daß ich wie gelähmt war. Noch nie hatte ich ihn um etwas bitten hören, nicht einmal bei Tisch. Auch dort griff er, wie im Leben, selbst nach den Dingen. Er machte auf einen Fehler aufmerksam, er wies das Dasein zurecht, nie zuvor aber hatte er jemanden um etwas gebeten.

Ich war dreißig Jahre alt, ich hatte eine Gattin, eine Wohnung, eine Bestallung, bald würde ich Vater sein, und trotzdem fuhren wir. Nicht am nächsten Morgen, nicht am selben Abend, sondern noch in derselben Stunde, denn solcherart war das Verlangen deines Großvaters, obgleich es wie hier als Bitte verkleidet war, und keine Sekunde war ich mir darüber im Zweifel, daß er uns rief, weil er herausgefunden hatte, daß er sterben müsse.

Ich kann dir nicht sagen, woher ich das mit so großer Sicherheit wußte, doch überlege, was er tat: Mit seinem Brief streckte er die Hand aus und griff in meine Arbeit ein; instinktiv wußte ich, daß er sich wie auch ich darüber im klaren war, daß nur, wer vom Sterbebett aus ruft, das Recht hat, die Lebenden von ihrer Arbeit wegzurufen.

Er war zu der Insel hinausgefahren, die unserer Familie gehörte und dort liegt, wo das Kattegat auf das Skagerrak trifft, so etwa am letzten Zipfel von Dänemark. Dorthin fuhr er, wenn er einen umfangreichen Schriftsatz durcharbeiten wollte. Dorthin war er also gefahren.

Die Insel gehörte unserer Familie seit fünf Generationen. Ihr nördlicher Teil war eine Wüste, wenn dieses Wort denn einen Sinn hat, eine je nach Jahreszeit eisgekühlte oder sonnenversengte Fläche aus hartem Sand, auf dem der Nordwind den Strandhafer zwang, um jeden Fußbreit zu kämpfen. Genau hier hatte mein Vater sein Haus gebaut. Ich möchte sagen, es war ein Palais, zwar aus Holz, aber doch ein Palais, ein weißes, zweistöckiges Haus mit Säulen, glasierten Ziegeln und einem hohen Zaun um einen Garten, in dem ein Gärtner Rosen züchtete. Ich glaube, es mußten ausgerechnet Rosen sein, weil mein Vater zeigen wollte, daß sich ein Mann nichts bieten lassen soll, nicht einmal von den Naturkräften.

Wir waren die Nacht hindurch gereist und kamen am Morgen an, an einem Tag, der gelb war vor Sonne, doch mit klirrender, tiefer, klarer Kälte. Das Meer war ganz still, kein Wind rührte sich, und das Wasser hatte eine Haut aus hauchdünnem, blankem Eis, das sirrend sang, wo die Fähre es durchschnitt, und so klar und behutsam wie dieses Eis, dachte ich, schließt sich der Tod um meinen Vater.

Wir waren zwölf Passagiere auf der Fähre, und vom ersten Augenblick an wußte ich, daß sie, bevor der Tag um war, mit mir zu Tisch sitzen sollten. Ich fand es charakteristisch für den kultivierten Humor meines Vaters, daß er dafür gesorgt hatte, daß wir dreizehn sein würden, dreizehn wie beim letzten Abendmahl und dreizehn wie die Zahl der Richter am Obersten Gericht.

Wen erkannte ich? Meine Mutter natürlich, zwei Richter, den Leiter der Sittenpolizei, einen Juraprofessor und den Bischof von Seeland, der, wie ich wußte, mit meinem Vater zur Schule gegangen war. Am Fähranleger wurden wir von zwei Landauern abgeholt, und auf der kurzen Fahrt erlebte ich etwas für mich ganz Ungewöhnliches. Du weißt, daß ich, ohne Misanthrop zu sein, meine Mitmenschen mit der Skepsis des Juristen sehe. So weit ich zurückdenken kann, habe ich durch Menschen hindurchgesehen, immer sehe ich hinter der zuvorkommenden und höflichen Fassade die Rückseite, und mit diesem Blick kann man sich seine Illusionen unmöglich erhalten. Ich bin ein Mensch ohne vorgefaßte Meinungen, doch auch ohne Hoffnungen. Ich habe mich in meinem Leben nur sehr wenigen Personen verbunden gefühlt, und auch dann immer erst, wenn sie ihren Wert vollauf bewiesen hatten.

Dennoch erlebte ich auf dieser Fahrt, daß ich eine spontane Sympathie für meine Reisegenossen empfand, daß ich ein plötzliches Gemeinschaftsgefühl erfuhr. Das sind, dachte ich, die Menschen, die meinem Vater nahegestanden haben, ihnen will er seinen Letzten Willen mitteilen, das sind die Menschen, die bezeugen können, daß sein Leben dem Ideal so nahe gekommen ist, wie das einem Menschenleben überhaupt möglich ist. Der Bischof hat ihn als jungen Mann gekannt, dachte ich, die Richter und der Professor haben ihn von Amts wegen gekannt, und selbst meine Mutter würde, falls wir das Glück haben sollten, einen ihrer seltenen rationalen Augenblicke zu erleben, zugeben, daß er vor wie nach der Auflösung ihrer Ehe ein großzügiges und unantastbares Verantwortungsbewußtsein gezeigt hatte.

Die übrigen vier Frauen verwirrten mich etwas, doch auch

ihre Anwesenheit würde eine vollgültige Erklärung finden, auch sie schloß ich auf dieser Fahrt in eine mich selbst überrumpelnde Freundlichkeit ein.

Ich will keinen Zweifel daran lassen, daß mein Inneres vor Kälte so erstarrt war wie die Landschaft, durch die wir hindurchfuhren, daß ich, seit ich den Brief meines Vaters beiseite gelegt hatte, für mich keinen Weg zurück ins Leben gesehen hatte, wenn mein Vater nicht mehr war. Wie ich so dasaß und im Wagen hin und her gerüttelt wurde, umschloß eine klare, hauchdünne Haut aus Eis mein Herz. Zugleich war in mir – das begreife, wer will – eine neue Vitalität, eine rätselhafte Heiterkeit. Ich meinte das so zu empfinden, weil mein Vater es so von mir gewollt hätte. In dem Leben, das er von sich weg und auf Abstand hielt und immer deutlich im Blickfeld hatte, gab es auch den Tod. Der war nun, in seiner denkbar schlimmsten Form, in meine Nähe gerückt, und ich merkte, daß ich seiner Kälte, seiner Drohung mit einer Art innerem, alles versengendem Dauerfrost, mit starrköpfigem Trotz begegnete.

Diesen Trotz meinte ich auch bei meinen Reisegefährten zu verspüren, jedenfalls bei den Männern, denn alle strahlten sie eine umfassende, machtvolle Vornehmheit aus. Selbst dort auf den harten Holzsitzen, in Pelzen und Umhängen und in Decken eingehüllt, hatten sie nichts Hilfloses, nichts Eingeschnürtes oder Komisches an sich, sondern bewiesen ganz im Gegenteil eine gemeinsame, unbegrenzte, doch abwartende Tatkraft. Die Stellung gewisser Menschen ist an Dinge und Orte gebunden, an den Trainingssaal, an Kolben und Kathodenröhren, an Federhalter und Konzeptpapier. Die Stärke dieser Menschen war wie die meines Vaters mit der Geschichte, mit dem Vaterland verknüpft und verließ sie nie; selbst in dem rumpelnden Wagen gab sie ihnen die Ruhe, sich mit einem zwischenzeitlichen Mangel an Komfort abfinden zu können, weil sie wußten, daß sie schließlich am Ziel ankommen würden, wie sie bisher immer angekommen waren. Ich spürte, daß ich nicht mit zufälligen Fremden reiste. Ich reiste mit einem Abschnitt der Geschichte meines Landes, einem Abschnitt, von dem mein Vater ein untrennbarer Teil war.

Mit dieser Gewißheit nickte ich dem Tod freundlich zu, ich sah die gefrorene Fläche des Sandes von Kreuzen bedeckt und dachte, wir verschwinden nur dann wirklich, wenn wir fortgehen, ohne Spuren zu hinterlassen. Wer wie mein Vater Geschichte, Epoche gemacht hat, so bedeutende Bekannte hat, wer ein Haus in der Wüste erbaut und ein noch größeres Gebäude aus Worten in den dänischen Gerichtssälen errichtet hat, der läßt ein erfülltes Leben hinter sich, ein Werk, eine Großtat, und dann ist, was stirbt, im Verhältnis zu dem, was ewig lebt, nur wenig. In dieser Euphorie fühlte ich mich zu allem imstande, sogar dazu, freundlich mit meiner Mutter Konversation zu machen, und so erreichten wir das Haus, das in der Sonne aussah, als erwarte es uns zu einem Fest, nicht zu einem Abschied.

Er empfing uns auf der Terrasse, mich begrüßte er als letzten. Er behielt meine Hand in der seinen, wir sahen uns in die Augen, und mir wurde deutlich, daß ich hier zum letzten Außenposten des Lebens gelangt war, zum Land des Alters und der endgültigen Klärung.

Er hatte einen Koch angestellt, der das Essen zubereitete. Wir warteten in dem Zimmer zum Meer auf das Abendessen, während die Sonne unterging, wir setzten uns, und er stand vor uns, wie ich jetzt vor euch stehe, und da bemerkte ich zum erstenmal seinen fehlenden Ernst. Er zeigte uns seine Schiffe. Immer hatte er Schiffe in Flaschen gebaut, und diese Konstruktionen füllten den Raum in einer Weise aus, die ich nicht einmal als ganz kleiner Junge hatte verstehen können. Für mich sind und bleiben Flaschenschiffe eine Bastelarbeit für die unteren Schichten, sonderbare, erstarrte Seifenblasen um etwas Flüchtiges und Unechtes, und wie diese volkstümlichen Träume meinen Vater beschäftigen konnten, hatte ich nie verstanden. Bislang hatte er diesen Zeitvertreib jedoch für sich behalten, nur in diesem Haus auf dieser Insel hatte er seinem

Hang nachgegeben, hier hatte er, der selbst nie Alkohol anrührte, zahllose Flaschen Barzac ausgeschüttet, weil ihm die klaren, hochschultrigen Flaschen gefielen. Aber er hatte es im stillen getan.

Jetzt zeigte er sie vor, jetzt nahm er sie nacheinander von ihrem Block und ließ sie als geschmacklosen Konvoi an unseren Augen vorbeisegeln. Ich weiß nicht, was die anderen Gäste empfanden, aber ich muß mich abgewendet haben, um meinen Ärger über seine sorglose Fröhlichkeit zu verbergen, denn plötzlich stand er neben meinem Stuhl.

›Hektor‹, sagte er, ›ich sehe, du läßt dich reizen. Und doch bestehe ich darauf, daß du dir dieses Schiff anschaust.‹

Ich schaute es mir an.

›Das ist die Jacht *Spray*‹, sagte er, ›mit der Kapitän Joshua Slocum ganz allein Kap Horn umsegelt hat.‹

›Jawohl, Vater‹, erwiderte ich.

›Ich fürchte, du hast diese Leidenschaft nie richtig verstanden‹, sagte er. ›Und doch ist die Erklärung so einfach. Als Junge habe ich Seefahrergeschichten gelesen. Ich kann ohne Übertreibung sagen, daß ich einen Großteil meiner Kindheit und Jugend auf See verbracht habe, ohne je den festen Boden zu verlassen. Doch wie für so viele andere gestaltete sich auch mein Leben weniger windzerzaust und wechselhaft, als ich es mir gewünscht hätte und ahnen konnte. So war es für mich denn ganz entscheidend, daß ich meine tropischen Träume in einer Flasche einkapseln konnte. Verstehst du das, mein Sohn?‹

›Ja, Vater‹, antwortete ich.

›Und dann ist da‹, fügte er sinnend hinzu und legte mir eine Hand auf die Schulter, ›noch etwas, was du vermutlich nie verstehen wirst. Was es für einen Mann bedeuten kann, unter Aufbietung seiner ganzen sorgsam gezügelten Leidenschaft, eine so umfangreiche Hoffnung durch eine so enge Öffnung zu balancieren.‹

Dann gingen wir zu Tisch.

Ich kann von diesem Abendessen sagen, daß es die Ostermahlzeit war, es war das letzte Abendmahl, ich glaube, wir wußten alle, daß wir eine religiöse Handlung vornahmen. Der Koch muß wohl serviert haben, doch ich sah ihn nicht, vom Essen sind mir nur noch flüchtige Momente seiner weißen Jacke, seiner starken Hände, der sonoren Stimme, die die einzelnen Gänge ansagte, geblieben, und selbst an diese entsinne ich mich nicht mehr genau. Gab es Gänseleberpastete, Lammrücken, Südfrüchte, ich weiß es nicht, denn alles war dem Beisammensein untergeordnet, alle unsere Sinne waren darauf gerichtet, ein letztes Mal Ignatio Landstad Rasker in uns aufzunehmen. Es war eine Schlittschuhläufermahlzeit, schwerelos glitten wir über eine hauchdünne Haut aus klarem Eis, und die Art und Weise, wie wir satt wurden, die Sicherheit, mit der wir den Rausch phrasierten, all das war dafür berechnet, unsere Empfänglichkeit für ihn, der sterben sollte, zu schärfen.

Er erhob sich und sagte: ›Trinkt, damit ihr Platz für meine Schiffe macht‹ und: ›Eßt, denn alles muß wachsen, sind wir nicht allesamt in der Wachstumsphase?‹ Und wir lachten ihm zu, ein Lachen, das geblendet war von seinem Licht und von der Trauer unter dem Eis. Der Bischof hielt eine Rede, er erhob sich, ohne zu wissen, weshalb, aus schierer Ergriffenheit, und sagte, wir nähmen das Ostermahl zu uns, das letzte Abendmahl, und selbst das sagte er mit einer überraschenden Fröhlichkeit, die irgendwie von dem Ton meines Vaters geleitet wurde. Danach brachten die Männer ihm ihre Huldigung dar, sie beugten gewissermaßen ihre Knie in der Maske lustiger Anekdoten, in denen sie ihn als Meister des Wortes feierten. Ich erinnere mich, daß der Professor erzählte, mein Vater habe einen Gärtner gehabt, der entlassen worden sei, weil er Jahre hindurch zu seinem eigenen Vorteil aus dem Garten Blumen und Gemüse verkauft hatte, und der dennoch die Flegelhaftigkeit besessen habe, um eine Empfehlung zu bitten. Da habe mein Vater ihm zuvorkommend ins Gesicht geschaut und geschrieben: ›Von diesem Mann kann ich mit Sicherheit sagen, daß er alles aus meinem Garten herausgeholt hat, was sich überhaupt herausholen ließ.‹ In diesen oberflächlich lustigen Geschichten lag ein tiefer Ernst, alle lagen vor meinem Vater auf den Knien, er nahm ihre Huldigung mit geduldigem Lächeln entgegen, und ich dachte, wie gut und notwendig ist es doch, ab und zu einem göttlichen Menschen zu begegnen, und heute nacht, dachte ich, heute nacht wird niemand sein, der meinen Vater verrät oder verleugnet.

Da hob er die Hand und blickte in die Runde. ›Sie irren sich‹, sagte er, ›Sie irren sich allesamt, und ich möchte um Ihre Aufmerksamkeit bitten, um erklären zu können, weshalb ich Sie hergebeten habe. Ich fürchte, daß das, was ich zu sagen habe, zu einer *Umwertung aller Werte* führen wird und daß, wenn ich es gesagt habe, der Größte unter uns der Geringste sein wird und der Geringste der Größte.‹ Wir sahen ihn an, die Männer gefaßt, aber bleich, die Frauen mit Tränen in den Augen.

›Ich habe Sie eingeladen‹, sagte er, ›weil ich erkannt habe, daß ich nicht mehr leben kann, daß mein Leben vor seiner endgültigen Auflösung steht. Hier, gewissermaßen zum Abschied, möchte ich Ihnen nun eine Sache erzählen, für die ich nicht um Verständnis, sondern lediglich um Aufmerksamkeit bitte.‹

Alle sahen wir ihn an, wie man einen anschaut, den man zum letztenmal ansieht, und ich wußte, was er sagen würde. Er würde uns von einer tödlichen Krankheit erzählen, an der er womöglich bereits mehrere Jahre getragen hatte, die aber nun fortgeschritten war und es notwendig machte, daß er uns seinen Letzten Willen mitteilte und Abschied nahm. Ich überlegte, welche Krankheit das wohl sein könne, und entschied mich für Krebs, einen heftig wuchernden Krebs, der dem Verfall, der Reduzierung des großen Mannes vor uns keine Zeit ließ. Statt dessen würde er plötzlich und schnell dahinschwinden und vor unseren Augen fortgehen; er würde weg sein, getroffen von einer blinden Widersinnigkeit.

Zuvor aber wollte er Bilanz ziehen, er wollte uns, und insbesondere mir, die Erfahrung seines Lebens überreichen, die so selbstverständlich und harmonisch war wie das Land um uns, gereinigt und vollendet wie ein Schneekristall, der im Sonnenuntergang glitzert.

›Ich habe Sie hergebeten‹, hob er an, ›um Ihnen zu erzählen, wie das Oberste Gericht die Angelegenheit des Schriftstellers Morten Ross verhandelte, einen Prozeß, in dem, wie Ihnen vielleicht bekannt sein dürfte, vor drei Wochen das Urteil gesprochen wurde.

Daß dieser Fall bis vor das Oberste Gericht kam, daß das Justizministerium die Genehmigung für die dritte Instanz gab, das lag allein an der Stellung des Schriftstellers in der Öffentlichkeit und am Grundsatzcharakter der Angelegenheit. Sie werden sich vielleicht erinnern, daß der junge Mann angeklagt war, mit seinem Roman *Ein Wagnis* öffentliches Ärgernis erregt und außerdem an der höheren Schule, an der er unterrichtete, ein Verhältnis mit einem sechzehnjährigen Jungen gehabt zu haben.

Das Amtsgericht hatte, soweit es das Buch betraf, sein Urteil nach Artikel 184 des Strafgesetzbuches gefällt, der auf den Druckfreiheitserlaß von 1799 zurückgeht. Das Landgericht hatte das Urteil bestätigt und die Strafe verschärft, wobei es eine lange, vornehme Rechtstradition hinter sich wußte. Anführen darf ich hier das Urteil über Moses Levin für dessen Übersetzung des Romans *Das Sofa* aus dem Französischen, das Urteil über den Schriftsteller Gustav Johannes Wied für dessen Erzählung *Die Jungen und die Alten*, über den Dichter Herman Bang für den Roman *Hoffnungslose Geschlechter*. Und aus Kulturen, die uns rechtlich nahestehen, den Gotteslästerungsprozeß gegen August Strindberg.

Hinzu kam dann das belastende Verhältnis zu einem Schüler, in das dieser Schüler zwar eingewilligt, ja zu dem er wahrscheinlich sogar aufgefordert hatte, dessentwegen aber trotzdem, da der Junge unter achtzehn und seine Einwilligung deshalb ohne rechtliche Bedeutung war, das Urteil wegen widernatürlicher Unzucht nach Artikel 185 des Strafgesetzbuches von 1866 erging.

Die Anklagevertretung hatte darüber hinaus ursprünglich einen Beleidigungsprozeß angestrengt, da sie der Auffassung war, der Roman enthalte Angriffe auf die tragenden Schichten der Gesellschaft und fordere zum Umsturz der gesellschaftlichen Ordnung auf. Dieses Verfahren war jedoch eingestellt worden.

Letztendlich wurde Morten Ross zu drei Jahren schwerer Zwangsarbeit verurteilt, die gesamte Auflage des Buches wurde beschlagnahmt, zudem hatte er die Prozeßkosten zu tragen.

Ich habe in meinem Leben Gelegenheit gehabt, mich mit vielen Seiten des Daseins vertraut zu machen. Trotzdem war ich erschüttert, als ich in den Wochen vor dem ersten Gerichtstermin den Roman des Autors las. Ich durchwanderte immer nur ein paar Seiten des Buches auf einmal, alle Augenblicke mußte ich es beiseite legen und mich fragen: Was treibt einen jungen Mann dazu, die Raffinements der sinnlichen Liebe mit einer solchen Roheit und so unersättlicher Begierde zu schildern?

Ich trete einem Angeklagten natürlich möglichst aufgeschlossen entgegen. Von diesem Menschen aber wußte ich, als ich ihm zum erstenmal gegenübersaß, daß er streng bestraft werden mußte.

Ich weiß, daß die Presse von der Frechheit des jungen Mannes viel Aufhebens gemacht hat. Darf ich hinzufügen, daß in seinem Fall selbst die konstitutionelle Verlogenheit der Presse nicht ausreichte.

Er war ohne Verteidiger vor dem Obersten Gericht erschienen, er wollte seinen Prozeß selbst führen, und als er zum erstenmal den Gerichtssaal betrat, den Zuhörern zuwinkte, aus dem Fenster sah und uns, die dreizehn Richter, anlächelte, wurde ich an den Prozeß gegen Oscar Wilde erinnert, erkannte zugleich allerdings, daß selbst die berüchtigte, hochmütige Eitelkeit jenes Lebemannes neben der ungehobelten Arroganz dieses Proleten höflich und verfeinert gewirkt hätte.

Die Zuhörerlogen waren bis zum Bersten mit Interessierten besetzt, der Generalstaatsanwalt war nervös. Ich erriet seine Gedanken, ich wußte, er fürchtete, daß sich dies in der Öffentlichkeit wie die Dornenkrönung eines Märtyrers für die Sache der Arbeiter ausnehmen würde, und er bat denn auch um das Wort.

›Ehrwürdiges Oberstes Gericht‹, begann er, ›die Strafprozeßordnung sieht vor, daß das Oberste Gericht in besonderen Fällen unter Ausschluß der Öffentlichkeit tagen kann. In Anbetracht des prekären Charakters dieser Sache bitte ich darum, daß die Öffentlichkeit aus Gründen der Sittlichkeit ausgeschlossen wird.‹

Ich sah zu dem Angeklagten hinüber. Ich glaube, ich hatte einen Protest oder ein spöttisches Gesicht erwartet, doch der junge Mann zupfte seine gelbe Jacke zurecht, lächelte zuvorkommend und beugte sich vor.

›Denkt‹, fragte er frech, ›der Generalstaatsanwalt dabei an seine oder an die Sittlichkeit des Publikums?‹

›Sie müssen‹, sagte ich zu ihm, ›Achtung vor dem Gericht hegen!‹

Da sah er mich zum erstenmal direkt an, mit einem tiefen, blauen Blick, der außer ihm und mir alles andere aus der Welt verschwinden ließ.

›Nein, Herr Gerichtspräsident‹, sagte er. ›Ich muß dem Gericht Achtung *erweisen*.‹

Nur einen Augenblick lang hielt sein Blick den meinen gefangen, dann wandte ich mich dem Generalstaatsanwalt zu und lehnte sein Begehren ab.

›Die Öffentlichkeit der Gerichtsverhandlung‹, sagte ich, ›ist in der Verfassung verankert und sollte nur in äußerst seltenen Fällen eingeschränkt werden. Was hier zu geschehen hat, muß in aller Öffentlichkeit geschehen.‹

Nur wenige der hier Anwesenden haben jemals die Räumlichkeiten des Obersten Gerichts im Bernstorffschen Palais in der Bredgade gesehen, ich kann Ihnen aber sagen, daß sie klein sind, und beim zweiten Termin in der Sache des dänischen Staates gegen Morten Ross nahmen sie sich angesichts der Volksmenge geradezu winzig aus. Diese stand zusammengedrängt bis nach vorn zu den Richterstühlen, und unsere Gerichtsdiener machten ein bedenkliches Gesicht.

Während der Gerichtsschreiber das Urteil des Landgerichts verlas, betrachtete ich den Angeklagten. Er trug diesmal einen königsblauen Mantel mit grauer Weste und roter Halsbinde, und ich dachte bei mir, so ist die Jugend, selbst in den Augenblicken, in denen das Schicksal die Maske abnimmt und sie als Totenkopf anlächelt, erhält sie sich die Hoffnung und die Freude darüber, die Angelächelte zu sein. Wie sein Buch, so dachte ich, diese naive Mischung aus obszönen Momenten und lasziven, schuldlosen Erinnerungen. Dann sah er mich an, und ich begriff mit einemmal, daß diese blauen Augen durchaus so weit sahen wie meine, nämlich durch die Mauern des Gerichts hindurch und über Dänemark hinweg bis in das Zuchthaus von Horsens, das sich um ihn schließen und seinen Widerstand systematisch brechen, ihn zum Zwerg herabstutzen und nur noch als einen Schatten dieses Wesens ausspeien würde, das jetzt vor mir der Aufzählung seiner Missetaten lauschte. Jetzt hat er Angst, dachte ich, und so muß es sein, das Gericht soll und muß Furcht einflößen, und ich sah, als sich die Verlesung ihrem Ende näherte, voraus, daß er die Fassung verloren haben würde, daß ihm das Wort entglitten sein würde, daß er die allgemeine Erfahrung bestätigen würde, daß ein Angeklagter einen Anwalt mitbringen und nicht allein kommen sollte, daß Selbstverteidiger Selbstmörder sind.

Dann hielt der Gerichtsschreiber inne und erteilte dem Angeklagten, dem Schriftsteller Morten Ross, das Wort für weitere Ausführungen. Da sah ich, daß ich ihn unterschätzt hatte, denn da zog er sich aus seiner Gedankenversunkenheit wie aus einem tiefen Brunnen empor, und als seien seine Atome in alle Winde verstreut gewesen, nun aber zurückgekehrt und hätten sich gesammelt, richtete er sich, leuchtend vor Impertinenz, auf.

›Ehrwürdiges Oberstes Gericht‹, sagte er, ›lassen Sie mich zu Beginn von der Gegenseite, die, wie wir alle wissen, das Pulver nicht erfunden hat, sagen ...‹

Der Generalstaatsanwalt war aufgesprungen, der Saal war in Aufruhr, und ich mußte sie alle beruhigen.

›Für diese Insubordination‹, sagte ich, ›wird der Angeklagte wegen Mißachtung des Gerichts zu zweihundert Kronen Geldbuße verurteilt. Sollte sich dieses Benehmen wiederholen, wird er aus dem Gerichtssaal entfernt.‹

Einen Augenblick lang senkte Morten Ross den Kopf, als schlucke er eine bittere Pille. Dann hob er das Gesicht, warf seiner Umgebung einen tiefen Blick zu und fuhr langsam und deutlich fort.

›Ehrwürdiges Oberstes Gericht, von der verehrten Gegenseite, die nun nach richterlichem Spruch das Pulver erfunden hat, möchte ich sagen ...‹, und hier gingen seine Worte im Lärm der Zuhörer unter. Wir beschlossen, die weitere Verhandlung auf den nächsten Tag zu verschieben.

An diesem Nachmittag ließ sich das Publikum nur unter lautstarken Mißfallensäußerungen hinausjagen, und möglicherweise vergaß der Angeklagte wegen des allgemeinen Tumults eine Mappe mit Papieren. Jedenfalls lagen sie da, als die Gerichtsdiener den Saal räumten. Man hätte sie in einen Schrank legen können, man mag meinen, sie hätten in einem Schrank verwahrt werden sollen, da mich aber mein täglicher Spaziergang ganz natürlich am Neumarkt und am Untersuchungsgefängnis vorbeiführte, entschloß ich mich, sie ihm persönlich zu überbringen. Ich dachte mir, was ein Schriftsteller geschrieben hat, auch was ein unsittlicher Schriftsteller geschrieben hat, sollte mit besonderer Sorgfalt behandelt werden.

Beim Obersten Gericht gibt es keine unmittelbare Beweisaufnahme, es werden keine Zeugen geladen, das Gericht sieht die Angeklagten nur in den seltenen Fällen, in denen sie persönlich kommen, und deshalb war auch mein Besuch im Untersuchungsgefängnis ungewöhnlich, doch sollten Sie das dem Gefängniswärter, der mir die Zelle aufschloß, nicht zur Last legen. Sie werden verstehen, daß ich, wo immer ich mich bewege, nie allein bin. Auch wenn ich die Robe abgelegt habe, trage ich die Autorität des Gerichts mit mir. Gerade deshalb ergänzt sich das Oberste Gericht durch Kooptation, genau deshalb können die Richter nicht gleichzeitig andere Ämter oder Vorstandsposten bekleiden. Wir können außerhalb des Gerichts kein anderes Leben führen als innerhalb, wir müssen, wo wir gehen und stehen, die *juris immaculatio*, die rechtliche Unbeflecktheit, mit uns tragen, und selbst den kleinen Umweg am Untersuchungsgefängnis vorbei betrachtete ich als mein gutes Recht.

Morten Ross saß auf einem in die Wand eingemauerten Sitz und dankte mir für das Manuskript. ›Es ist eine Erzählung‹, sagte er, ›über einen Prozeß.‹

›Ich hoffe‹, sagte ich, ›daß Sie sich in dieser Erzählung darum bemüht haben, bei der öffentlichen Meinung keinen Anstoß zu erregen.‹

Da fragte er, ob er sie mir vorlesen dürfe, und noch jetzt frage ich mich, was mich veranlaßte stehenzubleiben. Von dem Augenblick selbst ist mir nur noch die Sonne geblieben, die durch das hochliegende Fenster hereinfiel, und die trotz der Erniedrigung königliche Eleganz des jungen Mannes.

So las er mir denn eine Erzählung von einer jungen Angeklagten vor, die während des Prozesses auf die Idee kommt, daß außer ihr alle Prozeßbeteiligten mechanische Puppen sind. Voll Grauen und mit Behutsamkeit eröffnet sie nun eine Offensive, in der sie immer öfter von der gerichtlichen Praxis abweicht, um durch ihre Unvorhersagbarkeit herauszubekommen, wo die Automaten nicht *en garde* sind. Das gelingt. Zuletzt ist sie sich ihrer Sache sicher und erhebt sich von der Anklagebank, ohne daß man reagiert. In einem Bogen geht sie um den Richter herum, der blind auf die Stelle starrt, an der sie zuvor gesessen hat. Nun sieht sie, daß sie allesamt mit einem Schlüssel aufgezogen sind.

Verschreckt, weit verschreckter, als wenn sie wirkliche

Menschen gewesen wären, geht sie zu den Zuschauern, und auch die sind mechanisch. Doch vor einem jungen Mann, der ihr bereits zuvor aufgefallen ist, bleibt sie stehen, sieht ihm in die Augen und begreift, daß er lebendig ist.

Hier hielt Morten Ross inne. Ich muß ihn fragend angesehen haben, denn er sagte, weiter sei er nicht gekommen, aber wenn ich zurückkommen wolle, würde er die Erzählung beendet haben.

Da sah ich den Ernst der Lage ein: Ein Richter besucht den Angeklagten und fängt ein privates Gespräch an.

›Ich muß gehen‹, sagte ich.

›Es würde mich freuen‹, erwiderte er, ›wenn Sie wiederkämen.‹

›Ich bin, Herr Ross, nicht hier, um Freude zu verbreiten, sondern um meine Pflicht zu tun‹, sagte ich. Danach verließ ich die Zelle.

Der dritte Verhandlungstag begann mit den Ausführungen des Angeklagten. Langsam und fast sanft sprach er von dem Liebesverhältnis zu seinem Schüler, und trotz der Sachlichkeit seiner Darstellung spürte ich, daß im Gericht eine rote, klare Flamme des Ekels und der Indignation brannte, des Ekels und der Indignation darüber, wie sorglos und geradlinig dieser Mensch ein so verantwortungsgeladenes Thema wie das erotische behandelte und wie leichthin er über die Gefahr der sittlichen Verderbnis junger Menschen hinwegging.

Nur bei den Zuhörern verspürte ich Mitgefühl und Heiterkeit, und ich verstand das nicht.

Als dem Generalstaatsanwalt das Wort zur Gegenerklärung erteilt wurde, war seine Stimme vor Widerwillen heiser. Er sagte, der Staat verlange, daß die Strafe verschärft werde, denn sei das strafbare und perverse Liebesverhältnis, sei die geschmacklose Erklärung des Angeklagten, sei seine vor Sinnlichkeit delirierende Schrift nicht ein massiver, mit allen Mitteln geführter Angriff auf die Keuschheit der Jugend?

Da erhob sich Morten Ross.

›Herr Generalstaatsanwalt‹, sagte er, ›Ihre Fürsorge für die Jugend macht Ihnen alle Ehre, aber sind Sie sicher, daß Sie nicht eine zu hohe Meinung von meinem Einfluß hegen und zuwenig Zutrauen zur Moral der Jugend haben? Ich möchte Sie gern fragen: Fühlten Sie sich selbst von delirierender Sinnlichkeit überschwemmt, als Sie mein Buch gelesen haben?‹

Hier hielt ich es für notwendig einzugreifen. ›Herr Ross‹, sagte ich, ›der Generalstaatsanwalt vertritt hier nicht sich selbst und seine privaten Erlebnisse. Er erscheint hier vor Gericht als Vertreter der Anklage.‹

›Ach, so ist das‹, sagte er. ›Also, dann möchte ich Sie gern fragen, Herr Generalstaatsanwalt, ob Sie bei der Lektüre im Namen der öffentlichen Anklagevertretung vor Sinnlichkeit deliriert haben?‹

Und so ging es weiter. Und das Publikum lachte. Nie zuvor hatte ich im Gericht so laut werden müssen. Nie zuvor hatte ich mir so sehr gewünscht, ich hätte auf andere gehört und diesen Menschen von der Gerechtigkeit unter Ausschluß der Öffentlichkeit zähmen lassen. Als ich bekanntgab, daß das Gericht die Sitzung in der Mittagsstunde unterbrechen würde, stand er auf, wandte sich den Zuhörern zu und rief, er wolle sie bewirten: ›Wartet im Vorraum auf mich und meinen Diener‹, rief er, ›dann essen wir und trinken auf das Wohl der Staatsanwaltschaft, weil sie meinem Roman mit diesem Prozeß einen Absatz gesichert hat, an dem ich eine erkleckliche Summe verdient habe!‹

In dieser Stunde ging ich auf den Stadtwällen spazieren, denn seine Worte hatten mir den Appetit geraubt, und ich dachte, er macht das Gericht zum Theater. Einem Buch wie dem seinen sollte man mit vernichtendem Verschweigen begegnen, ein Liebesverhältnis wie das seine sollte angemessen, aber in absoluter Stille bestraft werden, denn es handelt sich doch schließlich darum, eine Ansteckung zu beseitigen, einer Krankheit beizukommen, die gedeiht, wenn darüber geredet wird. Diesen Lüstling sollten Leere und Widerwillen umgeben, rief ich in den Wind, ein *Horror vacui* sollte um ihn sein. Aber wie ist das jetzt gelaufen! Mit der Forderung des Gerichts nach Genauigkeit, nach Offenlegung aller Tatsachen, mit dem Abwägen des *pro et contra* haben wir statt dessen den Dreck aufgewühlt, wir haben die Ansteckung weitergegeben, wir haben den Kopf in ein Wespennest gesteckt. Jetzt verkauft sich das Buch, jetzt lacht das Publikum, jetzt schreiben die Zeitungen über ihn. Wir wollten beilegen, begraben, amputieren. Statt dessen haben wir Neugierde geweckt, einen Reiz geschaffen, aus den Funken der öffentlichen Obszönität haben wir ein Karnevalsfeuer entfacht.

Der Zweifel ging an meiner Seite und fragte mich nach dem Wesen der Gerechtigkeit. Ist das der Sinn? fragte er. Dient ihr etwa nicht der reinen Justiz, sondern einem undurchsichtigen Ritual? Ist das Oberste Gericht vielleicht nicht die endgültige Gerechtigkeit, sondern nur das vornehmste öffentliche Bordell?

Erst als ich stehenblieb, mich aufrichtete und entdeckte, daß ich zwischen meinen Schulterblättern nach dem Loch für einen Schlüssel tastete, begriff ich, daß ich auf Abwege geraten war, daß ich der Mensch im Lande war, der nicht zweifeln durfte, und als ich aufblickte, war der Zweifel fort, und ich war wieder ganz allein.

Wir traten dem Angeklagten an diesem Tag während des abschließenden Teils der Verhandlung mit einer neuen, vernichtenden Präzision entgegen.

Der Generalstaatsanwalt las vor, was mehrere Literaturkritiker von dem Buch hielten. Sie fällten ein entscheidendes Urteil: ›eine als Literatur verkleidete Verteidigung der Zügellosigkeit‹.

›Unsere Kritiker‹, sagte der Generalstaatsanwalt, ›haben die Beurteilung der literarischen Qualität gepflegt und verfeinert, und dank ihrer wissenschaftlichen und psychologischen Einsicht läßt sich jetzt entscheiden, daß der künstlerische Wert dieses Werkes mit der Irrenanstalt belohnt werden müßte, wenn der Autor durch sein ruchloses Benehmen nicht bereits bewiesen hätte, wie ausgezeichnet er sich für das gewöhnliche dänische Staatsgefängnis eignet.‹

Dem hatte der Angeklagte nichts zu entgegnen. Ich merkte, daß er zusammensank, und stellte mir vor, daß seine Seele jetzt grübelnd über der Innenmauer des Zuchthauses von Horsens schwebte, wo sie hingehörte. Aber das reichte mir nicht, ich mußte ihm in die Augen sehen, mußte ihn seine Niederlage in diesem Raum bestätigen hören, weshalb ich ihn in die Wirklichkeit des Gerichtssaals zurückrief.

›Es ist wichtig, Herr Ross‹, sagte ich zu ihm, ›daß Sie begreifen: es handelt sich darum, inwieweit Sie beim Schreiben des Buches seine literarische Qualität oder simple Pornographie vor Augen hatten.‹

Er sah mich von weit her an und kehrte langsam zurück.

›Woher weiß man, Herr Präsident‹, fragte er, ›daß Pornographischsein keine literarische Qualität sein kann?‹

›Die Unterscheidung zwischen Kunst und dem rein Sinnlichen hat eine lange historische Tradition‹, antwortete ich.

›Ach ja, ich glaube, ich verstehe‹, erwiderte er. ›Das hohe Gericht denkt daran, wie Ovid wegen seiner *Liebeskunst* aus Rom verjagt wurde, wie man in der dänischen Übersetzung die Erotik aus *Romeo und Julia* heraushielt und wie man Flaubert wegen seiner *Madame Bovary* verurteilt hat.‹

Dann schwieg er und sagte danach nichts mehr.

Doch seine letzten Worte blieben mir auch nach Abschluß der Gerichtsverhandlung im Gedächtnis. Es wurmte mich, daß es ihm gelungen war, auf diese Weise eine Schnoddrigkeit loszuwerden und gleichzeitig glühende Kohlen auf meinem Haupt zu sammeln. Das schmerzte mich physisch, und in diesem Zustand einer lauernden Migräne verfaßte ich auf meinem Weg durch die Stadt eine kurze Ansprache an ihn, eine Ansprache, deren Inhalt in Grundzügen darauf hinauslief, daß Gerichtsentscheidungen natürlich nicht nur den herrschenden Geschmack widerspiegeln, natürlich gibt es ein ewig gültiges Maß für gute und sittliche Kunst, und natürlich gibt es ewige, ethische und religiöse Gründe, die Liebe zwischen Personen gleichen Geschlechts als widerwärtig zu betrachten, und dies muß ich ihm, dachte ich, persönlich sagen. Jetzt, nachdem die Gerichtsverhandlung offiziell überstanden ist, obliegt diese Verantwortung mir allein, wer sollte es denn sonst tun, bin ich denn nicht schließlich das Oberste Gericht?

Er sah mich ohne Überraschung an, als ich in die Zelle trat, ausdruckslos hörte er, was ich zu sagen hatte. Er bat mich, auf der Pritsche Platz zu nehmen, aber ich blieb stehen, ich war nur gekommen, einen Bescheid abzuliefern, den Bescheid der Geschichte und der Moral an einen unsittlichen Schriftsteller.

Als ich schwieg, nickte er.

›Um mir das zu sagen, sind Sie gekommen?‹ fragte er.

›Es war kein Umweg für mich‹, antwortete ich.

Er hatte sich erhoben, und es war, als ob er dort vor mir die Kampfbereitschaft des ersten Verhandlungstages wiederfände.

›Ich begreife‹, sagte er, ›daß Sie, Herr Gerichtspräsident, ein Mensch sind, der keine Umwege geht, ein Mensch, der am Ende seiner Lebensbahn wird sagen können: Ich bin von der Wiege bis zum Grab den *geraden* Weg gegangen.‹

Ich glaube, wir umkreisten einander wie die Gegner in einem Boxring.

›Ja‹, sagte ich, ›aber ich komme jedenfalls vorwärts. Das ist mehr, als Sie in Horsens von sich werden sagen können.‹

Er lächelte melancholisch. ›Sie haben mich bereits verurteilt‹, sagte er. ›Das Gericht hatte also wirklich einen Schlüssel im Rücken.‹

›Was ist denn eigentlich aus dieser Geschichte geworden?‹ fragte ich.

›Sie wird nie fertig‹, antwortete er. ›Aber ich hatte mir vorgestellt, daß der Mann und die Frau zusammen fortgehen und einen kurzen Optimismus erleben, der endet, wenn die Hände des Mädchens das Schlüsselloch in seinem Rücken finden. Sie heben den Kopf und sind sozusagen hinter die Stadt geraten und sehen, daß auch sie nur Kulisse ist, ein großes, seelenloses mechanisches Komplott, eine Fälschung aus Fassaden und Blendwerk.‹

›Und wo endet dann diese unwahrscheinliche Geschichte?‹ fragte ich.

›Nach dieser Entdeckung geht das Mädchen in den Gerichtssaal zurück und setzt sich mitten in einem neuen Prozeß zurecht, ohne daß irgend jemand das bemerkt. Der Prozeß nimmt seinen Lauf, man verurteilt sie wegen etwas anderem als der ursprünglichen Anklage, und sie nimmt das Urteil an, denn es ist besser, an einem sinnlosen Automatenritual teilzunehmen, als im leeren Raum zu schweben. Die Geschichte, Herr Präsident, endet also dort, wo wir alle enden, nämlich im Gericht.‹

Ich verspürte den starken Drang, ihn zu schlagen, alle Fliehkräfte hätten uns auseinanderschleudern sollen, aber das geschah nicht. Statt dessen müssen wir uns ein klein wenig zu nah gekommen sein, denn plötzlich war er, da vor mir in der Sonne, der schönste und nackteste Mensch, den ich je gesehen hatte, und ich wurde zu ihm hingezogen wie ein Meteor, der auf der Oberfläche des Planeten zum Einschlagkrater und zu einem Wall aus Staub wird. Aber auch das geschah nicht. Statt dessen küßte ich ihn.‹

Hier«, sagte Hektor Landstad Rasker, »hielt mein Vater einen Augenblick inne und blickte vor sich hin, aber nicht uns, seine Gäste, sah er, sondern etwas anderes. ›Und das einzig Sonderbare‹, sagte er träumerisch, ›das einzig Andersartige und Unerwartete war das leichte Kratzen von Bartstoppeln.‹

Dann nahm er sich wieder zusammen. ›Am nächsten Morgen berieten und stimmten wir ab‹, sagte er, ›und spürten alle, daß wir am Rande eines neuen Jahrhunderts verhandelten. Wir wußten, daß uns eine Liberalisierung des Druckfreiheitserlasses erwartete, aber auch eine neue Sicht auf die körperliche Seite der Liebe. Doch mehr als dieses Gefühl einer neuen Zeit, weit mehr als das, spürte ich an dem Morgen im Gericht die Anwesenheit von etwas anderem: dem frappierenden Charme des Angeklagten.

Beim Obersten Gericht ist es so, daß der jüngste Richter seine Stimme zuerst abgibt, und die ersten sechs Stimmen wollten die Strafe ins Bedeutungslose abmildern. Ich erinnere mich, daß einer von ihnen sagte, was während dieses Prozesses angeführt worden sei, habe ihn daran zweifeln lassen, daß es angebracht sei, über die Kunst zu urteilen, und müsse dieser Zweifel nicht dem Angeklagten zugute kommen ...?

Die nächsten sechs gaben eine abweichende Stellungnahme ab. Sie wollten an der Strafe festhalten oder sie verschärfen. Was ihnen in diesem Prozeß begegnet sei, billigten sie nicht, es müsse jetzt unschädlich gemacht werden. Damit herrschte Stimmengleichheit, und ich hatte auch schon erraten, daß es so sein würde, ich hatte auf Stimmengleichheit getippt.

Deutlich erinnerte ich mich an die Ereignisse des Vortages, glauben Sie nicht, daß ich das Geschehene in den Tiefen meines Gemüts verstaut hatte. Glauben Sie nicht, daß ich an der Oberfläche des jungen Mannes zerschellt war. Klar sah ich meinen eigenen Fall, und ich begriff, daß nicht nur ich selbst, sondern mit mir das gesamte Rechtssystem fiel, und mit mir, so dachte ich, soll es sich wieder erheben, ohne daß irgend jemand etwas entdeckt. Klar und enthusiastisch zugleich plädierte ich für die Notwendigkeit, die Strafe zu verschärfen. Ich erinnerte sie daran, daß die Höchststrafe sechs Jahre Zwangsarbeit betrug, und ›unter vier Jahre können wir nicht gehen‹, sagte ich, und so lautete das Urteil an diesem Nachmittag. Als es verlesen wurde, sah ich ihm in die Augen, und da war mein Gleichgewicht zurückgekehrt.

In der Nacht konnte ich nicht schlafen, ich stand auf und ging hinaus. Es hatte geschneit, der Himmel war schwarz, doch die Stadt strahlte ein gedämpftes, weißes Licht aus, als wartete der Mond irgendwo in einer nahen, doch versteckten Straße, einen Augenblick festgehalten in der Mattglasflasche der Stadt, auf den Moment, in dem er aufgehen konnte.

Ich wanderte durch die Straßen, und an jeder Ecke warteten Bruchstücke meines Lebens auf mich, schweigend grüßten wir einander, und der Schnee dämpfte meine Schritte. Aber vor Ihren Fenstern blieb ich stehen. Im Laufe der Nacht stand ich vor den Fenstern des Generalstaatsanwalts, vor den Ihren, Herr Polizeikommissar, und vor Ihren, meine Damen, und ziemlich lange stand ich vor deinen, mein Sohn, und ich dachte, hinter diesen Scheiben schläft mein Leben. Ich riß mich los und ging weiter, ohne andere als meine eigenen Gespenster zu treffen, zuletzt stand ich vor dem Gericht und schloß die Tür auf.

In diesem Augenblick ging der Mond auf und erfüllte den Saal mit einem kühlen, blauen Licht wie eine Flüssigkeit, die langsam in ein Aquarium eindringt. Da begriff ich, daß man in dieser Nacht über mich zu Gericht sitzen würde, daß mich das Oberste Gericht fragen würde, ob ich wirklich gelebt hätte.

Zuerst hatte der Verteidiger das Wort, und der Verteidiger war ich selbst, und in dieser Nacht erlaubte das Gericht ausnahmsweise, daß Zeugen beigebracht wurden. Ich benannte dich, mein Junge; ›sehen Sie‹, sagte ich zum Gericht, ›ich habe einen Sohn‹. Und ich benannte Sie, meine Damen, meine Jugendlieben – ja, Sie wirken überrascht, Sie wußten das nicht, hatten vielleicht nicht die geringste Ahnung, aber so war das, Sie und meine Gattin benannte ich als Zeuginnen, und ich sagte zum Gericht: ›Sehen Sie, das sind die Frauen in meinem Leben.‹

›Und schließlich‹, sagte ich, ›möchte ich zum Abschluß meiner Verteidigungsrede sagen, daß ich, soweit ich es vermochte, meine Pflicht als Bürger dieser Gesellschaft getan habe, indem ich mein Amt mit Sorgfalt verwaltete.‹

Danach hatte der Staatsanwalt das Wort, und das war ebenfalls ich. Auf seine eigene, sonderbare Art war er freundlich. ›Ich möchte‹, sagte er, ›nur eine Frage der Anklage festhalten: Haben Sie, Herr Landstad Rasker, jemals geliebt? Stimmt es nicht, daß Sie Kinder nie gemocht haben? Stimmt es nicht, daß Sie, aus einem Ihnen selbst unerklärlichen Widerwillen heraus, Ihre Gattin kurz nach Ihrer Eheschließung aus Ihrem gemeinsamen Schlafzimmer verbannten und in einem entfernten Teil des Hauses unterbrachten?

Und die Schwärmereien Ihrer Jugend. Stimmt es nicht, daß Sie die Liebe dieser fünf Frauen nie erwidert haben? Daß Sie widerwillig auf die Rendezvous in den leeren Wohnungen eingingen, aus denen diese Frauen mit großer Mühe ihre Eltern weggeschickt hatten, in den leeren Wohnungen, in denen diese Frauen alles zu Ihrer eigenen Verführung vorbereitet hatten, und sobald Sie die Hände dieser Frauen auf Ihrer Haut spürten, wurden Sie da nicht von einer unerklärlichen Seekrankheit überwältigt, einem Gefühl klaustrophobischen Verkehrtseins?

Und doch sind Sie, Herr Landstad Rasker, ein Mensch voller Liebe, ein Mann, den eine heftige Sehnsucht nach Sinnlichkeit umtreibt. Stimmt es nicht, daß diese unglücklichen Rendezvous Sie in ein bodenloses Elend stürzten, in dem Sie Apotheker aufsuchten, die Ihnen Aphrodisiaka verkauften, deren Wirkungslosigkeit Sie glauben ließ, es fehle Ihnen die natürliche Veranlagung?

Und doch wissen Sie, Herr Landstad Rasker, daß Sie ein Mensch von alles überströmender Leidenschaftlichkeit sind. Aber Sie haben sie auf Flaschen gezogen, Sie haben sie eingekapselt, etikettiert und beiseite gestellt, um sicher zu sein, daß niemand an der Flasche reibt und unbändige Kräfte freisetzt, und deshalb muß die Staatsanwaltschaft fragen: Befindet sich eine solche Handlungsweise in Übereinstimmung mit der Gesetzmäßigkeit des Daseins? Haben Sie, Herr Landstad Rasker, gelebt, haben Sie wirklich gelebt?‹

Und ich sah zu dem Richterkollegium auf, sie stimmten ab, und das Urteil erging.

Am nächsten Morgen ging ich in aller Frühe zum Justizministerium, zum Staatssekretär, und verlangte die einstweilige Freilassung des Gefangenen. Die Situation war außergewöhnlich, ich erinnere mich nicht mehr, was ich sagte, aber ich entsinne mich, daß ich dachte: Kann man wirklich so mühelos lügen? Den Entlassungsschein in der Hand, holte ich Morten Ross im Gefängnis ab und verletzte damit Artikel 131 des Strafgesetzes, wonach mit einfachem Gefängnis oder Verlust des Amtes bestraft wird, wer seine Stellung dergestalt mißbraucht. Der Gefängniswärter war erstaunt, wäre aber wohl noch erstaunter gewesen, wenn er gewußt hätte, daß ich dabei war, einem Gefangenen zur Flucht zu verhelfen und damit gegen Artikel 108 des Strafgesetzes zu verstoßen.

Sie werden mich nach der Reaktion des Gefangenen fragen. Es gab keine. Er schlief, als ich in die Zelle kam. Als ich ihn vorsichtig schüttelte, schlug er die Augen auf, und ich sah, daß er vollkommen wach war.

›Ich bin‹, sagte ich zu ihm, ›einen Umweg gegangen, um Sie zu holen, Herr Ross‹, und dann zeigte ich ihm die Haftentlassungspapiere. Er sah sie sich an, stand auf und zog sich vor mir an, und darauf ging er mit mir, alles, ohne ein Wort zu sagen.‹

Hier hielt mein Vater inne«, sagte Hektor Landstad Rasker.

Während der Anwalt gesprochen hatte, hatte er die ganze Zeit gestanden, als sei er bei Gericht. Jetzt erinnerte er sich einen kurzen Augenblick daran, daß die drei Menschen vor ihm seine Familie und nicht die Gegenpartei waren, und sah sich nach einem Stuhl um. Dann packten ihn die Erinnerungen erneut, er richtete sich auf, sein Blick starrte wie der eines Blinden in die Vergangenheit.

»Wir, die wir um den Tisch saßen«, sagte Hektor Landstad Rasker, »konnten einander in diesem Augenblick nicht in die Augen sehen. Da trat der Koch neben meinen Vater. Als er seine weiße Mütze abnahm, erkannte ich ihn. Es war der Schriftsteller Morten Ross, über den das Urteil gefällt worden war, der Sträflingskleidung hätte tragen sollen, der einen kurzen Haarschnitt und in der Hand eine Schaufel hätte haben sollen, der aber nun mit langen Haaren und als Koch vor uns stand.

Mein Zorn war ein blutiger Druck hinter den Augen, ich mußte ganz langsam sprechen, damit mir die Stimme nicht versagte. ›Du hast eine Gesetzeswidrigkeit begangen‹, sagte ich.

Mein Vater sah mir direkt in die Augen. ›Ich liebe ihn‹, sagte er dann, und ich fühlte, daß mir der Ekel den Verstand aus dem Kopf riß.

›Man kann‹, sagte ich, ›keinen Mann lieben.‹

Da ergriff meine Mutter das Wort. ›Du irrst dich, Hektor‹, sagte sie. ›Das ist durchaus möglich. Ich habe es selbst viele Male getan.‹

›Du hast hier ganz und gar das Maul zu halten, Mutter!‹ sagte ich. Ich blickte meine Tischgenossen an und sah, daß sie gelähmt waren.

›Was nun?‹ fragte ich.

›Nun gehen wir fort‹, sagte mein Vater. ›In einer Stunde holt uns ein Fischerboot und bringt uns nach Frederikshavn.‹ Leise fügte er hinzu: ›Wir verlassen Dänemark.‹

›Und du, Mutter‹, sagte ich, ›was sagst du dazu?‹ Und sie, die, so weit ich zurückdenken konnte, ihre Antworten immer herausgeplappert hatte, dachte nun nach. Dann sah sie meinen Vater, ihren Mann, an. ›Dies, Ignatio‹, sagte sie langsam, ›ist, soweit ich sehe, was du immer gebraucht hättest.‹

Einen Augenblick lang sah mein Vater ihr in die Augen. Ich vermute, daß sie in diesem Moment eine Rechnung abschlossen, die bis dahin nie aufgegangen war.

Dann sah er uns an. ›Ich habe Sie‹, sagte er, ›alle heute abend hier eingeladen, weil Sie alle, ohne es zu wissen, *in absentia* in der Nacht zugegen waren, als über mich ein unanfechtbares Urteil gefällt wurde.

Es war ein Todesurteil. Der Präsident des Obersten Gerichts, Ignatio Landstad Rasker, muß sterben und verschwinden, um sozusagen neu geboren werden zu können. Ich sehnte mich danach, Sie hier bei meinem Begräbnis und meiner Geburt dabeizuhaben, ich brauchte Sie; denn zu diesen beiden Zeitpunkten muß der Mensch die Menschen, die er liebt, um sich haben.

Ich weiß natürlich, daß ich aus Leben entstanden bin, doch

irgendwann muß ich mich vom Lebendigen abgewandt haben, und trotzdem sollte es mir also passieren, daß ich dem Dasein den Rücken kehrte, nur um – sozusagen hinterrücks – dennoch von der Liebe durchdrungen und erfüllt zu werden.‹

Da stand ich auf.

›Du wirst‹, sagte ich, ›im Gefängnis noch Gelegenheit haben, Vater, über das Leben und den Tod und die Liebe zu greinen, wenn du die beiden Jahre wegen Amtsmißbrauchs und die beiden Jahre wegen widernatürlicher Unzucht absitzt.‹

Ich schaute die anderen an, doch in ihren Gesichtern sah ich nur den Zweifel, die dänische Nationalkrankheit. ›Herr Polizeikommissar‹, sagte ich, ›würden Sie die Freundlichkeit haben, das Nötige zu veranlassen‹, und langsam, als kämpfe er sich durch einen Brei, kam der Leiter der Sittenpolizei auf die Füße.

›Herr Gerichtspräsident‹, sagte er, ›Sie haben widerrechtlich einen Gefangenen befreit, Sie müssen natürlich mit nach Kopenhagen kommen, damit die Angelegenheit ins reine gebracht werden kann‹, und er trat zum Tischende.

In diesem Augenblick legte mein Vater mit einer schützenden und zugleich zärtlichen Geste den Arm um den Koch, und zum erstenmal in meinem Leben sah ich einen Mann einen anderen Mann liebkosen – Gott gebe, daß es auch das letztemal war! Einen Augenblick lang wurde mir schwarz vor Augen, ich glaubte mich übergeben zu müssen, und in der Unaufmerksamkeit dieser Sekunde geschah es. Als ich die Augen wieder öffnete, stieß der Kommissar ein Röcheln aus, schlingerte an seinen Platz zurück, setzte sich und legte den Kopf auf den Tisch.

Hinter ihm richtete sich meine Mutter auf. Sie hielt mit beiden Händen eine schwere Kupferpfanne, die zuvor an der Wand gehangen hatte.

›Männer haben‹, sagte sie, ›einen zerbrechlichen Kopf und ein kleines Hirn.‹

In dem Moment war mir klar, daß ich meine Eltern beide als Angeklagte vor Gericht sehen würde und daß ich als

Zeuge gegen sie würde auftreten müssen, und möglicherweise wurde ich in dem Augenblick, in dem ich das begriff, erwachsen. Ich hob die Hände. ›Wir müssen darüber reden‹, sagte ich, und meine Worte beruhigten sie. Alle ließen die Schultern sinken. Da trat ich zu meinem Vater und seinem Geliebten hin und versetzte dem kleinen Koch einen kurzen und harten Kinnhaken. Er sackte zusammen, als hätte sich sein Skelett in Kautschuk verwandelt. Danach packte ich meinen Vater am Kragen. Ich wußte, er würde kämpfen, und ich wußte, ich würde ihn niederschlagen müssen, aber auch, daß ich es tun würde und daß diese Kampfsituation so einfach war wie die Abende im Akademischen Boxklub, abgesehen davon, daß hier sehr viel mehr auf dem Spiel stand. Erst aber wollte ich mit ihm reden, ich wollte ihm vorbehaltlos meine Meinung sagen, ihm erzählen, was es für einen Sohn bedeutet, seinen Vater zu verlieren; denn in dieser Nacht hatte ich ihn verloren, und die Worte lagen mir auf der Zunge. Noch heute erinnere ich mich daran. Aber ich habe sie nie ausgesprochen. Ich öffnete den Mund, und meine Zunge explodierte in einem weißen Blitz aus Schmerz. Im nächsten Augenblick lag ich auf dem Boden, hinter mir stand meine Frau, deine Mutter, Thomas, Eline Landstad Rasker, die dort sitzt. In der Hand hielt sie eine große grüne Buddel, eines der Flaschenschiffe meines Vaters.

Ich richtete mich langsam auf, da schlug sie erneut zu. Ich lag mit dem Rücken auf dem Boden und sagte: ›Du schlägst mich, Eline‹, doch sie antwortete nicht, und da sah ich, daß sich auch die anderen Frauen erhoben hatten und in den Händen Pfannen und schwere Schöpflöffel und Flaschen meines Vaters hielten. Wieder versuchte ich aufzustehen, und wieder schlugen sie zu. Elines Gesicht neigte sich zu mir, und ich weiß noch, was sie sagte. ›Männer‹, sagte sie, ›muß man vor sich selbst schützen.‹

Noch hatte ich Kraft. ›Begreift ihr denn nicht, was ihr tut?‹ rief ich. ›Er ist ein Verräter, das hier trifft nicht nur mich allein, seinen Sohn, sondern auch meine Mutter und dich,

Eline, das gesamte weibliche Geschlecht‹, aber sie antworteten mir nicht, und ich gebe zu, daß ich weinte, daß ich die Besinnung verlor. ›Schwein‹, schrie ich meinen Vater an, ›Kinderschänder‹, und da müssen sie erneut zugeschlagen haben; denn ich weiß nur noch, daß sie mich in einen Teppich rollten, ohne daß ich mich wehren konnte. Vielleicht schlugen sie mich, vielleicht schlief ich auch ein, denn als ich wieder zu mir kam, war es vorbei.

Mein Vater war natürlich fort, der kleine Koch war fort, und im Zimmer saßen alle anderen und schwiegen. Sie hatten die Flaschen gefunden, in denen er Schiffe hatte bauen wollen, und nun saßen sie da und tranken, die Frauen, meine Mutter, meine Gattin Eline, der Bischof, der Kommissar und die Professoren.

Ich wickelte mich aus dem Teppich und blickte in die Runde, aber sie mieden meinen Blick; selbst der Kommissar, der einen weißen Verband um den Kopf trug, mied meinen Blick. Ich begriff, daß bei diesen Menschen überhaupt keine Hilfe zu holen war.

Nacheinander verließen sie das Zimmer, zuletzt war nur noch Eline da. Sie saß da, die Arme ruhten auf der Tischplatte, und blickte auf das schwarze Meer hinaus. Ich will nicht leugnen, daß ich noch in diesem Moment brennend, wahnsinnig auf eine Erklärung wartete oder auf eine Entschuldigung für all das, was ich nicht verstand. Doch sie nahm mich nicht wahr, sie sah nur in die Nacht hinaus, und dann sagte sie leise vor sich hin: ›Dem Dasein den Rücken gekehrt haben und dann trotzdem – hinterrücks von der Liebe durchdrungen und erfüllt zu werden.‹«

Einen Augenblick lang barg Hektor Landstad Rasker das Gesicht in den Händen. Als er sie sinken ließ, hatte er sich wieder gefaßt. Dann sah er seine Frau an, die ihn während der Erzählung unverwandt betrachtet hatte.

»Habe ich es so erzählt, wie es war, Eline?« fragte er.

»Du hast es ganz genau so erzählt, wie es war«, antwortete sie.

»Wie du vielleicht verstehst, Thomas«, sagte der Anwalt, »war es für mich äußerst unangenehm, aber auch sehr notwendig, dir das hier zu erzählen. Nun bleibt nur noch zu sagen, daß ich mich unmittelbar nach unserer Rückkehr nach Kopenhagen von deiner Mutter scheiden ließ.«

»Habt ihr«, fragte Thomas, »jemals von meinem Großvater gehört?«

»Aus dem Ausland kamen Briefe«, antwortete der Anwalt, »ich habe sie ungeöffnet zurückgeschickt. Der letzte Brief kam vor zehn Jahren.«

Hektor Landstad Rasker blickte auf das Porträt seines Vaters. »Für mich«, sagte er, »hat diese Geschichte an sich keine Moral. Aber ich hoffe und vermute, daß sich dort, wo sie aufhört, eine Moral bilden könnte. Ich danke euch für eure Aufmerksamkeit.«

Mit diesen Worten verließ er das Zimmer. Einen Moment lang blieb seine ehemalige Gattin ganz still sitzen. Dann warf sie einen kurzen Blick auf die Neuvermählten und verließ sie wortlos.

Thomas erhob sich und trat ans Fenster. Hinter ihm rollte sich das Mädchen wie eine Katze im Sessel zusammen. »Es ist Nacht geworden, ohne daß wir es gemerkt haben«, sagte sie.

Thomas ging zum Tisch und schenkte die tintenfarbene Neige des Portweins in sein geleertes Glas. Dann hob er das Glas und leerte es, in seinem Mund lief bitterer Staub zusammen, aber auch eine säuerliche, aufreizende Ahnung von der Beschaffenheit der Erde.

»Ja«, sagte er, »es geschieht schon mal, daß die Nacht sozusagen hinterrücks kommt.«

Dann ging er zu einem der Fenster, lehnte seine Stirn gegen das Glas und sah in die Nacht hinaus.

Versuch mit der Dauer der Liebe

Eine der umfassendsten sprachlichen Operationen dieses Jahrhunderts war die Abbildung des Alltags auf die Physik.

Diese Erzählung ist eine Warnung vor einer solchen Operation.

Gleichzeitig ist die Erzählung selbst eine solche Abbildung.

Vielleicht ist dieser Widerspruch nicht nur meiner. Vielleicht ist er zu einer Bedingung des Daseins geworden.

Ich bin theoretischer Physiker; in jedem Sprachsystem, das komplexer ist als eine formale Logik ersten Grades, fühle ich mich auf schwankendem Boden. Wenn ich mich nun trotzdem in die Alltagssprache begebe, dann weil mich meine hoffnungslose Liebe zu einer Frau verfolgt. Oder vielleicht verfolge ich diese Liebe.

Nur eines liebe ich so sehr wie diese Frau: die Sprache. Ich bete sie an, weil sie imstande ist, über sich selbst hinauszugehen, indem sie auf ihre eigene Begrenzung verweist. Mit der Sprache kann ich sagen: »Bis hierhin und nicht weiter geht meine Welt« – und wenn dieser Satz gesagt ist, befinde ich mich in einer Landschaft, von deren Existenz ich nicht einmal eine Ahnung hatte. Vielleicht begegne ich dort dieser Frau.

Man sagt, ich sei jung (ich bin zweiunddreißig), aber das ist nicht wahr. Es gibt keine Jugend, keine Kindheit, kein Alter.

Es gibt nur die Jahre, in denen wir an die endgültigen Antworten glauben und dafür kämpfen, und die Jahre, in denen wir einzusehen versuchen, daß wir immer mit den Fragen leben müssen. Längst habe ich die Schattenlinie überschritten, längst habe ich eingesehen, daß ich immer nur versuchen kann, auf immer neue Weise dieselben wenigen, unbeantwortbaren Fragen zu stellen.

Es stellt sich dann – erneut – die Rätselfrage, weshalb es anscheinend Frauen gibt, die sich durch das Leben bewegen, wie der Lachs einen Wasserfall emporspringt: in einem blitzenden, perlmuttfarbenen Lichtbogen und in so mühelosen Sprüngen, daß es aussieht, als schwebten sie ständig und kämen nie mit den Schichten des Daseins in Berührung, die uns andere nach unten ziehen.

Charlotte Gabel wurde 1906 als Tochter des dänischen Botschafters in Paris geboren. Ihre Mutter, Lene Gabel, war eine der ersten dänischen Physikerinnen und die erste Ausländerin, die von Marie und Pierre Curie eingeladen wurde, in deren Laboratorium an der Rue Lhomond mitzuarbeiten.

1921 machte Charlotte ihr Abitur an der École Marie Vierge, die damals in Paris an der Place de la Chapelle lag. 1926 promovierte sie an der Sorbonne zum Doktor der Physik. Ihre Dissertation trug den Titel: *Über den Begriff »Vergangenheit« in quantenmechanischen Messungen.* 1927 kam sie an das Institut für Theoretische Physik in Kopenhagen. 1929 reiste sie nach Paris zurück, um dort ihren großen Versuch durchzuführen, von dem nur ein kleiner Kreis von Wissenschaftlern in Dänemark und Deutschland wußte.

Dort entschwand sie der Welt.

Mehrere Jahre lang wartete man in Kopenhagen und Leipzig auf die Versuchsergebnisse, aber es kam nichts Neues. In diesen Jahren formulierte Paul Dirac die Gleichung, die eine so ehrenvolle Bedeutung für die Entwicklung der Wasserstoffbombe hatte, Fermi machte große Fortschritte bei der Herstellung von angereichertem Uran, und Niels Bohr war mit dem Dualitätsprinzip beschäftigt. In diesem Strom von Zukunft wurden Charlottes Theorien über die Vergangenheit vergessen. Einzig und allein Niels Bohr hob während einer Reihe von Jahren in immer größeren Abständen plötzlich den Kopf, blickte gleichsam erschrocken vor sich hin und sagte: »Wir dürfen Charlotte Gabels Versuch mit der Dauer der Liebe nicht vergessen.«

Die visionären Entdeckungen werden immer die Trägheit der Geschichte gegen sich haben. Doch sie haben die Zeit auf ihrer Seite. Am Tag vor seinem Tod skizzierte Bohr in seiner Valbyer Ehrenwohnung an der Tafel seines Arbeitszimmers eine Zeichnung, und eine Zeitlang glaubte man, er habe Einsteins Photonkasten zeichnen wollen, die letzten Gedanken des großen Physikers hätten dem nicht beendeten Meinungsaustausch mit seinem berühmten Kollegen gegolten. Das erwies sich als falsch. Wir wissen jetzt, daß Bohrs Kasten der rechteckige Raum war, in dem Charlotte Gabel die Erinnerung der Elementarpartikeln an die Vergangenheit herbeirief.

Dies ist die Erzählung von Charlotte Gabels Versuch.

Nach Bohr und Einstein haben wir alle einsehen müssen, daß jede Beschreibung immer auch den Beschreibenden einschließt. Ich möchte deshalb darauf aufmerksam machen, daß es sich hier – in erster Linie – um die Lebensgeschichte der Schwestern Gabel handelt, und zwar so, wie sie in der Vorstellung der Männer aussah, die in die Mädchen verliebt waren. Es ist also der Blick einsamer Nachtwachen unter Straßenlaternen, durch schmiedeeiserne Gartentüren und Operngläser, und getrübt wird dieser Blick durch die verzweifelte Unsachlichkeit, die uns immer überfällt, wenn wir auf die dümmste Weise der Welt lieben, nämlich von ferne.

Charlotte und ihre Schwestern wuchsen in einem sozialen Kraftfeld aus Wohlstand, Lebenslust, Fachwissen und Bildung auf. Es wirkte als Gegenpol zur Schwerkraft und hob somit zu den Sternen empor, statt auf die Erde herabzuziehen.

Ihre Ferien verbrachten sie bei Onkeln und Tanten in Dänemark und schwebten durch die hellen Abende auf Schaukeln aus Manilatauen unter dunkelgrünen Buchenkronen, um sie her erstreckten sich Rosenbeete und grüne Rasenflächen, die zu blauem, klarem Wasser abfielen, und unter ihnen warteten geduldige Hände darauf, sie aufzuheben und zu trösten und ihnen saubere Kleider aus weißem, frischgebügeltem Schweizer Batist anzuziehen, so daß sie sich für die Jungen, die sehnsüchtig durch die hohen Hecken spähten, immer als ferne, aber ganz weiße Schmetterlinge vor dem grünen, dänischen Sommer abhoben.

Zu anderen Jahreszeiten vergoldeten sie Paris. An der Seite ihrer Eltern erschienen sie unendliche Male in Räumen mit festlich gekleideten Gästen, unter denen die Männer, auch wenn sie zwanzig Jahre älter waren, sie anstarrten, als trauten sie ihren eigenen Augen nicht. Danach mußten sie ihre heiße Stirn an kühle Türrahmen lehnen, sich die Polizeiverordnung ins Gedächtnis rufen, sich daran erinnern, daß sie Familienväter waren, und daran, daß hier nichts zu machen war, denn vor Frauen – sogar wie hier vor kleinen Mädchen –, die sich benehmen, als sei das Dasein nur eine einzige tragende Welle aus Crème Chantilly, werden Männer immer von dem zittrigweichen, wehrlosen, ohnmächtigen Bewußtsein gepackt, Sumpffrösche zu sein.

Jeder Mann, der den Schwestern zum erstenmal begegnete, wußte zweierlei sofort mit absoluter Sicherheit: daß er mit einer von ihnen vollkommen glücklich geworden wäre und daß er in ihren Augen vollständig uninteressant war.

Die Mädchen erweckten Gefühle, über die die Männer untereinander nicht sprachen, hätten sie es aber getan, dann hätten sie entdeckt, daß sie alle das gleiche empfanden: daß nämlich jede dieser Schwestern sie verstanden hätte, wie sie noch nie von jemandem verstanden worden waren.

Darüber hinaus besaßen die Mädchen von klein auf ein umfassendes Wissen und beherrschten einen gedämpften, neckenden Konversationston, der ihre Tischherren, die ironischen Diplomaten und begeisterten Forscher, innerhalb weniger Minuten in leichtes Stottern verfallen ließ. Dazu tanzten sie so schwerelos und mühelos, daß selbst die musikalischen Raubtiere der Bälle zu ihrer eigenen Überraschung erfahren mußten, wie motorisch gehemmt sie waren.

Als Albert Einstein, bei einem Abendessen für die Académie des Sciences auf Schloß Colbert, die Schwestern zum erstenmal sah, nahm der große Denker – wie immer, wenn ihm die Wirklichkeit am unvorstellbarsten erschien – seine Zuflucht zur Religion. Er schüttelte den Kopf und lächelte ihre Mutter mit seinem leuchtenden, kindlichen Lächeln an.

»Lene«, sagte er, »der liebe Gott ist ein Mann, deshalb kann auch er nicht unparteiisch sein. Er hat eine unfaßbare Ausnahme gemacht und deine Töchter von der Schwerebeschleunigung befreit.«

Diese Deutung wurde allgemein akzeptiert. Wie hätte man sonst erklären sollen, daß kein Mann, kein Ort und kein Gespräch die Mädchen zu fesseln vermochten, daß sie sich in eine Konversation einfügten und dann in den Raum entschwebten und im nächsten Augenblick fort und an der Tür waren, wo ihnen ein Diener in den Mantel half, worauf sie der Gesellschaft ein letztes blendendes Lächeln sandten, das blitzartig offenbarte, wozu das alles hätte führen können. Dann kehrten sie dem Saal den Rücken; als letztes sah man nur noch eine Bewegung in ihrem gelockten Haar, das im Sommer die Farbe von Heidehonig, im Winter von dunklem Sherry hatte, und dann waren sie unwiderruflich fort.

Während ihrer gesamten Jugend erhielten die Mädchen immer wieder Briefe von jungen Männern, die sie erst am Tag zuvor kennengelernt hatten und die schrieben, daß sie nach einer schlaflosen Nacht von einer Offenbarung heimgesucht worden seien; sie sahen sich mit dem Mädchen auf einer Farm in Australien, fern vom Weltgewimmel, um sie herum das Brüllen des Viehs und über ihrer Liebe ein glühender Sonnenuntergang, und diese Briefe schickten sie, wohl wissend, daß sie nie eine Antwort bekommen würden, und mit der selbstmörderischen Gewißheit, daß sie ihre Liebe in ein Faß ohne Boden kippten.

Nur wenige gingen noch weiter. Die es taten, erhaschten einen ahnungsvollen Blick auf Landschaften, in denen sich neue, unüberwindbare Hindernisse auftürmten. Während des Abendessens, bei dem Einsteins entzückte Bemerkung fiel, versuchte es ein bekannter deutscher Professor und Gynäkologe mit der jüngsten Schwester, Charlotte Gabel. Nachdem er ihr beim Hauptgericht eingehend von seiner Erforschung des weiblichen Liebestriebs erzählt hatte, meinte er beim Dessert, nun sei wohl der Boden bereitet, worauf er mit fachmännischer Sicherheit ihr Kleid anhob und ihr die rechte Hand auf den Schenkel legte. Ohne daß Charlottes Gesicht sein Lächeln und den aufmerksam zuhörenden Ausdruck aufgegeben hätte, legte sie ihre Hand auf die des Professors und öffnete mit dem Stein ihres einzigen Ringes in einem langen, sicheren Schnitt seinen Handrücken bis auf den Knochen. Als er seine Hand diskret mit der Serviette verband, die so weiß war wie sein Gesicht, sah Charlotte ihm in die Augen.

»In Ihrer nächsten Abhandlung, Herr Professor«, sagte sie, »müssen Sie daran denken, auch die unversöhnlichen Teile der weiblichen Anatomie zu erwähnen.«

Viele Jahre später, als die vielen Männer, die das Gefühl hatten, die Schwestern Gabel hätten sie abgehängt, von der Entdeckung der sogenannten schwarzen Löcher im Weltall erfuhren, von Orten, wo Licht und Masse in ein rätselhaftes Zentrum gesogen werden und die nichts zurückgeben, kam ihnen unabhängig voneinander der Gedanke, daß die Schwestern Gabel ebensolche schwarzen Löcher gewesen seien.

Meine Hypothese ist, daß sie darin völlig fehlgingen. Dies ist nun eine andere Darstellung von Charlotte Gabels Jugend. Bohr meinte, die Gegensätze seien komplementär. Vielleicht haben beide Versionen ihre Berechtigung.

Bis zu ihrem siebten Jahr lebte Charlotte Gabel in dem Glauben, daß das Universum in seiner Entwicklung ein Stadium erreicht habe, in dem jedes Phänomen eine Verheißung darstelle, die größte Verheißung von allen aber sie selbst sei.

Es war ihr selbstverständlich, daß sich die Welt irgendwie auf einen Punkt zubewegte, an dem sie und die Welt einlösen würden, was sie einander versprochen hatten.

Es gibt Menschen, für die ist die Liebe eine lange Reihe von Austauschmomenten und Korrekturen. Für Charlotte Gabel war sie das große, entscheidende Experiment. Wenn sie sich die ersten sieben Jahre ihres Lebens Jungen und Männer vom Leib hielt und sich ihnen nur unter sterilen gesellschaftlichen Formen öffnete, dann nicht, weil sie etwa Angst gehabt hätte oder immun gewesen wäre, sondern weil sie auf den Augenblick wartete – kommen würde er, das wußte sie –, in dem die richtigen Versuchsbedingungen gegeben wären und in dem sie unter unmißverständlichen Umständen die Wirkung der Liebe auf ihr eigenes System würde studieren können.

Ihren Eltern erschien das kleine Mädchen krank. Der Botschafter war ein liberaler Mann, erfüllt von den herrschenden Zeitgedanken der existentiellen Freiheit und den Vorschlägen der Psychoanalyse für eine freizügige Kindererziehung. Er beugte sich deshalb Charlottes Forderung, sie und ihre Schwestern in eine katholische Mädchenschule zu schicken, nur in einer momentanen Stimmung widerstrebender Verblüffung.

Für ihre Mutter, Lene Gabel, konnte sich der Mann als Phänomen mühelos mit den großen physikalischen Entdeckungen des Jahrhunderts messen, die maskuline Kraft war für sie nicht schwächer als die Strahlung der Radiumsalze von Madame Curie, die auf Lene Gabels Händen große braune Flecken und in ihrer Seele eine Radioaktivität hinterlassen hatten, die als nie gedämpfte Entdeckerbegeisterung von ihr ausstrahlte. Dieser Frau waren ihre Töchter, und vor allem die jüngste, unbegreiflich. Doch sie mußte sich beugen. Sie hatte das Gefühl, bei Charlotte vor einer Art Naturgesetz zu stehen, weshalb sie sich ärgerlich auf die Lippe biß und kopfschüttelnd akzeptierte, daß die Schwestern anscheinend nur miteinander spielten, eine abgegrenzte und überschaubare Umgebung bevorzugten und verlangten, daß man sie in den geschlossenen, dunklen Diplomatenwagen zur Schule, zu Gesellschaften und in die *maison de la campagne* der Familie fuhr und wieder abholte.

An dem Tag, an dem Charlotte sieben wurde, unternahm sie ihr erstes Experiment.

Das geschah in St. Cloud, einem ländlichen Vorort von Paris, wo Charlottes Eltern eine kleine Gruppe von Feldsteinhäusern besaßen, die sechs labyrinthische Gärten und einen Brunnen einschlossen – und dazu die Erinnerungen an den großen französischen Dichter Jean-Luc Torreau, der in der ersten Hälfte des achtzehnten Jahrhunderts – damals, als das Haus noch eine *maison forte*, eine kleine feudale Festung gewesen war – hier aufgewachsen war, seine große unglückliche Liebe erlebt hatte und eines Tages mit seiner Geliebten spurlos verschwunden war.

Der Tag war warm und klar. Es ging ein leichter Wind, der spontan mitten im Garten zu entstehen schien und unsichtbare Wolken von Blütenduft mit sich führte, der einen narkotisierend heiteren, zugleich aber zutiefst klärenden Effekt hatte, eine Wirkung, wie sie seit Descartes Kaffee und Tabak auf Forscher haben. Am Brunnen malte der Botschafter seine Frau. Ihr helles Seidenkleid sog die Sonne auf und ließ sie aussehen, als sei sie in reines Licht gekleidet. Als sie den Stimmen der Mädchen anhörte, daß diese weit genug weg waren, zog sie ihr Kleid noch höher und spreizte blendend vor ihrem Mann die Beine. Von außen drang kein Laut in den Garten, insgesamt konnte man die Familie Gabel und ihre Umgebung in diesem Augenblick als geschlossenes, glückliches, ausgewogenes System betrachten.

Da saß plötzlich auf der Mauerkrone hoch über den spielenden Mädchen ein Junge.

Zu diesem Zeitpunkt hatten die Schwestern ihren Eintritt in das Gesellschaftsleben noch vor sich. Noch nie zuvor hatten sie unter nichtkontrollierten Bedingungen Jungen in ihrer Nähe gehabt. Durch ein Loch in dem Bretterzaun, der ihre Schule umgab, konnten sie auf einen anderen Schulhof sehen, der sich mehrmals am Tag mit Jungen füllte. Da aber immer nur ein Mädchen auf einmal durch das Loch sehen konnte, waren sie, nicht zuletzt geleitet von Charlottes Theorien, zu der Vorstellung gelangt, das andere Geschlecht sei eine schnell rollende Lärmwelle, die man immer nur kurze Zeit zu sehen bekomme.

Der Junge auf der Mauer dagegen saß ganz still. Er hatte rote Haare und Sommersprossen, und da die Mauer sehr hoch war, kam ihnen der Gedanke, er müsse wohl eine Art Vogel sein.

Da ließ er sich zwischen sie fallen, und als er den Mund aufmachte, war er wirklich so heiser wie eine Krähe.

»Ich heiße Pierre«, sagte er, »und ich bin sieben. Hat hier jemand 'nen Glimmstengel?«

Da entschloß sich Charlotte zu ihrem ersten Experiment. Was jetzt geschah, wurde nicht durch das Eindringen des Jungen in das Paradies der Mädchen ausgelöst, sondern durch etwas, was in Charlotte bereits angelegt war, nämlich die Mischung aus Neugierde und Überspanntheit, die man Forschergeist nennt.

Erst umringten die Mädchen ihren Gast – denn das Staunen von Kindern dauert nie lange –, und danach wurden sie scheinbar von ihrem Spiel und einer Summe aus kleinen Zufällen, in Wirklichkeit aber von Charlotte, in den fernsten Garten geführt.

In einer Ecke dieses Gartens stand ein großes dänisches Bierfaß. Man hatte es mit Tür und Fenster, Tisch und Bänken als Spielhaus eingerichtet, und den Rücken an das gewölbte warme Holz gelehnt, hielt Charlotte jetzt Papier und Bleistift in der Hand. Sie sah den Jungen ernst an.

»Wir wollen dich zeichnen«, sagte sie.

Das Faß war so groß, daß der Junge aufrecht stehen konnte, während die Mädchen auf den Bänken saßen.

Die besten Experimente entfalten sich im Spannungsfeld zwischen dem Vorbereiteten und dem Improvisierten, und jetzt fiel Charlotte etwas ein, was ihr Vater – der an der École des Beaux Arts Croquis zeichnete – erzählt hatte.

»Wenn man gezeichnet wird«, sagte sie, »muß man sich ausziehen.«

Das Wesen des Spiels ist Akzeptanz, also zog sich der Junge aus.

»Ganz«, sagte Charlotte.

Das Faß war dunkel und kühl, im Raum hing ein schwindelerregender Duft von Malz, Eichenholz, Vanille und Alkohol.

»Dann bin ich ja nackt vor euch«, wandte der Junge ein.

Und wieder kam Charlotte eine gelegene Erinnerung an etwas, was ihre Mutter einmal bei der Eröffnung einer Kunstausstellung gesagt hatte.

»Vor dem Künstler sind wir alle nackt«, antwortete sie.

Da zog sich der Junge ganz aus, und das Faß war von einer ergriffenen Konzentration erfüllt, als hätte das fröhliche Spiel von eben nur wie dünne Stoffschichten über dem nackten Ernst gelegen. Der Raum wurde weiter, die Wände strebten wie Kirchengewölbe zu einem fernen Himmel empor, so als habe das Faß eine stolze, aber auch dämonische Erinnerung an das gerade für diese Brauerei typische besondere Wissen um die Vereinigung von Kunst, Wissenschaft und hirnverfinsterndem Alkohol bewahrt.

Mit blassem Gesicht hob der Junge die Arme zur Decke empor und begann sich langsam zu drehen.

Da stand die Versuchsleiterin Charlotte auf. Blitzartig überfielen sie die Bilder ihrer zeitgenössischen Gegenwart und ihrer Schulerziehung, es waren Bilder der Frau, die nach dem auferstandenen Jesus greift, dann aber wischte sie den bleichen Erlöser und dessen Noli me tangere beiseite, denn die Religion darf der Wissenschaft nicht im Weg stehen, streckte langsam ihre Hand nach dem im Dunkeln leuchtenden weißen Körper aus und legte sie auf die eine Backe. Die Augen des Jungen waren in hingerissener Konzentration an die Decke gerichtet, und nun merkte Charlotte Gabel, daß sich der kleine, helle Flaum auf ihrer dunklen Haut sträubte, daß eine überwältigende Menge von Verheißungen in Erfüllung ging, daß ihre Hand an dem Jungen sie mit dem innersten Sinn des Daseins verband.

Einen Augenblick lang schwebte sie im absoluten Glück, das tiefe Harmonie mit höchster Alarmbereitschaft verbindet.

Dann hatte sie eine wissenschaftliche Vision. Entlang einer unendlichen Reihe aus Ursachen und Wirkungen blickte Charlotte Gabel in die Zukunft und sah, daß das Glück, das im Labor zu isolieren ihr in diesem Augenblick gelungen war, nicht dauern konnte. Mit überwältigender Sicherheit erkannte sie, daß sie nur so, die Hand an diesem Jungen, so dicht bei ihm, glücklich sein konnte. Doch draußen drehte sich die Welt bereits weiter, gleich würde das Leben sie in die Sonne hinausrufen, und der Junge würde sie mit bereits nachlassendem Interesse betrachten, denn so waren die Männer und vielleicht auch die meisten Frauen. Sie konnte ihn erneut zu sich rufen, aber das würde vorübergehend sein, nur den Kräften trotzend, die ihn einen Augenblick später wieder entrücken würden. Mit dem Gefühl, einen Blick in die Hölle zu tun, erkannte Charlotte, daß das Paradies, auf das ihr ganzes Leben ausgerichtet war, immer nur eine kurze Ordnung in einem wachsenden Chaos sein konnte, es würde nie möglich sein, sich dem Glück, das sie in diesem Moment in der Hand hielt und das sie sich, einmal erreicht, immer als von ewiger Dauer gedacht hatte, hinzugeben, weil es in der Welt nun einmal so ist, daß die Liebe spontan zerfällt.

Sie selbst stand völlig unbeweglich, doch ihre Gedanken schleuderten sich jetzt, wild vor Trauer, in den Weltraum. Ohne daß sie der Einsicht hätte Worte verleihen können, erkannte sie, daß das Universum expansiv ist, daß sich alles ausdehnt, daß sich jeder Mensch mit unfaßbarer Geschwindigkeit von jedem anderen entfernt und daß zwischen den wenigen, zufälligen Partikelzusammenstößen, die man Liebe nennt, nur die Leere ist, in der die Sonne schließlich ausbrennen und sich in einer Aschenwolke auflösen würde; die auf null Grad Kelvin abgekühlte, leblose Erde dagegen würde in den ewigen Winter des leeren Alls fallen.

Diese Erkenntnis eines allumfassenden Untergangs verlieh Charlotte den kühlenden Trost, der dem Wissen entspringt, daß man nur deshalb unglücklicher ist, weil man mehr weiß als andere, und in diesem Augenblick begriff sie, daß sie eine große Physikerin werden und der Welt zeigen würde, daß es sich mit der Liebe so verhält, daß sie einmal vorbei ist.

Langsam zog sie ihre Hand zurück und trat in den Garten hinaus, die anderen folgten ihr mit dem aufmerksamen Schweigen, das Kinder jedem erweisen, der mitten unter ihnen einen großen Schmerz erlebt.

An jenem Abend ging Charlotte mit dem Gärtner in den Garten und wies auf die hohe Mauer.

»Ich will da oben etwas haben«, sagte sie.

Der alte Mann wußte um die Blumenliebe des kleinen Mädchens.

»Geranien«, schlug er mit einem Lächeln vor.

Das Mädchen sah ausdruckslos auf die Mauerkrone.

»Stacheldraht«, sagte sie.

Die nächsten vierzehn Jahre bestätigten Charlotte in ihrer Theorie, daß das Leben nicht lebenswert sei. Als sie einundzwanzig wurde, hatte sie die Idee, die ihr den Beweis ermöglichen sollte.

Zu der Zeit stand sie vor dem Abschluß ihres Studiums der theoretischen Physik, eine junge Frau, umgeben von anderen Frauen, die ihr erschrocken und zweifelnd nachblickten, und von Männern, die ihr alles gegeben hätten, wenn sie es denn gewagt hätten und nicht überzeugt gewesen wären, daß sie sowieso schon alles hatte. Die tiefe, innere Verzweiflung der vierzehn Jahre hatte weiter keine Spuren hinterlassen als eine Direktheit, die nie Umwege ging und die verschiedene Männer im Laufe der Zeit als eine just an sie gerichtete Einladung gedeutet hatten. In Wirklichkeit aber war sie eine universelle Ablehnung.

Die Idee kam ihr an einem Tag, als die letzten Menschen, denen sie noch vertraut hatte, sie im Stich ließen. An einem Vormittag, der so sonnig war wie ihr Geburtstag vierzehn Jahre zuvor, erzählten ihr die beiden Schwestern, daß sie aufgehört hätten, frei schwebende Versprechungen zu sein, sich jungen Männern versprochen und längst gehalten hätten, was sie versprochen hatten. Der Botschafter umarmte sie und sagte, daß er und ihre Mutter daran dächten, sich zurückzuziehen. Er sprach von einem kleinen Haus am Wasser, wo sie einander malen würden.

Charlotte hegte keine endgültig ausgefeilten Pläne, hatte aber immer gedacht, ihre Schwestern würden auch weiterhin immer größeren Teilen der Welt imponieren. Nie wäre es ihr auch nur im Traum eingefallen, sie könnten so tief sinken, daß sie versuchen würden, einen einzelnen Menschen glücklich zu machen. Von ihrem Vater hatte sie die vage Vorstellung, er müsse immer höher steigen, nach Dänemark zurückkehren und auf jeden Fall Regierungschef werden können. Jetzt sah sie ein, daß ihre letzten Bundesgenossen auf die rangniedrigeren Energieniveaus abgefallen waren, auf denen sich der Rest der Menschheit befand, und daß, was sie von ihnen erwartet hatte, fort war, daß es sich wie ein Strahl vergeudeter, nutzloser Energie ins All verflüchtigte.

Da drehte sie sich um und ging ihres Weges, fest entschlossen, sie nie mehr wiederzusehen.

An diesem Tag ging Charlotte langsam an der Seine entlang. Wer sich zu der Auffassung entschließt, er sei mit einer inneren Menge an Liebe auf die Welt gekommen, der in der Außenwelt nichts entspricht, dem kommt früher oder später der Gedanke an Selbstmord, und an diesem Tag kam er Charlotte. Vom Tod wanderten ihre Gedanken zur Dichtung.

Sie hatte immer viel gelesen, in ihrem Bewußtsein lagen die Welten der Dichtung und der Physik dicht beieinander wie zwei Gebiete, zwischen denen sie sich mühelos hin und her bewegen konnte. In den Büchern hatte sie in den vergangenen vierzehn Jahren zahlreiche Gegenbeweise für ihre bittere Weisheit von der Welt gefunden, und nun dachte sie an den Tod, an die Dichter und an Paris.

Sie dachte an Balzac, wie er, von seinen Gläubigern verfolgt, mit einem Packen Manuskripte unter dem Arm die Place de l'Opéra überquerte, wo er seine jungen Männer die Illusionen hatte verlieren und den Abstieg ins Totenreich beginnen lassen. Sie sah Emile Zola vor sich, redend und gestikulierend im Café Trapp, verkrümmt vor Indignation, zu gleichen Teilen durch politische Repression und mangelnde Zärtlichkeit geschlagen wie seine Romanfiguren. Und sie dachte an Charles Baudelaire, einsam und spasmatisch, in einem Bordell, ausgebrannt wie Schlacke bei seinem Versuch, mit Morphin ein künstliches Paradies an die Stelle der natürlichen Hölle der Liebe zu setzen.

Über die Geschichte hinweg fühlte Charlotte, daß diese Männer sie verstanden hätten, wie sie nie zuvor verstanden worden war. Es gibt, dachte sie, keine Menschen mehr, die mit solcher Stärke fühlen.

In diesem Augenblick spürte sie eine innere Energieverdichtung, einen plötzlich steigenden Druck, der ihr eine großartige Idee verhieß, die noch nicht Gestalt angenommen hatte. In dieser Stimmung geistiger Hochschwangerschaft ging sie über den Pont Neuf. Mitten auf der Brücke, dort, wo sie an der Île de la Cité vorbeiführt, war die Fahrbahn wegen Bauarbeiten aufgerissen, und Charlotte kam ein Junge entgegen. An einem Joch trug er zwei Eimer mit kochendem Teer, sein nackter Oberkörper, Haare und Gesicht waren kohlschwarz. Nur die Augen leuchteten, als sei gerade dort von zwei Stückchen blauer Emaille der Ruß abgekratzt worden.

Charlotte konnte nie erklären, weshalb sie vor diesem Jungen stehenblieb. Im Gegenteil, gegenüber dem einzigen Menschen, mit dem sie später die Ereignisse analysieren sollte, gab sie bereitwillig zu, daß dies möglicherweise einer jener Zufälle gewesen sei, die die Physik nie würde erklären können.

Halb in Gedanken verließ sie ihre inneren Überlegungen und sah den Jungen an, und verwirrt blieb der stehen. Damit waren Charlottes Apparate in Stellung gebracht, sie unternahm jetzt eines der Kontrollexperimente, von denen sie während der letzten vierzehn Jahre eine lange Reihe durchgeführt hatte, und sie unternahm es in Gedanken; denn seit Einstein arbeiten theoretische Physiker hauptsächlich mit Gedankenexperimenten. Charlotte war zudem überzeugt, daß sich die Liebe am besten rein theoretisch behandeln lasse.

Mit einem einfachen Griff entfernte sie die Umgebung und die Zuschauer, um mit möglichst wenigen Variablen arbeiten zu können. Dann stellte sie sich vor, daß sie zu dem Jungen hintrat, sich emporreckte und ihn küßte. Mit einer einfachen, mühelosen Bewegung (die sich leider nur im Labor machen läßt) schlüpfte sie aus Kleid, Schuhen und Unterwäsche. Sie stellte sich sein Erstaunen vor, sein Beben, seine Verzweiflung, sie schmiegte sich an ihn und fuhr mit den Nägeln langsam von seinem Nabel abwärts zum Hosenbund. Sie knöpfte seine Hose auf, befreite sein Glied, hob ein Bein, stellte sich auf die Zehen und ließ sich langsam auf ihn hinabgleiten.

Bis hierhin enthielt dieser wie alle die anderen Versuche, die sie unternommen hatte, das tiefe Glücksgefühl, an das sie sich von ihrem ersten Experiment in St. Cloud her erinnerte. Und von da ab hatte er das Todesbewußtsein dieses ersten und aller anderen. Sie wußte, schon jetzt, nach dem erstenmal, würde in seinen Augen ein Glanz der Zukunft sein, der Gleichgültigkeit, die er schon jetzt zu fühlen begann, und dahinter schienen andere Bilder auf, bis hin zu dem letzten, wo er fortging und sie mit ihrer unerwiderten Leidenschaft zurückblieb.

In dem Moment fügte sich ihr alles zu einem Muster. Mit einem Ruck richtete sie sich auf und ging schnell und zielbewußt weiter über die Brücke, zum anderen Ufer hinüber, während Verständnis und Berechnungen sich wie ein Erdrutsch durch sie hindurchwälzten.

Mit einem Blick überschaute sie ihr empirisches Material, alle die Jungen und Männer, die sie, ohne es selbst zu wissen, in imaginären Versuchsanordnungen geliebt und verlassen hatten; sie stellte sich all diese vergeudete Liebe als massive Infrarotstrahlung in den leeren Raum vor oder als ein goldenes Abwasser, das in die Kloake geflossen war, und da formulierte sie den ersten Hauptsatz der Liebe.

»Nur der Mensch«, sagte sich Charlotte, »der ein geschlossenes System ist, erhält seine Liebe konstant.«

Sie wandte das Gesicht der Sonne zu, empfing ihre Wärme und spürte eine mächtige Stärke bei dem Gedanken, daß sich ihre Einsamkeit auf ein Naturgesetz stütze.

»Mit dem Ausnutzungsgrad der Liebe ist es so«, fuhr sie fort, »daß der Mensch nur das erstemal mit voller Kraft liebt. Jedes weitere Mal ist schwächer als das erste.«

Es fiel ihr auf, daß ihre eigene, ständig wachsende Leidenschaft schlecht zu diesem Modell paßte, »aber ich habe ja«, sagte sie sich, »nie geliebt, und deshalb ist meine Energie unversehrt, und das bleibt sie auch, weil« – hier formulierte sie den dritten Hauptsatz – »weil die einzige erstrebenswerte Liebe die dauerhafte ist, und die ist unmöglich; denn in jedem System, das sich einem anderen öffnet, geht Energie verloren. Es gibt kein«, dachte Charlotte, »es kann kein Perpetuum mobile der Liebe geben.«

Eine so erschöpfende Erklärung für die Erfahrungen ihrer einundzwanzig Jahre hatte sie bisher noch nie gefunden, doch sie blieb nicht dabei stehen, statt dessen schlug der Kometenschweif ihrer Gedanken heftig aus, sie hoben ab und stiegen zum blauen Himmel empor.

»Was ist«, fragte sie sich, »aus dem Strom von Energie geworden, den Menschen im Laufe der Geschichte bei ihren vergeblichen Versuchen, einander zu erreichen, verloren haben? Wo ist Balzacs Liebe zu hundert Frauen – eine für jeden

Roman in der *Menschlichen Komödie* –, wo ist das untröstliche Weinen, das immer durch Baudelaires Zynismus hindurchklang, und wo ist Zolas unbegrenztes Mitgefühl?«

»Und wo«, fragte sie sich, und ihre Augen füllten sich mit Tränen, »wo sind die magnetischen Stürme, in denen ich zu Jungen und Männern hingezogen wurde? Wo die Kräfte, mit denen ich widerstand?« Sie beantwortete die Frage selbst: Sie müssen immer noch dasein, es muß Spuren geben, die Energie kann sich desorganisieren, aber sie kann nie verschwinden.

Während Charlotte so durch den Pariser Frühling und an Männern vorüberging, die sich umdrehten und dachten, wenn man sich die Sonne auf zwei Beinen vorstellen könnte, dann sei sie das, war sie ihrer Umwelt gegenüber praktisch blind. In ihrem Inneren aber errichtete sie eine Landschaft aus epochemachender Information.

Den Jungen ließ sie hinter sich auf dem Pont Neuf zurück. Sie hatte ihn vergessen, sobald sie an ihm vorbei war. Doch der Beobachter beeinflußt die Versuchssituation immer. Hinter ihr hatte der Junge wie gelähmt dagestanden, weil Charlotte Gabels Blick ein unsichtbares Curare in sein Herz injiziert hatte und weil ihm auf der Straße bis dahin noch keine junge Frau im ärmellosen Kleid begegnet war, die unter den Armen nicht rasiert war, in Charlottes Achselhöhlen aber waren große Haarbüschel gewesen. Vor allem aber war der Junge stehengeblieben, weil er in Charlotte ein kleines Mädchen wiedererkannt hatte, das er in einer fernen Vergangenheit einmal und danach nie wieder gesehen hatte.

Als er sein Bewegungsvermögen zurückgewann, waren seine Holzpantinen in dem frischen Zement eingegossen. Sie mußten mit dem Stemmeisen herausgeschlagen werden, aber auf der Fahrbahn blieb eine Reihe unerklärlicher Fußspuren zurück, die abrupt endeten, als sei hier ein Mensch aus seinem Dasein in den Himmel entrückt worden. Oder vielleicht waren sie ein Zeichen, daß Charlotte mit ihrem wilden Gedanken, die gewesene Leidenschaft hinterlasse immer Spuren, recht gehabt hatte.

In den folgenden Jahren geschah es immer wieder, daß Charlotte von einer Droschke, durch ein Restaurantfenster oder von einem Balkon aus einen jungen Mann sah, der auf dem gegenüberliegenden Bürgersteig auf eine Gelegenheit zu warten schien, den Abstand, der sie vom Rest der Welt trennte, überschreiten zu können. Es kam nie zu einer Begegnung, und Charlotte wurde nie klar, ob es immer derselbe war.

Umgeben von beeindrucktem Schweigen, wurde sie Doktor der Physik. Das neue physikalische Weltbild bestand zu der Zeit aus einer unüberschaubaren Anzahl sehr schwer verständlicher Bücher und Aufsätze, die von weniger als hundert Menschen geschrieben worden waren.

Weil Charlottes Rektor ein persönlicher Freund von Niels Bohr war, bat sie ihn um ein Begleitschreiben für die Bewerbung, die sie an das Institut für Theoretische Physik der Universität Kopenhagen schickte, und eines Tages, kurz nach ihrer offiziellen Promotion, rief der alte Mann sie herein.

Zum erstenmal begegneten sich die beiden unter vier Augen, und beide spürten, daß sich hier zwei Zeitalter gegenüberstanden. Charlotte wußte, daß der große Forscher noch immer das modifizierte Newtonsche Weltbild verteidigte und den größten Teil seines Lebens versucht hatte, dem Elektromagnetismus in der klassischen Mechanik eine erschöpfende Formulierung zu verleihen.

Vor ihm lag Charlottes Dissertation. »Mademoiselle Gabel«, sagte er, »ich bin zu alt, um etwas vorzutäuschen. Ich gestehe, daß es mir mit Ihrer Bewerbung so geht wie mit Ihrer Dissertation, daß mir über weite Strecken hinweg nicht einmal klar ist, worum es sich dabei überhaupt handelt.«

»Ich bin«, sagte Charlotte kurz angebunden, »überzeugt davon, daß gewisse Gefühle spontan zerfallen. Im Leben des einzelnen Menschen, aber auch im Laufe der Geschichte. Daß man in früheren historischen Epochen weit stärker gefühlt hat als heute.«

»Daß die Vergangenheit vorzuziehen sei«, erwiderte der

alte Mann, »dieser Theorie huldigen ja normalerweise Leute in meinem Alter.«

»Ich bin«, fuhr Charlotte fort, indem sie den irrelevanten Einwand bewußt überhörte, »jetzt davon überzeugt, daß jedes Gefühl im Menschen selbst und in seiner Umgebung eine Spur hinterläßt. Jedes Atom empfängt einen Energieimpuls, der sich als Spin absetzt, als ein Beben, sozusagen ein Zittern in den Partikeln. Meine Dissertation ist die theoretische Grundlage dieser Spuren. In Kopenhagen möchte ich diese Theorie weiterentwickeln, um die Grundlage einer Versuchsanordnung zu schaffen, in der sich die Spuren registrieren lassen.«

Der alte Mann sah sie ausdruckslos an. »Womit soll das enden?« fragte er.

»Enden soll es damit«, antwortete Charlotte, »daß wir die Vergangenheit rekonstruieren können. Stellen Sie sich vor, daß man jede Mauer als einen ganz schwach lichtempfindlichen Film betrachten könnte. Und daß wir eines Tages alle erdenkbaren Bilder entwickeln können, die darüber hinweggegangen sind. Stellen Sie sich den Louvre als ein einziges großes Laboratorium vor, in dem wir den Bruchstücken des Parthenonfrieses Szenen der Antike entlocken. In dem jede Wölbung noch ein Resonanzrohr ist, das mikroskopisch mit der Musik einer fernen Vergangenheit schwingt. Und in dem wir eine Grammophonnadel an die große Vase mit Perseus und den Gorgonen halten und vielleicht die Stimme des Töpfers vernehmen, die sich durch seine Finger als Tonspur abgesetzt hat, als eine Schellackplatte aus dem sechsten Jahrhundert vor unserer Zeitrechnung.«

Danach drehte sich Charlotte um und ging. Der Wissenschaftler aber blickte noch lange vor sich hin. Dann las er den Brief noch einmal durch, in dem er Charlotte seinem alten Freund aufs wärmste empfahl. Er tauchte die Feder noch einmal ein und fügte einen Satz an. »Lieber Niels«, schrieb er, »glaube mir, dieses Mädchen ist die größte Physikerbegabung, die in meiner Zeit als Rektor die Sorbonne besucht hat.«

Eine Zeitlang starrte er auf das Geschriebene. Dann fügte er mit einer für ihn ganz uncharakteristischen Spontaneität hinzu: »Aber sie ist eine Psychopathin.«

Die lange Reihe der Wissenschaftler, die mit der Zeit Erinnerungen über den Aufenthalt am Institut für Theoretische Physik in Kopenhagen schrieben, erinnerte sich an Charlotte, weil an diesem Ort ein Leuchten von ihr ausgegangen war. Das Leuchten ihres scharfen Intellekts, mit dem sie in der gemeinsamen Stimmung aus Fortschrittsbegeisterung, asketischer Stringenz und wilden Phantastereien zur Beantwortung der gemeinsamen Fragen beitrug. Ihre klare und freundliche Schärfe in diesen Diskussionen wird in den Biographien oft erwähnt. Einen anderen Teil von Charlottes Leuchten, ihre übrige Ausstrahlung, lassen jedoch alle aus.

Diese Ausstrahlung spornte die Physiker vermutlich dazu an, ihre ohnehin schon unerhörten Arbeitsleistungen noch mehr zu steigern, verschiedenen von ihnen sollte sie jedoch auch die Erinnerungen an ihre Zeit in Kopenhagen verdüstern.

Bei diesen Männern, die nur von anderen Männern umgeben waren und ihr ganzes Leben in die Physik investiert hatten, mit einem Arbeitsrhythmus, der keinen Unterschied zwischen Tag und Nacht kannte, rief Charlottes Anwesenheit heftige, zusammenbruchartige Kettenreaktionen hervor. Zahlreich waren die Abende in der Institutsbibliothek, bei denen es um die Kerne oder das Universum, um das Kleinste oder das Größte hätte gehen sollen, die aber statt dessen irgendwo dazwischen endeten, nämlich damit, daß Charlotte einen unglücklichen Menschen abweisen mußte. Verstimmt beobachtete sie, wie diese Männer, die zusammen die meisten europäischen Nationen repräsentierten, eilends und kopfüber von dem Niveau herabpurzelten, auf dem sie ihrer Meinung nach durch die höhere Sache, der sie dienten, hätten gehalten werden sollen; wie sie zu Boden gingen und vor Charlottes höflicher, doch stählerner Unnahbarkeit durch ihre Lebensalter zurückglitten, von der Vernunft zur Gekränktheit zur Raserei, bis sie zuletzt wie Säuglinge weinten.

In der Regel ging Charlotte dann, traurig und mit wehem Herzen, weil sie ihnen nicht helfen konnte. Nur ein einziges Mal ließ sie sich vom Mitleid festhalten, nahm einen älteren Nobelpreisträger in die Arme und gab ihm die zu einem einzigen Satz verdichtete große Erkenntnis ihres eigenen Lebens weiter: »Gehen Sie nach Hause und arbeiten Sie«, sagte sie. »In der Physik liegt Trost.«

Den meisten Aufsätzen, die im Jahr 1928 in Kopenhagen über die Teilchenphysik geschrieben wurden, kamen Charlottes großzügige Freundlichkeit, ihr tiefer Einblick und ihr souveräner zweisprachiger Überblick zugute. Über ihr eigenes Projekt bewahrte sie jedoch absolutes Stillschweigen. Nur Niels Bohr hatte sie in einem kurzen Gespräch am Tag nach ihrer Ankunft in die Problematik eingeweiht.

Bei dem Gedanken, jedes einzelne Teilchen enthalte in Gestalt eines verschwindend kleinen Energiemusters eine vollständige Erinnerung an seine Vergangenheit, hatte Bohr den Kopf geschüttelt.

»Das wird sehr schwer zu beweisen sein«, sagte er.

»Es ist bereits bewiesen«, antwortete Charlotte. »Jetzt muß es gemessen werden. Jetzt muß ich die Vergangenheit im Laboratorium rekonstruieren.«

Da war der große Wissenschaftler plötzlich aufgestanden und hatte sich überzeugt, daß die Tür, die von seinem Büro zum Korridor führte, ordentlich geschlossen war. Dann hatte er mit einem sonderbar bewegten, zerstreuten Charme Charlottes Hände ergriffen und geflüstert: »Auch ich will spielen.«

Mit einer unbestimmten, aber allumfassenden Geste hatte er über die Gebäude des Instituts hingedeutet. »Ein großer Spielplatz«, flüsterte er. »Einer der teuersten der Weltgeschichte.« Er ließ Charlottes Hände los und sank auf einen Stuhl, noch immer aber war seine Stimme nur ein belegtes Flüstern.

»Ich habe eine Theorie wie die Ihre«, sagte er. »Entgegengesetzt zwar, aber doch gleichsam – komplementär – zu Ihrer.«

Er beugte sich zu ihr hin. »Ich denke mir, daß die Sterne ewig brennen können.«

Charlotte war klar, daß sie hier Zeuge wurde, wie das religiöse Oberhaupt der modernen Physik einem seiner Götter abschwor, und sie schwieg.

»Und eine zweite Theorie«, flüsterte Bohr, und Charlotte konnte seine Stimme nur mit Mühe verstehen. »Haben Sie Rutherford kennengelernt? Kann nicht rechnen. Wenn er zwei und zwei zusammenzählt, macht das bei ihm fünf. Aber trotzdem hat er das Ganze im Gefühl. Hat eine Theorie vom Compoundkern. Meint, es sei möglich, eine Kettenreaktion auszulösen. Will die Kräfte des Kerns freisetzen. Nicht zu sagen, welche. Wäre – der größte Knall der Weltgeschichte. Ist mit Vorsicht zu behandeln. Aber trotzdem. Wie als man klein war. Pulver in ein Eisenrohr, an beiden Enden ein Schraubverschluß. Ein kleines Loch für die Lunte. Kolossaler Knall. Jagte in Gammelholm den Ofen in die Luft.« Bohr sah sie unvermittelt an. »Wir spielen alle«, sagte er glücklich.

Charlotte hatte das Gefühl, daß das Gespräch beendet war, daß sich die Gedanken des Meisters entfernten, nach innen oder nach außen, aber jedenfalls weg von der Normalwirklichkeit. Sie erhob sich und ging. Von dem, was der Mann hinter ihr gesagt hatte, hatte sie praktisch nichts verstanden, spürte aber, daß sie sein Interesse und seine Sympathie besaß und die Erlaubnis zu tun, was sie für erforderlich hielt.

Niels Bohr sprach zu niemandem von Charlotte Gabels Gedanken, doch am folgenden Abend, als er mit Heisenberg im Park hinter dem Institut spazierenging, war er schweigsamer als gewöhnlich. Bevor sie sich trennten, stand er lange und schwieg, als habe er etwas auf dem Herzen. Dann sah er zu dem tiefblauen Abendhimmel empor, an dem genau in diesem Moment die ersten Sterne der Leier, der himmlischen Harfe, hervortraten.

»Der Weg zu den Sternen«, sagte er plötzlich, scheinbar nur im Zusammenhang mit der Himmelskuppel, »führt über die sonderbarsten Umwege.«

In diesem Jahr wurden Forscher an das Institut eingeladen, die rätselhafte Neuigkeiten aus den Randgebieten der Physik mitbrachten. Eines Tages hielt ein berühmter deutscher Arzt und Psychoanalytiker eine Gastvorlesung. Er berichtete, er habe relativ spät in seinem Leben eine Art Erweckung erfahren, die ihn dazu gebracht habe, sein ursprüngliches Fach, die streng wissenschaftlich-physiologische Beschäftigung mit der weiblichen Beckenpartie, aufzugeben, um, wie er es ausdrückte, »noch tiefer einzudringen«.

Er unterstrich die außerordentliche Sachlichkeit der psychoanalytischen Theorien mit bildhaften Gesten. Charlottes Blick blieb an einer schmalen weißen Narbe auf seinem rechten Handrücken hängen, und sie erkannte ihren ehemaligen Tischherrn und Experten für feminine Sinnlichkeit.

Bei einem anderen Menschen hätte sich eine solche Erinnerung möglicherweise auf sein Verständnis der Vorlesung ausgewirkt, doch für Charlotte war der Einfluß der Vergangenheit auf die Gegenwart eine objektive Gegebenheit, nichts Persönliches. Lange bevor der Vortrag zu Ende war, wußte sie, daß sie hier den Mitarbeiter gefunden hatte, den sie – das hatte sie immer gewußt – früher oder später brauchen würde.

Überzeugend und klar erzählte der große Wissenschaftler der staunenden Versammlung, der Kern seiner Entdeckung besage, daß der Mensch im Verhältnis zu seinem Sexualtrieb wie ein Ballon organisiert sei. Je mehr Begehren sich ansammle, um so mehr steige der Druck, weshalb es eine wissenschaftliche und humanitäre Pflicht sei, der Weltbevölkerung regelmäßige Entladung von diesem Überdruck zu verschaffen. Er streckte dem Auditorium die Hände entgegen, als wolle er sich auch der handwerklichen Seite dieser Entladung persönlich annehmen. »Ich habe viel von der Quantenmechanik gelernt«, sagte er. »Zweifellos ist der einem solchen Überdruck an sexueller Energie ausgesetzte Mensch in der gleichen Lage wie das Atom, dessen Elektronen – sozusagen aus Zwang – in energiereichen Bahnen fern vom Kern festgehalten werden und davon träumen, immer weiter nach innen zu springen und ihre überschüssige Energie ins All zu ergießen. Ja, es besteht Grund zu der Annahme, daß sich in jedem Atom nicht entladene sexuelle Energie als eine Art elektrische, meßbare Spannung ablagert. Ich prophezeie Ihnen, meine Damen und Herren, daß eines Tages ein Begriff wie der ›Geschlechtstrieb der Teilchen‹ seinen Platz in der Quantenmechanik finden wird.«

Da hob Niels Bohr eine fragende Hand, denn er spürte instinktiv, daß er hier dem ersten einer Reihe von Phänomenen gegenüberstand, die in Zukunft unüberschaubare Konsequenzen würden haben können.

»Ich möchte davor warnen«, sagte er, »von der Teilchenebene auf etwas so Komplexes wie das Liebesverhältnis schließen zu wollen.«

Der Arzt sah den Physiker zuvorkommend an und gab ihm sodann die Antwort, mit der die Mehrheit der Psychotherapeuten von da an und in alle Zukunft jeglichen kleinlichen Zweifel beiseite fegen sollte. »Als Psychoanalytiker habe ich bemerkt«, sagte er, »daß es sich bei den Einwänden, die Leute vorbringen, fast immer um Projektionen ihrer persönlichen Probleme handelt.«

Danach fuhr er fort, und Charlotte begriff, daß diesen Mann genau der Gewißheitspanzer der eigenen Unfehlbarkeit umgab, der ihm die nötige Hartnäckigkeit verleihen konnte, ihre Vorschläge in die Tat umzusetzen.

In dieser Nacht saßen sie in der Institutsbibliothek und redeten, bis beide das Gefühl hatten, auf neuen und vielversprechenden Umwegen zu den Sternen gelangt zu sein, die draußen am Kopenhagener Himmel verblichen.

Im Frühjahr kam eine weitere Person aus Charlottes Vergangenheit ans Institut, die für ihr Experiment wichtig werden sollte. Eines Tages stellte ihr Bohr bei einer Morgensitzung einen Franzosen vor, nämlich den neuen Gärtner des Instituts. Als sich Charlotte dem allzu langen Händedruck des jungen Mannes entzog und in ein Paar blaue, von Sommersprossen und roten Haaren umkränzte Augen schaute, schrillte in ihrem Bewußtsein ein fernes, doch anhaltendes Alarmsignal. Am selben Tag sah sie den Neuankömmling gegenüber ihrem Büro in einem Blumenbeet arbeiten. Für Charlotte war jede Spannung – ausgenommen die große, tragische, unumgängliche – vergeudete Energie, weshalb sie von hinten dicht an den Gärtner herantrat.

»Was machst du da?« fragte sie.

»Ich jäte Unkraut«, antwortete er.

»Das ist kein Unkraut«, sagte Charlotte, »das sind Tulpen.«

Er blickte auf den Haufen ausgerissener grüner Keime.

»Auch ein Fachmann kann irren«, sagte er.

»Wo habe ich dich schon mal gesehen?« fragte Charlotte.

Der Junge begegnete ihrem Blick. »Einmal in einem Faß«, sagte er. »Und auf dem Pont Neuf. Und danach da und dort.«

Ohne Anstrengung und ohne den Gesichtsausdruck zu wechseln, holte Charlotte die Erinnerungen an Pierre hervor und stellte sie nebeneinander auf.

Jede andere Frau hätte sich erstaunt über das Spiel des Zufalls ergangen. Doch Charlotte hatte nie mit Zufällen gerechnet. Sie akzeptierte sie als anregenden Zweig der Mathematik und schloß nicht aus, daß es im Atomkern Momente von Unvorhersehbarkeit geben könne. Aber sie wußte mit absoluter Sicherheit und aus eigenen unabweisbaren Erfahrungen, daß eine umfassende, strukturbildende Absicht dahintersteckte, wenn sich ein Mann immer wieder in ihren Gesichtskreis schob.

»Du bist mir gefolgt«, stellte sie fest.

Er antwortete nicht. Voll Bitterkeit und Zorn dachte Charlotte, daß hier noch einer sei, der Unmengen Zeit und Kraft an eine, wie sie bald beweisen würde, sinnlose Sache vergeudet hatte.

»Du bist ein Narr!« sagte sie zornig.

»Vor dem Menschen, den wir lieben, sind wir alle Narren«, erwiderte der Junge.

»Warum hast du nicht mit mir gesprochen?« fragte Charlotte.

»Die Antwort wäre ein Nein gewesen«, sagte der Gärtner.

Charlotte nickte nachdenklich. Dann drehte sie sich um und ging zu ihrer Arbeit zurück. Ihr Schweigen war mit den Jahren so ausdrucksvoll geworden, daß sie hinter sich nicht den geringsten Zweifel zurückließ: Die Antwort war noch immer ein Nein und würde es für immer bleiben.

Charlotte Gabel und der Arzt, der ihr wissenschaftlicher Mitarbeiter wurde, schenkten Kopenhagen und der berühmten Adresse am Blegdamsvej 15 nur ein Jahr ihrer Zeit. Das reichte weder für die Stadt noch für das Institut, um sich an die beiden zu gewöhnen. Vielleicht hätte kein noch so willkürlich langer Zeitraum ausgereicht, denn es war einleuchtend, daß in diesen beiden Menschen eine tiefe und unverständliche Chemie zusammentraf.

Charlotte kam immer am Morgen ins Institut, früher als alle anderen, und sie kam mit der Straßenbahn vom Stadtrand her, aus einem Damenpensionat, wo sie ein enges Zimmer mit Bett, Tisch und Stuhl hatte, und immer war sie schlank, fast schmal, und bleich wie eine sehr schöne Nonne.

Der Arzt kam im Laufe des Vormittags, möglicherweise aus seiner Suite im Hotel Kong Frederik, wo er während seines gesamten Kopenhagener Aufenthalts wohnte und seine wohlhabenden Klientinnen empfing, und immer war er selbst für das formlose Institut äußerst leger gekleidet, nämlich in weißem Hemd, das so weit aufgeknöpft war, daß es die kräftige Brustmuskulatur und den dichten, dunklen Haarwuchs entblößte, was seinen Klientinnen helfen sollte, sich ihm wehrlos zu überlassen und in den Mangrovensumpf der therapeutischen Übertragungssituation hineinzugleiten. Auf dem dunklen, behaarten Hintergrund ruhte ein schweres

Goldmedaillon, als wollte es daran erinnern, daß die Bezahlung in der Psychotherapie einen wichtigen, einen außerordentlich wichtigen Teil der Behandlung ausmacht, vielleicht aber auch um zu symbolisieren, daß die seelische Alchimie eine objektive und gereinigte Wissenschaft ist, die nie anlaufen kann.

Der bloße Anblick dieser beiden Menschen zusammen hatte etwas nahezu Unanständiges, das, treffend und taktvoller als hier, der deutsche Mathematiker Streichmann in seinem Bändchen über die Zeit am Blegdamsvej einfing: »Bohr erzählte, der Anblick dieser beiden Menschen, des großen, immer sonnengebräunten Arztes, und des zarten, blassen Mädchens, die in ihr Arbeitszimmer gehen und die Tür hinter sich abschließen, habe ihn zur endgültigen Formulierung des Dualitätsprinzips geführt, der These, daß die Gegensätze komplementär sind.«

Einmal bot der Arzt Charlotte an, sie kostenlos in Therapie zu nehmen. Sie antwortete nicht, warf ihm aber einen kurzen und vielsagenden Blick zu, der ihn veranlaßte, langsam mit dem Finger über seine Narbe zu streichen. Danach machte er ihr nie mehr ein derartiges Angebot.

Außer von dem Arzt bekam Charlotte nur noch von einer weiteren Person Hilfe, von einem Werkzeugmacher, der einen großen Teil der Verantwortung für die meisten Versuchsanordnungen des Instituts trug, dessen Arbeitskraft Charlotte aber jetzt völlig mit Beschlag belegte. Sie ließ ihn im Keller eine kleine fensterlose Werkstatt einrichten. Die war immer abgeschlossen, und hier arbeitete er nach Charlottes Anweisungen neun Monate lang, in denen sein Gesicht einen ständig gehetzteren Ausdruck annahm. Als diese Zeit vorbei war, kündigte er. Es gelang Bohr nicht, seinen Mut und seine Geistesgegenwart zusammenzunehmen und um eine Erklärung zu bitten, doch der Handwerker deutete die fragende Miene des Physikers von sich aus. »Ich habe«, sagte er, »für Fräulein Gabel eine Maschine gebaut. Sie sagt, es sei ein großes Geheimnis. Ich kann jedoch so viel verraten, daß es sich um einen ›histometrischen Entlader‹ handelt. Ich weiß, daß Fräulein Gabel Ihnen die Maschine eines Tages vorführen wird, und ich möchte ganz sichergehen, daß ich an diesem Tag weit, weit weg bin.«

In dieser Zeit teilte Charlotte den Beschäftigten des Instituts mit, daß sie eine Versuchsperson suche. Jedem anderen Forscher hätte man eine Erklärung abverlangt, Charlotte aber fragte man nichts.

Niemand meldete sich. Unter normalen Umständen zog Charlotte alles an, insbesondere ihre Opfer, doch die Mitarbeiter am Blegdamsvej spürten instinktiv und aufgeschreckt, daß die Pillen, die sie und der Arzt hinter verschlossenen Türen gedreht hatten, wohl zu starke Medizin waren für einen, der seine Gesundheit lange genug behalten wollte, um wissenschaftliche Karriere machen und sich verloben zu können. Alle lächelten aufmunternd, hielten sich aber ansonsten zurück.

Im Grunde hätte Charlotte Gabel sie auch nicht gebrauchen können. Im Laufe ihrer letzten Monate in Kopenhagen war ihr bewußt geworden, daß sie eine äußerst seltene Ware suchte, und bis sie sich darüber im klaren war, ob diese Ware überhaupt zu beschaffen war, nahm sie die Zurückhaltung ihrer Kollegen leicht.

Da meldete sich der Gärtner. Er suchte sie eines Tages auf, als sie allein in ihrem Arbeitszimmer saß, und hier standen sich die beiden zum erstenmal seit ihrem Gespräch am Blumenbeet allein gegenüber. Auge in Auge mit diesem Jungen spürte sie eine unklare Verlegenheit, was, so sagte sie sich, an seiner Torheit liegen mochte, die so groß war, daß sie nicht umhinkonnte, sich ein ganz klein wenig für ihn zu ärgern.

Als er fertig war, fragte sie: »Hast du schon mal von Marcel Proust gehört?«

»Darf er es machen?« fragte der Junge mit einem Knurren in der Stimme, als sei er gegebenenfalls bereit, diesem Rivalen die Zähne einzuschlagen, um seinen Platz in Charlottes Labor zu übernehmen.

»Er ist tot«, sagte Charlotte kalt. »Er war Schriftsteller. Erst war er außerstande, sich zu erinnern. Aber als er den Duft eines bestimmten Kuchens spürte, wurde er von einem Erinnerungsstrom überschwemmt, der dreitausend Seiten füllt.«

»Gib mir 'nen Kuchen«, sagte der Junge, »dann erinnere ich mich an viertausend.«

Charlotte stand auf. »Genau das ist das Problem«, sagte sie. »Ich brauche einen Menschen, dem selbst in der Bäckerei seiner Heimatstadt keine zwei Zeilen einfallen würden. Ich suche einen Menschen ohne Erinnerungen.«

Sie verließ das Zimmer und ging den Flur hinunter. In der Tür stand verloren der Junge und sah ihr nach. »Zum Teufel«, rief er, »was du brauchst, ist so eine Art redende Rübe.«

Charlotte sah sich nicht um. »Dann werde ich mir eben genau die beschaffen«, sagte sie.

An diesem Abend spürte Charlotte zum erstenmal deutlich, daß sie Kopenhagen soviel gegeben hatte, wie es ihr möglich war, und daß sie andererseits soviel zurückbekommen hatte, wie diese Stadt nun einmal zu bieten vermochte. Vierzehn Tage später reisten sie und der Arzt nach Paris.

In diesen letzten vierzehn Tagen erarbeitete sie eine schriftliche Beschreibung ihres Versuchs. Diese Beschreibung ist sehr, sehr kurz und so allgemein gehalten, daß man aus heutiger Sicht sagen muß, allein mit diesem Ausgangspunkt muß es unmöglich gewesen sein, sich ein Bild von ihren eigentlichen Plänen zu machen. Trotzdem stellte sie mit dieser Beschreibung ihre Anträge auf finanzielle Unterstützung, welche ihr die außerordentlich hohe Summe einbrachten, die sie in die Lage versetzte zu tun, was sie tat.

Ihre Anträge wurden nur halbherzig unterstützt. Obwohl Bohr sie der sprudelnden Quelle empfahl, die auch die berauschenden Jahre am Blegdamsvej finanziert hatte, und obgleich diese Quelle auch zahlte, spürte Charlotte doch, daß die Hand, die den Scheck ausgestellt hatte, in kaum zu erklärendem Widerwillen gezittert hatte.

In Paris stellte sie einen Finanzierungsantrag bei der Chambre de Commerce et de l'Industrie und erhielt zusammen mit der Bewilligung ein Schreiben, das Bedenken ausdrückte. »Es ist«, stand da zu lesen, »ein edler, konservativer Gedanke, daß die Gesellschaft ein Baum, der Politiker Gärtner und Förster und die Wissenschaft dessen Berater ist. In diesem Zusammenhang betrachtet die Kammer eine Theorie mit Sorge, die wie die Ihre die Zukunft als affektiv geschwächte Ableitung der Gegenwart betrachtet.

Wenn die Kammer dennoch beschlossen hat, Ihrem Gesuch stattzugeben, dann weil es ebenfalls ein konservativer Leitgedanke ist, daß die Vergangenheit Gefühle und Kräfte birgt, die, gestärkt und veredelt, durch alle Zeiten weitergetragen werden sollten.«

Kein Mensch der Welt hatte so gute Voraussetzungen wie Charlotte, um zu verstehen, weshalb diese Bewilligungsschreiben so ungewöhnlich ausfielen und offensichtlich mit sich selbst im Widerstreit lagen. Kein anderer konnte ein so umfassendes Verständnis vom Zölibat der Naturwissenschaften haben, von der Kraftanstrengung, mit der sie sich von der aufdringlichen Wirklichkeit abgewandt hatten, und weil Charlotte das wußte, verstand sie, daß man mit der einen Hand gab und mit der anderen beschwörende Zeichen machte, weil man spürte, daß Charlotte hier vorlegte, wovon sich die Physik abgewandt hatte, um sich in ihrem Schlaf nicht stören zu lassen, wovon sie des Nachts aber dennoch träumte.

Erst in Paris teilte Charlotte mit, daß ihre Versuche im Pariser Vorort St. Cloud, in den Gärten der Familie Gabel, stattfinden würden. Der Arzt hätte darauf hingewiesen, daß es eine bedenkliche Angelegenheit sei, ausgerechnet an dem Ort, an dem man aufgewachsen ist, Versuche mit der Liebe anzustellen, aber je näher sich Charlotte ihrem Ziel sah, desto kürzer wurde ihre Geduld, ihre Autorität aber war gewachsen, so daß sie jetzt, selbst dem Arzt gegenüber, als Vertreterin all jener Naturwissenschaften auftrat, die seit der Renaissance expandiert waren und Einwänden keinen Raum mehr ließen. Diese Autorität ermöglichte es ihr denn auch, ihren Eltern und Geschwistern mitzuteilen, daß sie nicht zurückgekommen sei, um sie um Vergebung zu bitten, sondern um sie dazu zu bewegen, die Häuser in St. Cloud zu räumen und ihrem Gutdünken zu überlassen.

Sie zogen aus und verzichteten – wie der Arzt – auf Fragen. Das ganze Jahrhundert hindurch hatte man es bislang als recht und billig empfunden, auf Fragen zu verzichten und um des wissenschaftlichen Fortschritts willen Haus und Hof zu verlassen. Außerdem waren sie dankbar, weil sie ihre verlorene Tochter und Schwester wiederhatten.

Danach zog Charlotte ein, und während der Zeit, in der sie das Labor einrichtete, war selbst dem Arzt der Zutritt verwehrt.

Aus den später an die Kammer geschickten Rechnungen ging hervor, daß zehn Handwerker drei Monate lang unter der Leitung eines Museumsfachmanns arbeiteten, den Charlotte in den entlegenen Teilen des Louvre aufgestöbert hatte, in die sich Besucher nie verirren, weil sie niemals wieder zurückfinden würden, die aber eine vollständige Sammlung französischer Interieurs der letzten vierhundert Jahre enthalten.

An einem Nachmittag, als alle Arbeit beendet war, kam der Arzt nach St. Cloud. Auch ihn hatte Charlotte in relativer Unwissenheit gehalten, auch er hatte sich also nicht auf den Anblick vorbereiten können, der ihn erwartete.

Er hatte sich nie für die Vergangenheit interessiert. Als Arzt hatte er seine Aufmerksamkeit immer nach vorn gerichtet, und als Psychoanalytiker meinte er, die moderne Wissenschaft habe ihren Ausgangspunkt in der zu Beginn des Jahrhunderts erfolgten Veröffentlichung von Dr. Freuds Buch über die Traumdeutung. Und doch lag er mit Charlotte Gabel sofort auf der gleichen wissenschaftlichen Wellenlänge, weil er hinter der Geschichte seines eigenen Jahrhunderts, das er als Epoche der psychischen, insbesondere der neurotischen

Schäden begriff, eine glühende und brodelnde Vergangenheit, eine lange, brünstige Verlängerung des Mittelalters ahnte. Somit war seine Theorie der Vergangenheit eine Variante der Theorie von Charlotte Gabel. Er hoffte, den reinen, sprudelnden, ungehemmten, historischen Geschlechtstrieb zu finden.

Zunächst einmal war er etwas verwirrt, denn das Zimmer, in das Charlotte ihn hineinführte, war ein strenger Raum. Die Wände waren weiß und in hohe, rechteckige bildlose Felder aus schmalen goldenen Streifen eingeteilt. Auch die Möbel waren weiß, aufrecht, abwartend. Auf diese geballte Bescheidenheit fiel jedoch ein verschwenderisches Licht, das durch die bleigefaßten Scheiben wie in einem Prisma gebrochen wurde, so daß sich ein breiter Regenbogen über den Boden ergoß. Der Doktor sah in einen empfindsamen Garten mit samtweichem Rasen hinaus, auf dem ein Sandsteinmonument von einem niedrigen Gebüsch halb verborgen, halb hervorgehoben wurde. An einer Säulenbasis hielt unter dem Porträt von Rousseau ein Kind einen Krug, aus dem sich ein dünner Wasserstrahl durch die Sonne herabschlängelte.

»So«, sagte Charlotte, »sah der Dichter Jean-Luc Torreau seine Umwelt.«

Dann erzählte sie ihrem Kollegen und Mitverschworenen von dem berühmten Künstler, seiner Liebesgeschichte und seinem rätselhaften Verschwinden.

Der Arzt betrachtete das Schreibpult, die neue Gänsefeder, die schmalen Blechstücke, die in den Federeinschnitten die Tinte festhielten, die beschriebenen Bögen, die unbeschriebenen, die Federmesser, eine Wasserkaraffe, einen Zinnbecher, alle ohne die matte Haut der Verlassenheit, die Museumsgegenständen eigen ist, sondern frisch, glänzend, als habe ein Mensch, ein Mensch, dessen Nähe der Arzt plötzlich verspürte, sie gerade aus der Hand gelegt, und er begriff, daß Charlotte Gabel an diesem Punkt von Raum und Zeit ein Atom des achtzehnten Jahrhunderts nachgeschaffen hatte.

»Das ist unser Labor«, sagte Charlotte.

Der Arzt legte den Kopf zurück und betrachtete die zwölf Deckenfelder, auf denen ein Wandermaler, beginnend mit der Berufung des Jüngers Petrus, die Bergpredigt dargestellt hatte. Die Farben waren kaum getrocknet.

»Professor Bohr«, sagte er mit einem Lächeln, »hätte das als Angriff auf die Wissenschaft gewertet.«

»Ich bin«, zitierte Charlotte ernst, »nicht gekommen, aufzulösen, sondern zu erfüllen.«

»Es wundert mich«, sagte der Arzt in dem Versuch, die Heiterkeit zu wahren, »daß Sie sich entschlossen haben, diesen Raum zum Garten und nicht zur Straße hinausgehen zu lassen. Mit Ihrer Tatkraft hätte es doch eigentlich möglich sein müssen, St. Cloud ein paar Jahrhunderte zurückzuversetzen.«

»Ich habe es erwogen«, sagte Charlotte. »Das hätte jedoch schwierige Fragen nach den ethischen Verpflichtungen der Wissenschaft aufgeworfen. Ich habe mich entschlossen, die Beantwortung dieser Fragen Bohr zu überlassen.«

Sie dachte an das Gespräch, das sie vor nunmehr über einem Jahr mit Bohr in dessen Büro geführt hatte. »Die Zukunft«, sagte sie, »wird nicht nur die Frage stellen, ob man ein Dorf mit fünfzehnhundert Menschen versetzen kann. Sie wird auf die Großstädte der Welt zeigen und fragen, inwieweit sie überhaupt existieren sollen.«

»Sie haben in Ihrem Charakter einen religiösen Zug, Fräulein Gabel«, sagte der Analytiker und schaute auf die Deckenbilder.

»Die Bergpredigt«, sagte Charlotte zufrieden, »enthält eine radikale Theorie der Liebe. Der Erlöser stellt sich darin als derjenige dar, der der Menschheit ein Wissen vom Wesen der Liebe bringt, das einmal existiert hat, nun aber verlorengegangen ist. Damit wird in der Weltgeschichte erstmals intuitiv formuliert, was wir hier zu beweisen haben: daß die Liebe zerfällt.«

»Es wäre interessant gewesen«, sagte der Arzt, »die Meinung des Erlösers zu dieser Deutung zu hören.«

»Eines Tages«, erwiderte Charlotte unheilverkündend, »lassen wir ihn im Labor erscheinen und fragen ihn.«

In dieser Nacht beschrieb Charlotte Gabel ihrem Mitarbeiter den Versuch zum erstenmal in allen Einzelheiten, und der Arzt lauschte tief bewegt. Sie saßen an einem kleinen Tisch im Garten und redeten die ganze Nacht hindurch, und über die Himmelskuppel wanderten dieselben Sternbilder, die auch über ihren dänischen Arbeitsnächten gestrahlt hatten. Jetzt hatte die Jahreszeit sie nach Westen verschoben, die Reise nach Süden hatte sie nach Norden versetzt, und etwas anderes, nur schwer Erklärbares, schien sie näher gebracht und zugänglicher gemacht zu haben. Als Charlotte ihre Erläuterung beendet hatte, ergriff der Arzt, der sie seit jenem schmerzvollen Abend vor zehn Jahren auf Schloß Colbert nicht mehr berührt hatte, ihre Hand; diesmal aber war die Berührung demütig, bittend und begeistert.

»Sie sind«, sagte er, »eine Entdeckungsreisende, die eine schmale, gefährliche, von der Wissenschaft in die Kunst führende Meeresstraße gefunden hat und jetzt jede persönliche Sicherheit hintansetzt und sich hineinbegibt.«

Charlotte lehnte sich bescheiden zurück und sah in das Dunkel hinaus, auf eine Silhouette, die dem Arzt ein großes Faß zu sein schien.

»Suchet, so werdet ihr finden«, sagte sie.

Im Laufe des Winters 1928 unternahmen Charlotte Gabel und ihr Mitarbeiter mit sechs verschiedenen Personen sechs Versuche. Alles ging in größter Heimlichkeit vor sich. Charlotte erwähnte diese Versuche später nie. Sie dauerten jeweils nur zwei Tage, und die Versuchspersonen wahrten den Rest ihres Lebens striktes Stillschweigen über die achtundvierzig Stunden, die sie innerhalb der hohen Mauern verbracht hatten.

Es besteht kein Zweifel, daß diese ersten Versuche mißlangen und zumindest der Arzt im Januar 1929 zu fürchten begann, daß sie den Durchbruch nie schaffen würden.

Ende Februar sah Charlotte in Paris Pierre, den Narren, den Gärtner vom Blegdamsvej. Sie hatte die Gewohnheit ihrer frühen Jugend wiederaufgenommen, der Seine zu folgen, wenn sie denken wollte, weil ihre Gedanken dann so ruhig und reich wie der Fluß zu strömen schienen, und bei einer dieser Wanderungen, auf dem Weg über den Pont Neuf, wurde sie von einer Menschenansammlung auf einem kleinen Platz hinter dem Tabac Henri Quatre angezogen.

Es war der Gärtner, dem die Leute zuschauten. Zuerst verspürte Charlotte einen heftigen Zorn, der sie fortgespült hätte, wenn ihr nicht eine überraschende, intuitive Gewißheit gesagt hätte, daß der junge Mann verändert war.

Er war allein und gab eine sonderbare Vorstellung, die darin bestand, daß er aus kleinen Ereignissen seiner Umgebung eine Architektur im Jetzt machte. Eine Dame, ein Kind an der Hand, kam vorbei, und mit einem einfachen Griff entzog er ihr, ohne daß sie es entdeckte, die Hand des Kindes und ersetzte sie durch seine eigene. Mit gebeugten Knien folgte er der Frau, bis das Gelächter der Zuschauer sie herabblicken und schreiend zu ihrem Kind zurückstürzen ließ. Worauf Pierres Blick auf einen Mann fiel, der mit zwei Afghanen vorbeiging. Da knurrte er so wahrheitsgetreu, daß die Afghanen die Besinnung verloren und plötzlich in eine Balgerei gerieten. Charlotte fühlte sich unwiderstehlich zu der Szene hingezogen. Die erfinderische Energie des Gärtners war von großer Rücksichtslosigkeit, auch gegen sich selbst, es fehlte ihr jegliche Furcht vor Konsequenzen. »Für ihn«, dachte Charlotte, »gibt es in diesem Augenblick weder Vergangenheit noch Zukunft.«

Als sie im Kreis der Zuschauer ganz vorn stand, sah sie ihn plötzlich auf das Pflaster stürzen. Einen Augenblick lang fürchtete sie um sein Leben, bis sie gleichzeitig mit allen anderen begriff, daß er einen Herzanfall simulierte, um aus seiner liegenden Stellung Gelegenheit zu haben, ihr unter das Kleid zu schauen. Mit diesem Einfall hatte er sich die Sympathie seines Publikums verscherzt, aufgebrachte Herren scharten sich um ihn zusammen. Erschrocken, doch ohne Reue, stand er auf, einen kurzen Augenblick lang sah er Charlotte in die Augen. Da begriff sie, daß ihm etwas zugestoßen sein mußte, denn in seinem Blick schien kein Licht des Wiedererkennens auf, die blauen Augen waren leer und verlassen wie ein unbewohntes Zimmer. Später aber dachte Charlotte, daß sein Rücken, als er davonlief, etwas von der Freude des Idioten, Aufmerksamkeit erregt zu haben, ausgestrahlt habe.

An diesem Abend schrieb Charlotte an Bohr und fragte ihn am Schluß des Briefes nach dem Gärtner aus.

Drei Wochen später erhielt sie die Antwort. Bohrs Brief war sprunghaft und faselte zum größten Teil von der Diskussion mit Einstein, zuletzt aber schrieb er traurig und nichtsahnend, daß er den Gärtner verloren habe. Unmittelbar nach Charlottes Abreise habe sich der junge Mann in den Kopf geschossen, jedoch überlebt und das Krankenhaus nach einigen Monaten wieder verlassen. Allerdings habe er seine Stelle nicht wieder antreten können. Die Kugel habe sich nämlich an den Lobi frontales entlanggepflügt und auf ihrem Weg die Milliarden kleiner Spannungen kurzgeschlossen, welche die summierten Erfahrungen unseres Lebens bilden. Der Junge habe, wenn er, Bohr, das richtig verstanden habe, vollständig das Gedächtnis verloren.

Diesen Brief zeigte Charlotte dem Arzt, wobei sie ihm gleichzeitig vom Auftritt des Gärtners am Pont Neuf erzählte und mitteilte, daß dieser geschichtslose und nur im Jetzt lebende Mensch genau das sei, was sie bisher vergeblich gesucht hätten.

Da erwachte in dem Arzt ein fernes, linkisches Gewissen. Er erinnerte sich daran, wie der junge Gärtner über seinen Rasenmäher hinweg in das Labor und auf Charlottes gesenkten Kopf geschaut hatte.

»Ich denke«, sagte er, »daß Sie ihn vielleicht genug haben leiden lassen.«

Charlotte trat dicht an ihn heran. »Höre ich«, sagte sie,

»einen Psychoanalytiker an neurotische Gewissensbisse appellieren?«

Von da an ging sie jeden Tag zum Pont Neuf, und nach einer Woche fand sie den Jungen. Nach der Vorstellung trat sie auf ihn zu und fixierte seinen Blick, während sie ein Geldstück in seinen Hut legte. Ihr erfahrenes frauliches Gespür war in diesem Augenblick ein unendlich sensibles Voltmeter, das den kleinsten Funken des Erkennens verraten hätte, doch da war keiner. Die sinnlose Liebe und ein Projektil, eine der weitreichendsten Errungenschaften der europäischen Physik, hatten die Batterien des jungen Mannes ein für allemal entladen und ihm allein das gelassen, wonach Charlotte so lange gesucht hatte: ein geschichtsloses Dasein im Hier und Jetzt.

Als er ging, folgte sie ihm zunächst die Seine entlang, darauf nach Norden zum Friedhof Père Lachaise, wo Paris dunkel, unwegsam und gefährlich wird. Vor dem Haus, in das er hineinging, blieb Charlotte einen Augenblick stehen und dachte darüber nach, daß ein Versuch, der die Grenzen der Wissenschaft überschreitet, auch soziale Barrieren überwinden muß. Dann folgte sie ihm.

Er wohnte in einem Kellerzimmer, kaum so groß, daß sie beide darin sitzen konnten. Selbst in dem schwachen Licht einer Sturmlaterne erkannte er sie.

»Ich habe dich heute auf der Straße gesehen«, sagte er.

»Habe ich dich sonst schon einmal gesehen?« fragte Charlotte und sah ihn aufmerksam an.

Er schüttelte mißmutig den Kopf. »Ich erinnere mich nicht richtig«, sagte er.

»Ich komme, weil ich möchte, daß du auftrittst«, sagte Charlotte. »Drei Tage hintereinander. In St. Cloud.«

»Fünfhundert Franc«, sagte der Junge.

Hier hätte Charlotte vor Freude weinen können, noch aber fühlte sie sich nicht ganz sicher.

»Fünfhundert Franc ist viel«, sagte sie.

»Olga, die mir das Essen kocht, sagt«, erwiderte der Junge,

»daß wir Armen im Geiste das Himmelreich erben werden. Die fünfhundert sind eine Art Vorschuß.«

Noch immer fühlte Charlotte eine leichte Unsicherheit, und ein letztes Mal durchforschte sie das Gesicht vor sich, aber es war glatt und fast kindlich, als sei das Leben spurlos darüber hingegangen. Dann fragte sie, ob er lesen könne, schrieb die Adresse langsam und deutlich auf ein Stück Papier, legte einen Franc für die Fahrtkosten dazu, sagte auf Wiedersehen und bis morgen und ging fort.

Am nächsten Tag, dem 18. März, erläuterten Charlotte Gabel und der Arzt dem jungen Mann, der sein Gedächtnis verloren hatte, ihr Experiment, und damit weihten sie zum erstenmal eine dritte Person ohne Vorbehalt in ihr Geheimnis ein. »In diesem Haus«, erklärte Charlotte, »lebte vor zweihundert Jahren ein junger Dichter namens Jean-Luc Torreau. In dem Haus, das du auf der anderen Seite des Gartens siehst, wohnte das Mädchen, das er liebte.«

»Gut arrangiert«, sagte der Gärtner.

»Sie sollten sich nie berühren«, sagte Charlotte. »Zwei Jahre lebten sie hier, getrennt durch eine Mauer von Konventionen, und in diesen beiden Jahren schrieb er zwei Gedichtsammlungen, von denen empfindsame Personen sagen, sie könnten sie noch immer nicht lesen, ohne weinen zu müssen.«

»Was für eine Mauer?« fragte der Gärtner und sah aus dem Fenster.

»Keine wirkliche Mauer«, erklärte Charlotte geduldig. »Eine unsichtbare Mauer, die der gegenseitige Haß ihrer Eltern errichtet hatte, eine Mauer aus ihrem Wohlstand und seiner Armut und dem Umstand, daß er kein Amt hatte, und aus einem Versprechen, das ihre Eltern einem anderen gegeben hatten.«

»Es ist ihnen nicht eingefallen rüberzuklettern?« fragte der Gärtner.

»Genau das«, sagte Charlotte, »wollen wir wissen. Man weiß, daß sich die jungen Leute ab und zu in diesem Zimmer unter Aufsicht begegneten. In der Nacht zum 19. März 1731 fand hier eine Familienfeier statt. Irgendwann war die Feier zu Ende, und die beiden jungen Leute blieben mit einem älteren Onkel allein. Alle anderen begaben sich zur Ruhe. Am nächsten Morgen fand man den Onkel in diesem Sessel« – Charlotte machte eine Handbewegung zu dem Sessel, in dem der Arzt saß –, »er war tot. Offenbar einem Herzschlag erlegen. Die beiden jungen Leute waren fort. Seither hat die Welt auf alles getippt. Auf Entführung, Verbrechen, übernatürliche Ursachen. Wir suchen Gewißheit. Wir meinen, daß dieses Zimmer und diese Mauern noch immer eine Erinnerung an jene Nacht bergen müssen.«

Der Gärtner schwieg jetzt und lauschte aufmerksam, und Charlotte dachte, es sei wirklich eine Stärke der Wissenschaften, daß sie letzten Endes immer die Aufmerksamkeit der Welt zu fesseln vermögen.

»Die theoretische Erklärung des Ganzen«, sagte sie, »würdest du sowieso nie verstehen. Nur soviel: Wir haben dieses Zimmer hier und den Garten in den März 1731 zurückversetzt. Nebenan steht ein Spinett. Darauf wird ein Musiker ein Arrangement aus Telemanns französischen Ouvertüren spielen. Damit du die richtige Empfänglichkeit entwickelst, wird dich der Doktor hier hypnotisieren. Er versetzt dich in einen tief entspannten Zustand, in dem ich dich an einen Apparat anschließen werde, den man einen histometrischen Entlader nennt. Dann werde ich dich durch diesen Raum führen und dir aus Jean-Lucs Tagebüchern die Stellen vorlesen, wo er die beiden Jahre beschrieben hat, in denen seine Liebe diese Räume erfüllte.«

»Und dann?« fragte der Gärtner.

»Wenn wir das wüßten«, antwortete Charlotte, »wäre das hier nicht nötig gewesen.« Danach erzählte sie ihm von den drei Hauptsätzen der Liebe, von der Erinnerung der Teilchen und vom natürlichen Zerfall der Liebe.

In dieser Nacht, am 18. März, ließ der Arzt den jungen Mann einen Löffel von einer bitteren, in einem Glasmörser zerstoßenen Droge schlucken, eine Mischung aus Kolanuß, Mohnsamen, den roten Stengeln, die man in Ostafrika Mira nennt, und einem kleinen, spitzen Pilz, den der Arzt im Herbst zuvor nach dem ersten Frost auf welligen dänischen Feldern gesammelt hatte. Der Gärtner schluckte sie gehorsam, denn mit der Medizin dieses Jahrhunderts ist es nun mal so, daß man sie fraglos annimmt. Dann beugte sich der große Kenner der menschlichen Seele – der in dieser ernsten Stunde einen weißen Kittel trug – zu dem jungen Mann hin, senkte ihn erst in Tiefschlaf und hob ihn danach an die Oberfläche des weiten, spiegelblanken Hypnosemeeres aus noch ungeformtem Bewußtsein.

Hier übernahm ihn Charlotte, zog ihn aus dem tiefen Sessel und führte ihn in den Raum, der seine Arena sein sollte.

Draußen herrschte stockdunkle Nacht. Mit der geheimen Freude des stringenten Wissenschaftlers an mystischen Korrespondenzen und Übereinstimmungen hatte Charlotte bemerkt, daß der Sturm, den der junge Jean-Luc vor zweihundert Jahren hatte heraufziehen hören und in seinem Tagebuch festgehalten hatte, auch jetzt gegen die Scheiben drückte und die Weiden drohend über das Standbild mit Rousseaus sensiblem Gesicht peitschen ließ.

Der Raum wurde von schweren Wachskerzen in wuchtigen Zinnhaltern erleuchtet. Das flackernde, warme Licht betonte das elegante und genuine Kostüm des Gärtners: die straffen Kniebundhosen, die Seidenstrümpfe, die halblange Redingote aus plissiertem deutschem Flachs und die weiße Spitzenkrawatte. Das Licht verbarg auch die kleinen Verbindungen ins 20. Jahrhundert, machte sie sogar unsichtbar: den Gummischlauch, der von der Manschette an seinem Handgelenk zum Blutdruckmesser des Arztes führte, die Leitungen der Elektroden, die den Spannungsunterschied über dem Rektum maßen, und das umwickelte Kabel, das von einer Kanüle im Schenkel des Gärtners zum histometrischen Entlader ging.

Die Augen des jungen Mannes waren geöffnet, sein Gesicht aber war bar jeden Ausdrucks, weiß wie ein Papier, das erst noch beschrieben werden soll. Hinter ihm stand Charlotte Gabel, aufrecht und wachsam, das Tagebuch des Dichters aufgeschlagen in der Hand, und langsam und kundig führte sie den jungen Menschen vor sich in das achtzehnte Jahrhundert zurück, in die Zeit, als die Liebe noch voll und ganz glühte.

Zwei Stunden lang führte sie ihn, ohne auch nur einen Augenblick die Aufmerksamkeit zu verlieren, im Raum umher, während sie die Dichterbeschreibung eines Alltags las, in dem selbst das kleinste Ding Bedeutung aus der Nähe der Geliebten gesogen hatte, und gegen Mitternacht, als sie schon aufhören wollte, gelang ihnen der erste Kontakt. Charlotte hatte eine Gesellschaft beschrieben, einen gleichgültigen Höflichkeitsbesuch von Personen, die dem Dichter nahezu unbekannt waren. Dennoch hatte er dieses Beisammensein in seinem Tagebuch emporgehoben wie einen großen, geschliffenen Diamanten, den er funkeln und dessen Licht er an seinen Händen wie geschmolzenes Gold herabfließen ließ, weil auch seine Geliebte unter den Gästen gewesen war.

Da durchfuhr den Gärtner ein Ruck, und in den leeren Raum hinaus begann er zu reden, mit Menschen, die nur er sah. Im Sessel erstarrte der Arzt, der sonst mit der Erfahrung eines ganzen Lebens in den Abgrund blicken konnte, ohne zu zittern, und auch Charlotte spürte, daß sich der kleine helle Flaum auf ihrer Haut sträubte. Trotzdem las sie langsam und ohne Beben weiter, bis auch das nicht mehr notwendig war. Da ließ sie den Gärtner Jean-Luc los und ließ ihn in die Vergangenheit treiben.

Während eines Zeitraums, über dessen Länge sie sich später keine Rechenschaft ablegen konnten, sahen die beiden Forscher den jungen Dichter Konversation machen, seine Reverenz erweisen, gebildet und dennoch jugendlich lachen, bis er plötzlich schwankte und zu fallen drohte. Da halfen sie ihm auf ein Sofa, der Arzt schloß ihm die Augen, entfernte die Manschette, die Elektroden und die Kanüle, brachte ihn aus der Hypnose heraus und versetzte ihn in einen tiefen Schlaf.

Am nächsten Tag fragten sie ihn aus und erhielten eine sonderbar faszinierende Schilderung der Gäste, die vor zweihundert Jahren den Dichter umkreist hatten. Nur ein Porträt war verschwommen und grenzte fast ans Unsichtbare, und zwar das Bild der jungen Frau. Es sei, als fehle ihm ein Anhaltspunkt, um sie erreichen zu können, so drückte sich der Gärtner aus.

»Das ist seltsam«, sagte Charlotte, »denn es ist das stärkste Gefühl, das er überhaupt gehabt hat.«

»Vielleicht hat er sich in seinen Büchern davon freigeschrieben«, schlug der Gärtner vor.

»Unmöglich«, sagte Charlotte. »Für einen leidenschaftlichen Menschen ist die Liebe ein Labyrinth. Jeder Weg gleicht einem Ausweg, und doch führen sie alle zum Zentrum zurück.«

»Woher«, fragte der Gärtner, »wissen Mademoiselle das, wenn ich fragen darf?«

»Das habe ich gelesen«, antwortete Charlotte abweisend, und erneut verspürte sie den kleinen Stich einer Unsicherheit, deren Ursprung sie nirgendwo lokalisieren konnte.

Um 22 Uhr überprüfte der Arzt ein letztes Mal die Instrumente und gab Pierre die Medizin. Danach versetzte er ihn in Hypnose. Um 23 Uhr begann Charlotte ihm aus dem Tagebuch vorzulesen.

Eine Stunde später schloß sich der Kontakt. Ein Ruck durchfuhr Pierre, als ziehe ihn eine unsichtbare Hand durch die Zeiten mit sich zurück in jene Abendgesellschaft, auf der Jean-Luc und Marie Claude das letztemal zusammen gesehen worden waren.

Draußen hatte der Sturm zugenommen, Charlotte kam in den Sinn, daß der Garten nur eine zerbrechliche, frischgepflanzte Kulisse war und ein eventuelles Gewitter in den elektrischen Instrumenten einen Kurzschluß verursachen konnte. Der Arzt aber war begeistert. Er hatte sich in seinem Leben teilweise blindlings über die Gynäkologie und später über den psychischen Apparat hinweggetastet, doch erst jetzt war er ans Licht gelangt, jetzt hatten seine Hände die Instrumente und den Mörser mit seiner Mischung aus Halluzinogenen sicher im Griff, seine Schläfen pochten, und er hatte das Gefühl, daß der Wind, der über das Dach hinwegheulte, die alles mit sich reißende heidnische Urbegierde sei, die er, der Arzt, losgelassen habe.

Im Raum war dieser Wind ein fernes Heulen und ein Flackern in den Flammen der Wachskerzen, und vor diesem Hintergrund bevölkerte der Gärtner den Raum mit Menschen. Höflich bewegte er sich unter seinen unsichtbaren Gästen, die in den Erkern standen oder in den Sesseln und auf Chaiselongues saßen und den Tee mit Rum und Zucker tranken, den man hereingebracht hatte. Er besaß die gesellschaftliche Sicherheit einer dahingeschwundenen Zeit, zugleich aber lag auf seinem Gesicht wie eine steigende Erwartung dessen, was geschehen würde, eine feine, gleichmäßige Röte. Unmittelbar hinter ihm stand Charlotte, mal schwieg sie, mal las sie mit gedämpfter, eindringlicher Stimme aus dem Tagebuch, nicht über diese Nacht vor zweihundert Jahren, denn darüber war nichts aufgeschrieben worden, sondern über frühere, ähnliche Arrangements, und vor sich sah sie den Gärtner, der in dem leeren Raum Kontakt zu diesen Menschen knüpfte, die seit zweihundert Jahren tot waren.

Eine besonders scheue Höflichkeit befiel ihn, wenn er mit jungen Frauen sprach. Dann beugten sich der Arzt und Charlotte vor, um jedes Wort mitzubekommen. Sie spürten, wie die Kurve der Walze und die Nadel des Voltmeters ausschlugen und die objektiven physikalischen Korrelate zu Bewegung und Interesse des jungen Dichters lieferten. Und doch waren Charlotte diese Ausschläge viel zu bescheiden, denn noch benahm sich der Gärtner so, als sei das Mädchen, das er liebte, nicht im Raum.

Da stand der Arzt plötzlich auf. Von der Stimmung tief ergriffen, getragen vom Heulen des Windes und unterstützt und bestätigt durch die zitternden Zeiger vor sich, hatte er einen Finger in den Mörser gesteckt und sich ein Klümpchen der bitteren Mischung auf der Zunge zergehen lassen. Da hatte er gehört, wie der Gärtner mit zwei jungen Schwestern plauderte, deren Sinnlichkeit dem Arzt aus dem Tagebuch bekannt war, und in neuer Empfindsamkeit sah er plötzlich die Geschichte vor sich. Aus dem weißen, diffus erleuchteten Raum trat auf einmal eine strahlende, fast chaotische Gesellschaft hervor. Auf sie richteten sich seine Gedanken, besonders aber auf die beiden in gelben Atlas gekleideten Frauen auf dem niedrigen, harten Sofa vor ihm. Er erhob sich von seinem Kontrolltisch und trat schwankend, selbstvergessen ins achtzehnte Jahrhundert ein.

Im Nebenraum sanken Telemanns dem Gedächtnis von Descartes gewidmete französische Ouvertüren zum Grundton hin, leicht und unbekümmert wie ein Blatt, das zur Erde fällt, um danach erneut zu den bemalten Decken emporzusteigen. Einem Holzkasten entnahm Charlotte jetzt ein großes Bündel und trat hinter einen Wandschirm. Diese Diskretion wäre genaugenommen nicht notwendig gewesen. Die beiden Männer nahmen ihre Existenz nicht mehr wahr. Als sie nach einer Weile wieder hervorkam und direkt zu dem Gärtner hintrat, ihm mit dem Fächer leicht auf die Schulter klopfte und er sich umdrehte, schlugen alle Instrumente aus; denn vor ihm stand die Antwort auf das Welträtsel, die junge Frau, von der er durch eine Mauer getrennt gewesen, die ihm nun aber ganz nahe war.

Charlotte trug ein volantbesetztes Krinolinenkleid mit straffem Mieder und großem, glockenförmigem Reifrock. Ihr Haar war zu der Frisur geflochten, die man in der ersten Hälfte des achtzehnten Jahrhunderts »hongrois« nannte, das heißt zu einem langen, wie eine Krone um ihren Scheitel gewundenen Zopf. Diese Aufmachung und diese Verkleidungsszene hatte sie vorbereitet, um in dem entscheidenden Augenblick als die junge Geliebte des Dichters auftreten und damit ihrer Versuchsperson den letzten Stoß in die Vergangenheit geben zu können.

Sie trat ganz nah an den Gärtner heran und meinte triumphierend, nun zum erstenmal einen breiten, ungehemmten Strom von Teilchen aus der Vergangenheit aufzunehmen. Außerstande, sich zu bewegen, flüsterte er ihren Namen, und Charlotte hob ihre Lippen an sein Ohr.

»Vergessen Sie nicht«, sagte sie, »daß Sie versprochen haben, mir ein Gedicht zu schreiben.«

Ein langsames, schalkhaftes Lächeln entfaltete sich auf seinem Gesicht wie über eine große Entfernung hinweg.

»Vergessen Sie nicht«, sagte er in dem leicht veralteten Französisch, das er von seiner Umgebung aufgegriffen zu haben schien, »daß Sie mir einen Kuß in Aussicht gestellt haben, Mademoiselle.«

Einen Augenblick lang gefährdete dieses Verlangen Charlottes Souveränität. Einen Augenblick lang dachte sie an die großen Verräter der Weltgeschichte, die mit einem Kuß die Vernichtung auf ihr Haupt herabbeschworen hatten: an die Hochzeitsnacht der Danaiden, an den Judaskuß, an die tödliche Umarmung des Brutus und an die Küsse, die die Prinzessin dem Schweinehirten gab. Da schwankte sie.

Dann aber dachte sie an die großen, opferbereiten Gestalten, die Hunde, die Lazarus geküßt hatten, die Küsse, mit denen Julia ihr Leben aufs Spiel setzte, und an die heilige Birgitta von Vadstena, die die Beulen der Leprakranken aussaugte, und an Marie Curie, die mit ihren bloßen Händen das tödliche Radiumchlorid an ihre rissigen Lippen gehalten hatte. Suchet, und ihr werdet finden, dachte sie und ließ sich nach vorn sinken, glitt zwischen den Leitungen, die ihre Versuchsperson nach sich zog, hindurch und küßte ihn.

In diesem Augenblick füllte sich der Saal vor ihren staunenden Augen mit Menschen, mit einem neuen Licht vieler blanker Mäntel und mit lautstarken Gesprächsfetzen. Am einen Ende des Raums übte eine kleine Gruppe unter großer Heiterkeit Tanzschritte zur Musik, an der anderen Wand machte ihr Mitarbeiter, der Arzt, Monsieur le Docteur, Konversation mit zwei jungen Mädchen, die sich an ihn schmiegten. Er trug nun einen langen Rock und enge Hosen, die seine perfekten Waden betonten, und gerade als Charlotte zu ihm hinsah, hob er mit fachmännischer Sicherheit das Kleid des einen Mädchens und legte ihr die Hand auf den Schenkel, während sie entzückt lachte. Mit dem seltenen, transzendentalen Erlebnis, Teilnehmerin und Außenstehende zugleich zu sein, führte Charlotte Jean-Luc zum Stehpult und bat ihn flüsternd, doch wenigstens die erste Zeile zu schreiben, und mit dem Rücken zu ihr, so daß er seine Schrift auf dem Papier verdeckte, schrieb der junge Mann langsam und konzentriert. Dann schloß er das Buch und nahm sie wieder in die Arme. Ohne ihren Blick von dem seinen zu lassen, folgte sie ihm rückwärts durch den Saal, die Gäste wichen lächelnd beiseite, wie vor einem Paar, das eine schwierige Gavotte übt. Sie gingen zur Tür hinaus, die Musik schwoll an, jetzt standen sie in dem angrenzenden Zimmer hinter dem Pianisten, der, über dem Spinett zusammengekrümmt, selbstvergessen spielte und sich nicht ein einziges Mal umdrehte. Das Gesicht nur einen Zoll von dem des Dichters entfernt, ließ Charlotte ihn ihr Kleid anheben. Als er ihren Schenkel stützte, dachte sie kurz an Bohrs Worte, daß der Wissenschaftler immer Schauspieler und Publikum zugleich sei, dann gab sie nach, denn war sie nicht immer bereit gewesen, der Wahrheit alles zu opfern? Als er in sie hineinglitt, empfing sie einen Sturm von Bildern und Gefühlen und begriff, daß sie jetzt physiologisch gesehen an den histometrischen Entlader angeschlossen sein mußte, der ihr durch diesen Jungen, ihr Medium, die Verbindung zu der verlorenen Zeit sicherte, und unmittelbar bevor die Leidenschaft über ihr zusammenschlug, erkannte sie gurgelnd und begeistert, daß sie recht gehabt hatte, daß die heutige Liebe nur noch ein Schatten der historischen war, daß die Gefühle zerfielen, daß ihre Theorien bis ins einzelne ihren Beweis gefunden hatten.

In dieser Nacht zerfetzte der Sturm die zarten neuen Pflanzen, stürzte Rousseaus Standbild und fegte damit in gewissem Sinne den Garten in einen vergangenen Zustand zurück.

Er drückte auch verschiedene Scheiben des Labors ein und blies einen ganzen See über den gescheuerten Boden. Danach verzog er sich, und als Charlotte am nächsten Morgen das Labor betrat, spiegelten sich, perfekt wie in einem makellosen Spiegel, die weiße Sonne und der blaue Himmel in der Überschwemmung. Charlotte war an diesem Morgen sofort erwacht, sie fiel sozusagen ohne Vorwarnung in den helleuchtenden Tag und fand sich allein in dem weißlackierten Bett wieder, das eines der Versatzstücke aus dem Louvre gewesen war, das man aber beiseite gestellt hatte.

Sie erwachte ohne Erinnerungen und ohne Erwartungen an die Zukunft, mit dem gelähmten Gefühl, alle Naturgesetze seien außer Kraft gesetzt und vor ihr liege eine alle Möglichkeiten bergende Wirklichkeit. Dann öffnete sie die Tür zum Zimmer und dachte in einem verzweifelten Versuch der Selbstironie: So werden das die auserwählten Frauen am Morgen nach dem Jüngsten Tag empfinden, wenn sie die Zerstörungen überblicken und erkennen, daß dies wirklich der Abschluß war, daß vor ihnen die Aufräumarbeit liegt und sonst nichts.

In dem flachen Wasser lag der Gärtner auf dem Rücken und schnarchte. Im Fallen hatten seine Leitungen den Kontrolltisch umgerissen und die Instrumente zerschlagen. Charlotte blieb einen Augenblick stehen und sah auf ihn hinab. Dann beugte sie sich über ihn, nicht um ihn zu liebkosen, sondern um ihm das Haar aus der einen und dann aus der anderen Schläfe zu streichen. Sie fand keine Narben.

Durch das spiegelglatte Wasser ging sie zu dem Arzt. Er saß in einem Sessel, und er war tot. Auf dem Fußboden neben ihm stand der leere Mörser. Charlotte betrachtete ihn eingehend und begriff, daß dies hier weder ein Unfall noch ein Selbstmord war. So sicher, als habe er ihr seinen Entschluß mitgeteilt, wußte sie, daß der große Seelenarzt seiner neurotischen Gegenwart den Rücken gekehrt und den großen Schritt zurück gemacht hatte, hinein in das freie und hemmungslose achtzehnte Jahrhundert.

Wie eine Mahnung an den heftigen Blutdruck des Todesaugenblicks entstieg seiner aufgeknöpften Hose eine hohe, weiße Erektion, festgehalten durch einen physiologisch unerklärlichen, aber unleugbar leidenschaftlichen Rigor mortis.

Starr ging Charlotte zum Pult weiter und schlug das Buch auf, in dem der junge Mann in der Nacht zuvor für sie gedichtet hatte. Mit ungelenken und kantigen Buchstaben stand da: »So weit reist niemand für eine Liebe, die zerfällt.«

Als Charlotte eine Woche später aus den Räumlichkeiten der Sonderuntersuchungskommission im Palais de Justice am Quai des Orfèvres heraustrat, erhob sich hinter ihr auf der Treppe eine Gestalt und folgte ihr langsam die Stufen hinab.

»Ich habe über die Hauptsätze der Liebe nachgedacht«, sagte der Gärtner.

Charlotte drehte sich nicht um.

»Ich glaube nicht, daß es für uns Menschen so etwas wie ein geschlossenes System gibt«, sagte er.

Sie ging weiter, und selbst das schwache Geräusch ihrer Absätze auf den Marmorfliesen verstärkte sich in dem Resonanzraum des großen Hofes.

»Bei Liebe wächst die Energie«, sagte der Gärtner.

Charlottes Rücken war taub.

»Die Ewigkeitsmaschine«, rief der junge Mann, »kann man mit einem Sprung erreichen!«

Da blieb Charlotte stehen und drehte sich zu ihm um. Aber möglicherweise nur, um ihm widersprechen zu können.

Geschichte einer Ehe

Am Abend des 19. März 1929 schwebte der junge Schriftsteller Jason Toft durch die Innenstadt von Kopenhagen. Es hatte geregnet, und der Regen hatte die Stadt blankgewaschen. Über den Dächern war der Nachthimmel klar wie eine gläserne Decke, die Jason zusammen mit den Flächen der Häuser das Gefühl gab, durch ein Prisma zu wandern, und da er sehr glücklich war, meinte er, in diesem Prisma sei in dieser Nacht alle Intensität des Alls gebündelt.

Er sah keinen anderen Menschen, doch von fernen Plätzen versicherte das heranwehende Echo von Musik und frohen Stimmen, daß das Leben ein Fest ist, und die Gebäude und Laternen umgaben ihn als Garanten einer gegenständlichen Welt, die nie verschwinden würde. Nur die Stellen, an denen der Regen Wasserpfützen zurückgelassen hatte, waren leicht beunruhigend, dort wurden die gespiegelten Verlängerungen der Laternen zu Lichtsäulen, die in einen unendlichen, unterirdischen Himmel hinabfielen, der Jason schwindlig machte. Er hatte in diese Wasserspiegel treten wollen, um zu beweisen, daß sie nicht bodenlos waren, doch der Gedanke, daß dies seine handgenähten italienischen Schuhe verdorben hätte, hielt ihn zurück, denn er hatte immer sehr sorgfältig auf sein Äußeres geachtet.

Das Licht, das sich an diesem Abend in seinem Inneren brach und sein Gesicht zum Leuchten brachte, war ein zweifaches. Es war das Licht der Verliebtheit und zugleich der

Sehnsucht nach Einsicht. Es war der Gedanke an die Frau, die er liebte, und die Gewißheit, daß ihn dort, wo er hinging, die Antwort auf ein Rätsel erwartete.

Jason Toft war erst fünfundzwanzig Jahre alt, aber bereits ein sehr berühmter junger Mann. Zwar hatte er bisher nur ein Buch geschrieben, doch das hatte gereicht. Es war ein Buch über die Kindheit und Jugend eines jungen Mannes in Kopenhagen. Seine Wiedergabe der Wirklichkeit war die bisher genaueste der Weltliteratur, weshalb das Buch in ganz Europa gelesen wurde. Genau diese korrekte Wiedergabe der Welt beschäftigte Jason. Während die großen europäischen Realisten, die einst seine Vorbilder gewesen waren, die Welt als Photographie wiedergaben, hatte er der Öffentlichkeit mitgeteilt, daß sein Vorbild die Bildhauerkunst sei. Er habe den Ehrgeiz, ein Sprachkunstwerk zu errichten, um das kommende Geschlechter kreisen könnten und durch das sie die Wirklichkeit sehen würden, wie sie sei. Auf die Frage eines Journalisten, inwieweit also sein Buch die Wirklichkeit spiegele, hatte Jason geantwortet, daß jeder Spiegel Brechungsfehler habe. »Das gilt, so hoffe ich, nicht für mein Werk. Jeder Spiegel spiegelt seitenverkehrt, vertauscht rechts und links. Das würde ich als literarische Ungenauigkeit betrachten.«

Nur in der Wiedergabe der Liebe war er in seinem Roman zurückhaltend gewesen, was daran lag, daß er sie damals erst vom Ansehen her und aus Erzählungen kannte. Dennoch hatte er sie zu schildern versucht, denn schließlich kann man nur schwer ein peinlich genaues Bild des Lebens zeichnen, wenn die Liebe keinen Platz darin hat, doch er war sich immer ein strenger Richter gewesen und hatte gesehen, daß es ihm nicht gelungen war, daß da etwas fehlte, auf dem Papier wie in seinem eigenen Leben. Da hatte er sich gelobt, daß sein nächstes Buch von der Liebe handeln und er es erst schreiben würde, wenn er wußte, wovon er redete. Bis dahin wollte er warten, und das war ein großer Entschluß, denn Jason mochte keinen Aufschub, und die schlimmste Wartezeit mußte, so fand er, die Wartezeit zwischen zwei Büchern sein.

Ein Jahr lang hielt er sich zurück, und in dieser Zeit litt er sehr und trudelte immer schneller durch die Spirale der Verzweiflung. Dann kam die Liebe zu ihm, erst als ein Schimmer, dann als ein Morgengrauen der Erwartung und schließlich wie die Lichtflutwelle des Sonnenaufgangs, die über ihn hinwegspülte. Diese Illumination war an diesem Märzabend erst drei Monate alt, und nur von außen sah es so aus, als ginge Jason Toft. Er selbst war sich keinen Augenblick darüber im Zweifel, daß er schwebte.

Eine Woche zuvor hatte ihm dieses Gefühl der Schwerelosigkeit die Idee für sein nächstes Buch eingegeben. Das geschah eines Nachts, als er einen vorübergehenden Abschied von der Frau seines Lebens genommen hatte. Sie hatte nackt auf seinem Bett gelegen, und da war irgendwann in ihm die Freude zu so großem Druck angewachsen, daß er, den seine Sprachgewalt berühmt gemacht hatte, sich den Kräften ergeben mußte, die ihn nun aus dem Bett und in den Mondschein des Zimmers hineinhoben und wild gestikulieren ließen.

»Du bist ein Engel!« hatte er ausgerufen.

Da war das Mädchen aufgestanden, hatte seinen Kopf in die Hände genommen und ihm tief in die Augen gesehen.

»Vergiß nie«, sagte sie eindringlich, »daß ich kein Engel sein kann. Höchstens ein Schmetterling.«

Mitten im Mondschein, diese rätselhafte Warnung in den Ohren, kam Jason die Idee zu seinem nächsten Buch.

Jason hatte Helene van Austen drei Monate zuvor kennengelernt. Bei dieser Gelegenheit hatte sie ihm ihren Namen mitgeteilt, und fast nichts weiter. Doch das hatte ausgereicht, Jason hatte das Gefühl gehabt, daß er den Rest seines Lebens brauchen würde, allein die Musik dieses Namens, ihre hellen Haare und ihre Haut von der Farbe und dem Duft leichtgerösteter Kaffeebohnen zu begreifen.

Jetzt aber lehrte ihn die Zeit, daß die Verliebtheit in ihrer Wißbegierde unersättlich ist. Er war sich sicher, die Liebe müsse die zueinander hinführende Wanderung zweier Menschen und ihre endgültige Verschmelzung sein, und ursprünglich hatte er sich diese Vereinigung als erotische vorgestellt. Als er drei Monate lang jede Nacht mit Helene geschlafen hatte und noch immer nur ihren Namen wußte, sah er sich allmählich nach anderen Möglichkeiten um, sich ihrem Wesen zu nähern. Sie zeichnete. Als sie zu ihm gezogen war, hatte sie seine Wohnung mit Zeichnungen angefüllt, und Jason hatte überlegt, ob sich ihr Rätsel wohl auf diese Weise lösen lasse. Doch diesen Gedanken gab er auf, denn er mochte nicht, was er sah; ihre Bilder stellten Figuren und Wesen dar, die ihm in Träume und ganz besonders in Alpträume zu gehören schienen, unter keinen Umständen aber in die aufgeklärte und glühende Wirklichkeit ihrer Liebe. Als sie ihm erzählte, daß sie in die Provinz fahren und Verwandte besuchen würde, beschloß er, sich während ihrer Abwesenheit gewisse fundamentale Fragen zu überlegen, die er ihr stellen wollte, wer sie sei, was sie gewesen sei und wie sie sich ihre gemeinsame Zukunft vorstelle. In der Nacht vor ihrer Abreise formten sich in seinem Kopf diese Fragen von selbst, und er begriff zugleich, daß sie zusammen mit den Antworten zu einem Buch werden sollten. Zu dem Buch über die Liebe, auf das er gewartet hatte, das er nun schreiben konnte und das zu einem Monument ihrer Beziehung werden sollte.

Jason wußte, daß Liebe nichts mit Romantik zu tun hat, sondern daß sie mit der Wirklichkeit verknüpft ist, mit dem Körper der Geliebten, dem gemeinsamen schönen Zuhause, mit seiner Karriere, die er ihr zu Füßen legte, sozusagen als Beweis dafür, wie weit er gegangen war, um das Rätsel ihres wahren Wesens zu lösen. Und diese Lösung, dachte er – und spürte, wie er im Mondlicht schwerelos einen Zollbreit über den Dielen hing –, muß man bei denen suchen, die sie haben aufwachsen sehen. Während Helene fort ist, dachte er, fange ich ein Buch über meine Schwiegereltern an.

Er hatte sofort gewußt, wie der Titel des Buches lauten würde. Wäre er mit einem photographischen Abzug der Wirklichkeit zufrieden gewesen, hätte er es »Vorbilder« nennen können. Doch er wollte mehr. Er wollte, daß diese Eheleute, und durch sie ihre Tochter, dem Leser mit der ganzen Tiefe und Stärke ihres Charakters entgegentraten. Noch bevor er auf den Boden – und zu Helene – zurückkehrte, hatte er beschlossen, sein Buch »Gestalten im Vordergrund« zu nennen.

Helene hatte Jason ihren Eltern nicht vorgestellt und sie in der Zeit, seit er sie kannte, weder besucht noch erwähnt. Unter normalen Umständen hätte er sich darüber gewundert, doch die in diesem Fall geltenden Umstände waren nicht normal. Margrethe und Georg van Austen hatten längst aufgehört, Menschen wie alle anderen zu sein. Sie waren Symbole geworden, und Symbole müssen kraft ihres Abstands zur übrigen Welt leuchten, ihnen nähert man sich nur, wenn es zwingend notwendig ist, und dann immer mit Respekt. Genau das aber, erklärte sich Jason in dieser Nacht auf dem Weg durch Kopenhagen zu der Wohnung des Ehepaars am Kongens Nytorv, genau das treibe ihn. Die zwingende Notwendigkeit, die Frau, die er liebte, zu verstehen, und der Respekt, den er beweise, indem er als Schriftsteller diesem Ehepaar seine Huldigung darbrachte, das waren in dieser Nacht seine notwendigen und ausreichenden Motive.

Die Familie van Austen betrieb seit zweihundert Jahren eine Reederei, die Quelle ihres Vermögens. Und doch war Reichtum nie das Endziel der Familie gewesen. Für die Familie war Geld nur ein klares Öl, das durch den Docht der Wohltätigkeit, der Förderung von Wissenschaft und Kunst und eine vorbildliche Lebensführung aufgesogen wurde, um hell zur Aufklärung des Landes und des Volkes zu brennen. Es war das Licht, was die Familie wollte.

Es war immer ein sehr kinderreiches Geschlecht gewesen, und in jeder Generation hatten einer oder zwei der Söhne das Geschäft weitergeführt, während die anderen Juristen, Ingenieure oder Astronomen geworden waren. Alle waren sie getreue Stützen eines aufgeklärten Konservatismus gewesen, und viele hatten Schauspielerinnen oder Musikerinnen geheiratet, denn die Fackel der Kunst ist wohl unstet und unbeständig, aber sie ist doch auch eine Art Licht. Als Georg van Austen als Direktor und Eigentümer der Reederei die Königliche Schauspielerin Margrethe Banhoff heiratete, war es die Hochzeit des Jahrzehnts und das Ereignis eine mächtige Trostflamme in dem Kopenhagen, das erschöpft einer europäischen Katastrophe entgegenbangte.

Das vorige Jahrhundert hatte gesehen, wie die Institution Ehe angetastet wurde, und erlebt, wie die Vorstellungen von Familie langsam in Auflösung gerieten, jetzt ruhte die Aufmerksamkeit der Öffentlichkeit mit einem müden, leicht zynischen, leicht boshaften und doch erwartungsvollen Blick auf den großen, offiziellen Ehen. In Georgs und Margrethes Fall sah Dänemark zu seiner erwachenden Überraschung ein Glück, das wuchs und immer weiter zunahm.

Sie bekamen zwölf Kinder, die alle die braune Hautfarbe ihres Vaters und das metallisch helle Haar ihrer Mutter hatten und – trotz ihrer Unterschiedlichkeit – eine entspannte selbstbewußte Zuversicht ausstrahlten, die einen Strom von Verheißungen abzugeben schien.

Georg van Austen erweiterte und konsolidierte das Unternehmen im ersten Drittel des Jahrhunderts, und draußen in der Welt fuhren die Schiffe der Reederei, die alle nach Familienmitgliedern benannt waren – unter dem Danebrog –, wie eine Flotte von Nachrichten, die verkündete, daß die Familie van Austen in Kopenhagen die Quelle des Lebens und des Wohlstands gefunden hatte.

Am Königlichen Theater machte Margrethe van Austen – während sie zwölf Kinder zur Welt brachte und erzog – eine glänzende Karriere. Sie besaß einen an diesem Theater bis dahin unbekannten Mut zum Neinsagen, und ohne jemals zu schlampen, ohne jemals zu schmeicheln, ohne nach etwas anderem als dem Wesen ihrer Rollen zu streben, stieg sie eine Milchstraße leuchtender Frauengestalten empor, bis eine ganze Nation sie liebte, ohne daß sie je um diese Liebe gebeten hätte. Als sie sich zur allgemeinen Überraschung und Trauer nach ihrem fünfunddreißigjährigen Schauspielerjubiläum zurückzog, sagte der Direktor des Königlichen Theaters nach ihrer Abschiedsvorstellung in seiner Bühnenrede, daß sich das Theater in Margrethe van Austens Zeit alle Kosten für Kulissen hätte ersparen können, denn »Frau van Austen kann uns«, so sagte er, »ohne weitere Hilfsmittel, nur mit etwas Licht, damit wir sie sehen können, an jeden Ort und in jede Zeit versetzen«, und das war eher eine Feststellung als ein Kompliment.

Unmittelbar bevor sich Margrethe zurückzog, schenkte ihr das Theater seine Ehrenwohnung am Kongens Nytorv, ein vierstöckiges Palais direkt gegenüber dem Theater. In dieser Zeit vollzog sich die endgültige Kanonisierung des Ehepaars.

In Wirklichkeit waren für die dänische Öffentlichkeit nie die Wunder, welche die Schauspielerin auf der Bühne und der Geschäftsmann auf den sieben Meeren vollbracht hatten, ja, nicht einmal die zwölf Kinder des Paares das Wesentliche gewesen. Die Menschen beschäftigte nicht die Verwandlung von Wasser in Wein, sondern die Kraft hinter den Wundertaten. Das eigentlich Provozierende, Schwindelerregende und Strahlende an Georg und Margrethe war die Tatsache, daß sie sich – offenbar für jeden – immer noch liebten, daß ihre Ehe glücklich war. In einer Welt, die nach dauerhaften Gefühlen lechzte und weinte, war ihre Liebe wie ein einziges langes Freudenlachen, dem die Welt zuerst mißtrauisch, danach zögernd und schließlich voll Hoffnung lauschte.

Man hatte sie auf die Probe gestellt. Als Freunde des Königshauses waren sie von Christian X. zu Staatsbesuchen und später zu Auslandsreisen eingeladen worden, sie hatten den König bei der Wiedervereinigung nach Nordschleswig und den Premier H. N. Andersen zur Friedenskonferenz nach Paris begleitet, und in den Reden wurden sie als die Vertreter des dänischen Wirtschaftslebens und der dänischen Kultur vorgestellt. Doch die Welt und sie selbst wußten, daß sie mehr waren, daß sie erst dem Königshaus und später dem Ausland

Höheres brachten als Reichtum und Bildung. Sie brachten die Liebe, den Traum der modernen Welt von der glücklichen Ehe.

Viele Jahre lang hatte man sie zunächst doch noch für Menschen gehalten, die Öffentlichkeit hatte sie beäugt und erwartet, daß sie irren und fallen und in Vergessenheit geraten würden, doch im Laufe dieser Zeit verband sich mit Margrethes Namen kein Skandal, und die Geschichte der Reederei war eine Geschichte des Fortschritts ohne Fehltritt. Wo immer sie sich zeigten, waren ihr Glück und ihr gegenseitiger Respekt offenkundig. Da stellte die Presse sie unter Denkmalschutz – wie ein Sittlichkeitsverbrecher, der angesichts eines göttlich schönen Kindes zögert und dann sein Vorhaben aufgibt –, und damit begann ihre Glorifizierung. Voller Mißtrauen hatten die Zeitgenossen bei den van Austens nach ihren eigenen Sorgen gesucht, aber keine gefunden, und so sehr sehnt sich die Welt nach dem Vollkommenen, daß sie vor Freude halb verrückt wird, wenn sie es findet. Dänemark sank nun vor dem Ehepaar auf die Knie. Den Vorstellungen, in denen Margrethe spielte, wohnte ein größeres Publikum bei, als eigentlich im Theater Platz hatte, und die Feuerwehr hätte protestiert, wenn nicht auch die Feuerwehrleute sie geliebt hätten. An der Börse stiegen die Kurse der Reedereipapiere, als eigentümlicher Ausdruck dafür, daß die Liebe Gold wert sein kann. Als sich Margrethe vom Theater zurückzog, um für ihren Mann zu leben, und das Paar damit zugleich auch die Öffentlichkeit endgültig verließ, da fühlte sich Dänemark nicht im Stich gelassen, ganz im Gegenteil, nun, wo das Paar aus der unmittelbaren Nähe der Welt verschwand, stieg es statt dessen zum Himmel empor, wo es an Leuchtstärke zuzunehmen schien, da wurde es zum nationalen Symbol der dauerhaft glücklichen Ehe.

Es war deshalb einleuchtend und richtig, daß Georg und Margrethe van Austen am Kongens Nytorv wohnen blieben. Natürlich hätten sie wie andere Begüterte nach Norden, aus der Stadt herausziehen können. Doch die Menschen, die zu den hohen, säulenflankierten Fenstern emporsahen, wußten intuitiv, daß das nie in Frage gekommen wäre. Ein gewöhnlicher Mensch genießt Freizügigkeit, selbst eine populäre, eine öffentlich bekannte und beliebte Persönlichkeit hat noch einen gewissen Spielraum. Ein Symbol aber hat keine Freiheit. So wie zwei Himmelskörper ihre Bahnen nur erhalten können, indem sie sich gegenseitig festhalten, so bedarf das Erhabene seiner Anbeter. Wie eine andere Lichtgestalt dieser Jahre, König Christian X. zu Pferd, der jeden Morgen ohne Begleitung in Kopenhagen spazierenritt, konnten sich Margrethe und Georg van Austen nicht mehr zurückziehen. Hätten sie es getan, hätten sie versagt, dann hätten sie dem Symbol Kraft entzogen, danach wäre es für die Dänen schwerer, sehr viel schwerer gewesen zu glauben, daß man einander bis in den Tod und möglicherweise auch noch darüber hinaus lieben kann.

Ein solcher Abfall kam nie in Frage. Im vollen Bewußtsein ihrer Verantwortung zogen sie in die Ehrenwohnung, und mit Fingerspitzengefühl und Offenheit sagte der Direktor des Königlichen Theaters, als er dem Paar den Schlüssel zum Palais überreichte, jetzt habe der Platz sein Gleichgewicht gefunden. Mit dem Schwerpunkt des Reiterstandbilds in der Mitte ruhe der vornehme Platz nun in sich selbst, auf der einen Seite das Theater, wo man nach vielen Jahren Bedenkzeit jetzt Strindbergs und Ibsens tiefes Mißtrauen gegen die Ehe spielte, auf der anderen Seite Herr und Frau van Austen, die dieses Mißtrauen zuschanden machten.

Bei der Übergabe war die Presse zugegen, und Georg van Austen erklärte in seiner Rede, es sei das letztemal, daß sie an einer Veranstaltung teilnehmen würden. »Von jetzt an«, sagte er, »und in der Zeit, die uns noch bleibt, werden meine Frau und ich füreinander und für unsere Kinder leben.«

Das wurde respektiert, mit einer tiefen Verbeugung zog sich die Welt zurück. Als Geste der Erwiderung behielt das Paar jedoch ein öffentliches Ritual bei. An jedem Dienstagabend wurden im ersten Stock die langen weißen Gardinen des großen Speisezimmers zur Seite gezogen. Dann blieben die Passanten auf dem Platz stehen und sahen, wie sich die beiden vornehmen Gestalten an je ein Ende des großen Eßtisches setzten. Danach wurden die Gardinen vorgezogen. Einige Stunden später, zu der Zeit, in der die Gäste das Königliche Theater verließen, wurden sie wieder aufgezogen; da war die Mahlzeit vorbei, da stand das Paar immer dicht beieinander an einem Tischende, langsam, ohne die geringste Verlegenheit, nahm Georg van Austen seine Frau in die Arme, und langsam und verweilend tanzte er mit ihr aus dem Blickfeld der Zuschauer. Danach glitten die Gardinen vor, und diejenigen, die zugeschaut hatten, spürten eine tiefe Bewegung. Sie waren Zeuge eines jeglicher Geziertheit entbehrenden Rituals geworden, die beiden Menschen dort oben hatten nur die Stärke ihrer Gefühle in den Dienst einer höheren Sache gestellt.

Von klein auf hatten die Kinder der Familie van Austen gelernt, vollständige Aufrichtigkeit sei das höchste Ziel des Daseins. In der Gestalt von Georg und Margrethe schien dieses Bestreben zur Vollkommenheit gelangt zu sein. Als die von der Familie unmittelbar nach Ende des Weltkriegs gegründete Stiftung der dänischen Danaexpedition einen größeren Betrag zur Erforschung der Fortpflanzungsverhältnisse des Süßwasseraals bewilligte, griffen kirchliche Kreise den Fonds an, weil er ihrer Auffassung nach einen zutiefst blasphemischen Versuch unterstützte, Gott die Erklärung des Schöpfungswunders zu entlocken. Bei dieser Gelegenheit hatte Georg van Austen kühl geantwortet, daß Gott keine Geheimnisse kenne. »Wer es für notwendig hält, etwas zu verbergen, kann nicht Gott sein.«

Und dann hatte er mit der für ihn charakteristischen Konsequenz nachdenklich hinzugefügt: »Das gleiche gilt natürlich … für den Teufel.«

Obwohl sie selbst sich nie so unbescheiden ausgedrückt hätten, konnte man das gleiche auch von dem Ehepaar sagen. Margrethe war in ihrem Spiel auf der Bühne schonungslos aufrichtig, und die Reederei legte jedes Jahr – nach einer freiwilligen Tradition, deren Anfänge weit vor dem Aktiengesellschaftsgesetz von 1919 lagen – einen über jeden Verdacht erhabenen Geschäftsbericht vor. Das gleiche galt auch für ihr Privatleben. Aus unzähligen Photographien, Gemälden und Zeitungsartikeln kannte die Öffentlichkeit das Zuhause des Ehepaars, ihre Kinder und ihre Umgebung. Ihre Ehe war glasklar und durchsichtig, und genau das erhöhte sie und verlieh ihr ihre Kraft. Symbole sind nie unverständlich oder geheimnisvoll. Sie leuchten aufgrund ihrer Durchsichtigkeit, weil sie reiner sind als die Welt, die sie umgibt.

Deshalb war es Jason Toft auch unmöglich, sich mit dem Gedanken abzufinden, daß es in der Geschichte der Familie zweihundert Jahre lang ein Rätsel gegeben haben sollte, das sich in Georgs und Margrethes Leben wiederholte und sich anscheinend jeder Lösung entzog. Es war ein Rätsel, das die Öffentlichkeit zur Kenntnis genommen und danach großzügig vergessen hatte, weil man den Vollendeten einen einzigen kleinen Fehler leicht verzeiht, das aber für Jasons Blick, dessen Leidenschaft die Wirklichkeit war, einen unverständlichen, faszinierenden Brechungsfehler in einem sonst makellosen Diamanten darstellte. Dieses Rätsel betraf das Verhältnis der Familie zum fremden Ausland, zu dem, was jenseits der Grenzen Europas lag.

Die erste Million Reichstaler verdienten die van Austens im Laufe des achtzehnten Jahrhunderts durch den Handel der Königlichen Oktroyierten Dänischen Asienkompagnie mit Elfenbein, Indigo und Ebenholz aus der dänischen Kolonie Tranquebar in der bengalischen Bucht. Mit diesem Geld konstituierte sich die Reederei im Osten als größte dänische Handelsflotte. Für das Dänemark der Aufklärung war die Reederei van Austen der bis nach China verlängerte feste Arm des Landes, der nach außen hin die Tropenkolonie in eisernem Griff festhielt, nach innen jedoch ein gebildeter, königstreuer, nationaler und großzügiger Händedruck war, und zugleich war die Reederei eine Quelle, aus der man Auskunft über Barbarei und Schönheit des Orients schöpfen konnte. Es war die

Familie van Austen, die 1770 aus eigenen Mitteln ein kleines, kompaktes Söldnerheer ausrüstete, verschiffte und es die Interessen der Reederei an den indischen Küsten mit einer Grausamkeit verteidigen ließ, die selbst für die damalige Zeit außerordentlich war. Die Familie van Austen war es aber auch, die, ohne Kosten zu scheuen, das seltenste chinesische und indische Porzellan heimbrachte und die Königliche Porzellanfabrik bewog, sich auf die Fabrikation von Tafelgeschirr mit den stilisierten orientalischen Mustern zu verlegen, die für ganz Europa zu einem Symbol dänischen Verständnisses für die kulturellen Schätze des Ostens wurden.

Zu Beginn des neunzehnten Jahrhunderts brach die Reederei ohne Erklärung allen Handel in Vorderindien ab und leitete eine Umstrukturierung ein, die der Umwelt für immer unerklärt bleiben sollte. Aus dieser Verwandlung schälte sich ein Reederei- und Handelsunternehmen heraus, das gewisse Interessen in Westindien und Nordamerika beibehalten hatte, jedoch unterstrich, daß es so gut wie ausschließlich in dänischer Hand war. Den einzigen Kommentar zu diesen Dispositionen gab Georg van Austens Ururgroßvater in einer Sitzung der Kopenhagener Handelskammer ab. Hier fragte ihn der König höchstpersönlich, tief besorgt, ob es denn wirklich mit den aufgeklärten Handelsprinzipien der Reederei vereinbar sei, sich von den reichen indischen Küsten zurückzuziehen. Da hatte sich van Austens Gesicht verschlossen, und er hatte sich halb abgewandt.

»Glauben Sie mir, Majestät«, sagte er leise, »das Licht, das von diesen Küsten kommt, ist eben nur ein bengalisches.«

Von da an wandte sich die Familie nach innen und verankerte sich in der dänischen Gesinnung, als habe sie entdeckt, daß ihre hohen Ideale nur bestehen konnten, wenn sie dem Fremden den Rücken kehrte. Aus ihrem Haus verschwand jede Spur des Ostens. Ihre Mitglieder richteten sich in der klassizistischen Einfachheit des achtzehnten Jahrhunderts ein, von da an war Griechenland *ultima mundi*.

In Dänemark gelang es der Familie bis zu einem gewissen

Grad, das Interesse für den Orient zu bremsen, das im neunzehnten Jahrhundert über Europa hinwegrollte. Sie widersetzte sich einer Übersetzung der Märchen aus Tausendundeiner Nacht und verzögerte sie damit um hundert Jahre; zur Aufführung von Oehlenschlägers *Aladdin* oder zu der großen Inszenierung von *Der Kalif auf Abenteuer* im Casinotheater erschien sie nicht. Sie hinderte die konservative Presse daran, den exotischen Roman *Salammbô* des französischen Dichters Gustave Flaubert und Mozarts Oper *Die Entführung aus dem Serail* zu rezensieren, und verwies einen weinenden Hans Christian Andersen des Hauses, als er auf einer der Familiengesellschaften, bei der man ihn gebeten hatte vorzulesen, mit seinem Märchen *Die Nachtigall* begann. Nie unterstützte die Stiftung der Reederei eine Ausstellung orientalischer Gegenstände, Bücher über den Orient oder Reisen in den Orient, und nie traten die Töchter oder Gattinnen der Familie in einer Rolle oder bei einer Veranstaltung auf, die in irgendeiner Weise mit fremden Kulturen verbunden war.

Mit der Zeit vergaß man, daß es je anders gewesen war, van Austens nationale Gesinnung wurde als Tugend akzeptiert. Eine der seltenen Gelegenheiten, bei der ein Familienmitglied sich öffentlich zur Politik äußerte, ergab sich durch Georgs Vater, der sich im Jahre 1900 in einem Zeitungsartikel mit der Einwandererfrage beschäftigte. Bei dieser Gelegenheit schrieb er, seine Familie wende sich Dänemark zu, nicht aus Chauvinismus, sondern in konzentrierter Hinwendung zum Dänischen, und gerade deshalb warne er vor der fortgesetzten Einwanderung von Juden, Polen und Zigeunern, die im vergangenen Jahrhundert angefangen habe, und vor der Auswanderung nach Amerika. »Die dänische Kultur«, so schrieb er, »ist eine Flüssigkeit, zu deren Läuterung es einer jahrtausendelangen Alchimie bedurft hat. Wenn wir unaufhörlich Infusionen und Aufschlämmungen von Fremdstoffen entgegennehmen oder selbst starke Salze abgeben müssen, dann entsteht in dieser Flüssigkeit nie das Gleichgewicht, das es uns erlauben würde, sie vollständig zu durchleuchten und wirklich zu verstehen, was es heißt, Däne zu sein.«

Als Georg van Austen bei seinem letzten Gespräch mit einem Journalisten vor seinem Einzug am Kongens Nytorv gefragt wurde, ob sich die Reederei im zwanzigsten Jahrhundert nicht dem Rest der Welt öffnen werde, da antwortete er ruhig: »Wir sind nie verschlossen gewesen. Wir fürchten das Ausländische nicht. Wir sind Weltbürger und Europäer. Vor allem aber sind wir Dänen.«

Diese Antwort hatte Jason unmittelbar nach seiner ersten Begegnung mit Helene gelesen, und sie schien ihm eine klare und geradlinige Feststellung zu sein. Was ihn jedoch wunderte, war etwas anderes, nämlich ein völlig unerklärliches Arbeitsverhältnis.

So weit die Leute zurückdenken konnten, hatte zum Haushalt der Familie van Austen immer ein Inder gehört, anscheinend in einer Stellung als vertrauter Diener, und in dem Familienambiente aus gereinigtem Dänentum wirkte diese Gestalt so rätselhaft exotisch, wie es eine Palme in P. C. Skovgaards Gemälden dänischer Buchenwälder gewesen wäre, von denen die Familie eine bedeutende Sammlung besaß.

Man erzählte sich, daß dieses sonderbare Verhältnis anderthalb Jahrhunderte zurückreiche und es Generationen hindurch immer Söhne derselben indischen Familie aus einem unbestimmten Ort in Vorderindien gewesen seien, die Generation um Generation von van Austens nach Dänemark geholt habe. Man erzählte sich, daß diese Ausländer immer junge, noch nicht zwanzigjährige Männer gewesen seien und daß sie sieben Jahre im Lande blieben, woraufhin sie nach Hause zurückkehrten und ein anderer ihren Platz übernahm. Ob es sich wirklich so verhielt, war nie bestätigt worden. Die Welt hatte nur gesehen, daß diese dunkelhäutigen Jungen mit den feinziselierten Gesichtern und weichen Lippen im Laufe kürzester Zeit ein vollendetes, akzentfreies Dänisch lernten und danach – stets im Frack, als seien sie Haushofmeister und

Gast des Hauses zugleich – zwischen die Welt und die Familie van Austen traten, und zwar mit einer solchen Autorität, daß man vergaß und verzieh, daß ihre Haut im Grunde eine verkehrte Farbe hatte. Als Jason an van Austen schrieb, um ein Gespräch zu erbitten, und auf seine Anfrage eine zuvorkommende Antwort erhielt, die mit einem unaussprechlichen Namen unterschrieben war, wurde ihm bewußt, daß er wie alle anderen, die sich im Laufe der letzten hundert Jahre mit einer Bitte an ein Oberhaupt der dänischsten aller Familien gewandt hatten, zunächst mit einem Ausländer verhandeln mußte.

Es gab für ihn in diesen Verhandlungen nichts zu beanstanden, aber gerade weil die Briefe, die er erhielt, formell, freundlich und zugleich völlig fehlerlos waren, reizten sie seine Neugier. Weil er darauf brannte, die Frau, die er liebte, vor ihrer Rückkehr in einigen Wochen bis ins letzte verstehen zu können, lud sich jede unbeantwortete Frage nach ihr und ihrer Familie in seinem Gemüt zu einer Spannung auf. Zu erfahren, weshalb sie ihre Eltern nie besuchte, wie es war, Tochter in einer vollendeten Familie zu sein, weshalb Margrethe und Georg van Austen vor dem Schloß ihrer Liebe einen Buschneger als Torwächter stehen hatten, der doch vor eine heidnische Pagode gehörte, die Antwort auf diese und andere Rätsel zu erhalten, war zur Besessenheit geworden. Der Jason Toft, der am 19. März durch das nächtliche Kopenhagen ging, war von seiner Neugier besessen, weshalb ihm seine Gedanken vorauseilten, und das war möglich, weil er keinerlei Sorgen hatte, die sie zurückhalten konnten, weil kein Verkehr herrschte und weil er sich nicht auf das Gehen konzentrieren mußte, da er ja schwebte.

Jason dachte an den Begriff »Handlung«. »Bald«, dachte er, »in einigen Stunden habe ich Antworten. Mit diesen Antworten kann ich Helene gegenübertreten. Nach dieser Begegnung können wir gemeinsam der Zukunft entgegengehen, in der wir uns immer mehr lieben werden und in der ich immer mehr Bücher schreiben und immer berühmter sein werde, und all das will ich ihr zu Füßen legen«, und er atmete tief ein bei der Aussicht darauf, daß der sich selbst verstärkende Kreislauf seiner wachsenden Gefühle, seiner Kunst und seiner Einnahmen bis ins Unendliche, zum Himmel, ins Blaue reichen würde.

Während seiner Gymnasialzeit hatte sich Jason wegen ihrer Liebe zur Wirklichkeit von den großen Realisten angezogen gefühlt. Mit dem ekstatischen Gefühl, daß sie alle just sein Leben beschrieben, hatte er Zola, Proust und Pontoppidan gelesen. Und in tiefer Enttäuschung hatte er ihnen den Rücken gekehrt, als er entdeckte, daß sie letzten Endes der Wirklichkeit immer untreu waren. Da begann er selbst zu schreiben, und getrieben hatte ihn sein Drang, der Welt zu erzählen, daß die literarische Handlung eine Illusion sei. Voll Jubel hatte er sich in jungen Jahren in der von wirklichen Menschen handelnden europäischen Literatur wiedererkannt, und die Entdeckung der Realisten, daß die Wirklichkeit ein Händedruck, ein Schweißtropfen, knurrendes Gedärm und eine Backsteinfassade ist und weder die vernebelte Symbolik der Romantik noch die Stereotypien der verfinsterten religiösen Literatur, schien ihm der Weisheit letzter Schluß zu sein.

Bis er mit Zwanzig die fatale Schwäche der Schriftsteller entdeckte. Daß sie sich dazu verführen ließen, ihre Wirklichkeit zu einem Abschluß zu bringen, daß sie eine Handlung einführten.

In der Wirklichkeit, das hatte Jason entdeckt, gab es die Handlung nicht. Die Wirklichkeit bestand aus endlosen Kreisläufen, von denen er jetzt einen beginnen sollte, das Leben wuchs aus einem unklaren Anfang in die Unendlichkeit, Abschlüsse, für jede Handlung notwendig, sind eine Erfindung.

Er hatte gesagt und geschrieben, daß das Unglück der modernen Literatur angefangen habe, als sich Flaubert – der sich nach den Ausschweifungen seiner Jugend eigentlich gerade wieder gefangen hatte – entschloß, Madame Bovary zu einem unwahrscheinlichen, heroischen Tod zu führen.

Diese Einsicht, das wußte Jason, hatte ihm jetzt Zugang zu van Austen verschafft. Er hatte Helenes Namen in seinem Brief nicht erwähnt, sie sollten nicht wissen, daß er ihr zukünftiger Schwiegersohn war, er wollte als Schriftsteller, nicht als Bekannter empfangen werden. Man hatte ihn gefragt, was er denn schreiben wolle, und in seiner Antwort hatte gestanden, er wolle ein Buch über die drei grundlegenden Bedingungen der Existenz und Zukunft der dänischen Nation in diesen sonst so schwierigen Jahren schreiben. Er wolle über den Wohlstand und die Liebe schreiben und über die geistige Freiheit, und zwar, indem er Vordergrundgestalten dieser drei Prinzipien schildere, »und wenn ich mich zuerst und am liebsten an Sie wende, dann weil – gestatten Sie mir, daß ich es so geradeheraus sage – Sie alle drei verkörpern«. Man hatte ihm geantwortet und ihn gefragt, wie er sich in diesem Fall eine dichterische Darstellung denke, und da hatte Jason geantwortet, er wisse von sich, daß er die Bedeutung des Wortes »dichterisch« verändert habe. »Ich dichte nicht«, schrieb er, »im Sinne von ›erfinden‹. Ich beobachte, und in Ihrem Fall sind es ewige Werte, die ich beobachte. Ich habe nicht im Sinn, eine Handlung zu konstruieren. Meine Kunst ist es, die Ewigkeit in der Sprache darzustellen, wie sie ist, nämlich ohne Anfang und ohne Ende.«

In diesem Brief hatte er auch gesagt, er bitte darum, dem Essen des Paares beiwohnen zu dürfen. »Ich wage Sie zu bitten«, schrieb er, »mir Zugang zu den Stunden am Dienstagabend zu gewähren, in denen Ihre berühmten Gardinen zugezogen sind.«

Als Antwort auf diesen Brief hatte er die endgültige Erlaubnis erhalten.

Vor der Tür zur Ehrenwohnung stand eine Straßenlaterne, in ihrem Licht blieb Jason stehen. Er hatte innerlich gerade eine kleine Begrüßungsrede über die Notwendigkeit von Vorbildern in einer demokratischen Gesellschaft abgeschlossen, und während ihm die Worte zuströmten, hatte er vor seinem inneren Blick Georg und Margrethe van Austen gesehen. Im Schein der Laterne wurde er sich seiner selbst bewußt und mußte daran denken, daß die Zeit vielleicht nicht mehr fern war, in der er selbst ein solches Vorbild sein würde, ein dänischer Mythos; ja, für gewisse Teile der Öffentlichkeit, für einen großen Teil seiner Leser, war er das vielleicht bereits. Er mußte an den Respekt denken, den Dänemark Oehlenschläger, Hans Christian Andersen, dem Ehepaar Heiberg, Holger Drachmann erwiesen hatte. Er wandte sich dem Kongens Nytorv zu. Vielleicht würde man einst auch ihm eine solche Ehrenwohnung zur Verfügung stellen, wo er und Helene eine Stellung einnehmen würden wie jetzt ihre Eltern. Es erschien Jason nicht unnatürlich, sich den Platz vor ihm voller Menschen vorzustellen, die gekommen waren, um ihm zum achtzigsten Geburtstag, zu seiner goldenen Hochzeit zu huldigen oder ihn zum Nobelpreis zu beglückwünschen. Er hob den rechten Arm und winkte zu dem dunklen Platz hinüber.

Da hörte er hinter sich ein Geräusch. Als er sich umdrehte, war die Tür aufgegangen, und in der Türöffnung stand der Inder der Familie van Austen. Er schwieg, und verdutzt trat Jason die beiden Stufen zur Tür empor. Erst als er dem schwarzbefrackten Rücken durch eine Reihe von Vorzimmern folgte, ging ihm auf, daß sein rechter Arm noch immer grüßend in der Luft schwebte.

In einem großen, quadratischen Wartezimmer bat ihn der Inder, Platz zu nehmen, er selbst stellte sich an die gegenüberliegende Wand. Jetzt folgte eine Wartezeit, in der die beiden jungen Männer einander betrachteten.

Jason war ein geborener Demokrat. Aus seiner frühesten Kindheit erinnerte er sich, wie es vor Freude und Einverständnis in ihm gesungen hatte, als die Frauen und die Allerärmsten das Wahlrecht erhielten, und seit er zu schreiben begonnen hatte, hatte er immer gewußt, daß er mit seiner Kunst dem Volk entgegenkam. Trotzdem war ihm klar, daß die Demokratie nur die politische Macht betreffen und nicht an der Tatsache rütteln konnte, daß gewisse Leute Anspruch auf die

Ehrerbietung anderer Menschen haben. So wußte er, daß es nur recht und billig war, daß ihm selbst die Anerkennung anderer Menschen zuteil wurde, weil er ihnen in seiner Kunst zeigte, wie ihr Leben wirklich aussah, und so hatten hochstehende Personen Anspruch, wenn schon nicht auf die Untertänigkeit ihrer Angestellten, so doch zumindest auf ihren Respekt.

Nun bemerkte er, daß dieser Respekt in der Haltung des Inders fehlte. Jason war zwar in einer Zeit aufgewachsen, in der Diener und Hausgehilfinnen außer in den begüterteren Häusern verschwunden waren, hatte sich aber doch in Kreisen bewegt, in denen man vertraut war mit der Fähigkeit des erfahrenen Kammerdieners, sich gewissermaßen in Luft aufzulösen und eine Reihe geordneter Verhältnisse zurückzulassen, die sich scheinbar von selbst in Ordnung gebracht hatten. Doch der Fremde ihm gegenüber beherrschte diese Kunst nicht, er stand aufrecht da und sah den Gast direkt und aufmerksam an. »Was immer er auch gelernt haben mag«, dachte Jason, »auch wenn er offenbar dänisch schreiben und lesen und einen Frack tragen kann, unauffällig zu sein hat er jedenfalls noch nicht gelernt.«

Ein anderer Besucher hätte sich davon reizen lassen können, Jasons Herz aber war groß und generös und an diesem Abend außerdem so voller Gefühle und Erwartung, daß er alles verzeihen konnte. Als er sich an den Diener wandte, tat er es deshalb offen und neugierig.

»Um unsere Sprache so gut gelernt zu haben«, sagte er, »müssen Sie schon lange in Dänemark sein.«

»Erst seit sieben Jahren«, antwortete der Inder.

Jason lachte, vor nur drei Monaten war sein Leben noch dunkel und lieblos gewesen.

»Wenn sieben Jahre kurz sind«, sagte er, »wie lang ist dann lange?«

»Wir Buddhisten rechnen in Kalpas«, sagte der Inder. »Wenn man all die Gespräche und Gedanken, in denen sich Europäer mit der Zeit beschäftigt haben, zusammenlegen würde, hätten sie Millionen von Jahren gedauert. Und doch wären sie nur wie ein ganz kurzer Seufzer vor dem Sonnenaufgang des ersten Morgens einer Kalpa.«

Jason suchte in dem Gesicht des Fremden nach einem Zeichen dafür, daß man ihn zum Narren hielt, aber da war nichts zu sehen. Dann versuchte er, einen solchen Zeitraum vor sich zu sehen, doch der Gedanke ließ ihn schwindeln.

»Vor sieben Jahren«, sagte er, »habe ich noch nicht einmal daran gedacht, einen Roman zu schreiben.«

Einen kurzen Augenblick sann er darüber nach, ob man dem Fremden wohl erklären müsse, was ein Roman sei. Dann fiel ihm ein, daß dieser Mensch ihm geschrieben und ihn gefragt hatte, wie er seinen Besuch beschreiben wolle.

»Lesen Sie Bücher?« fragte er neugierig.

»Jeden Tag«, antwortete der Inder, »lese ich in der Buddhacarita.«

»Eine Art Märchen von Buddha?« schlug Jason höflich vor.

»Ja«, erwiderte der Inder, »eine Art Märchen.«

Eine plötzliche Freude packte Jason, weil er mit einem Wildfremden so über das, was ihn am meisten beschäftigte, reden konnte.

»Auch ich«, sagte er und dachte an seine Kindheit, »habe viele Erzählungen gehört.«

»Aber heute abend«, sagte der Inder, »gibt es keine Erzählung.«

»Nein«, sagte Jason ernst. »Märchen sind für Kinder. Erwachsenwerden heißt, aus der Erzählung in die Wirklichkeit hineinzuwachsen.«

Eine Zeitlang schwiegen sie, und Jason hatte das Gefühl, daß auch der andere an seine Kindheit dachte.

»Die meiste Literatur«, sagte er dann, »hat ein paar unterschiedliche Anfänge, einen vorhersehbaren Schluß und dazwischen eine Handlung. Die Wirklichkeit hat nichts davon.«

»Meine Mutter«, sagte der Inder, »die viele Geschichten erzählen konnte, sagte vom Leben, es habe ein paar unterschiedliche Anfänge und einen vorhersehbaren Schluß. Darin gleicht es der Erzählung. Und damit wird die Handlung so wichtig. Die Handlung ist eine mögliche Erklärung dafür, wie man vom Anfang zum Schluß kommt. Alle, außer den wenigen, die zur endgültigen Klarheit gelangt sind, brauchen eine solche Erklärung.«

Jetzt überlegte Jason, was er darauf antworten sollte, aber gerade, als er sich der endgültigen Formulierung nahe glaubte, trat der Inder vor und öffnete zwei Flügeltüren. Da mußte sich Jason erheben, erinnerte sich aber selbst daran, daß er diesem Ausländer noch eine Antwort schuldig war. Danach betrat er das Eßzimmer des Ehepaars van Austen.

Der Tisch, vor dessen Mitte er stand, war lang, sehr viel länger, als man vom Kongens Nytorv aus sehen konnte. Margrethe und Georg van Austen saßen an den beiden Tischenden, und dort blieben sie sitzen, gerade, wachsam und schweigend.

Mit seinem Charme, dem Bewußtsein seines Genies und dem Gefühl seiner italienischen Schuhe schritt Jason durch den Raum, ergriff die Hand der großen Schauspielerin und küßte sie.

Als er den Blick hob, bannten ihn zwei Dinge. Das erste war, daß die Frau vor ihm – obgleich schmächtiger, obwohl weißhaarig – die volle, verfeinerte Sinnlichkeit ihrer Tochter Helene besaß. Das zweite war, daß sich die Hand, die er geküßt hatte, wie ein Schraubstock um die seine schloß, während die Haltung der Frau entspannt und ihr Blick freundlich waren. Mit einem erbleichenden Lächeln versuchte er die Hand zurückzuziehen, doch das mißlang, und um seine Verwirrung zu überspielen, beugte er sich vor und küßte den weißen Netzhandschuh noch einmal. Erst da ließ sie ihn los. Am anderen Ende des Tisches ruhten die dunklen Augen ihres Mannes auf ihnen.

Mit seinem schönsten Lächeln, um seine Überraschung zu verbergen, wanderte Jason den langen Weg am Tisch entlang zu dem großen Geschäftsmann hin. Van Austens Handdruck war trocken und stark, auch er hielt Jasons Hand einen Augenblick schweigend fest. »Beinahe«, dachte Jason, »wie eine Verheißung der kommenden Stunden.«

In der Mitte des Tisches war für einen Dritten gedeckt, dort nahm Jason Platz. Er saß so, daß er auf das mittlere der drei großen Fenster zum Kongens Nytorv schaute, und während er das bemerkte, zog der Inder die Gardinen beiseite und stellte sich an die Wand. Für alle, die vom Platz aus zu den Fenstern emporsahen, war Jason nun ein Teil des berühmten Tableaus.

Das Essen war noch nicht aufgetragen worden, aber an jedem Tischende stand eine schlanke Flasche Wein, und jetzt drehte Georg van Austen das Etikett zu Jason hin.

»Eiswein«, sagte er. »Man läßt die Trauben so lange hängen, bis sie von *pourriture noble* angegriffen werden, einem Schimmelpilz, der die Haut durchdringt, so daß das Wasser verdampft und sich der Saft konzentriert. Diese rosinenartigen Trauben läßt man dann bis zum ersten Frost hängen. Das ergibt einen sehr süßen und sehr starken Wein. Wie ein Konzentrat der Leiden, die die Traube durchgemacht hat. Ist das zu stark ausgedrückt, Margrethe?«

»Du bist immer so genau, Georg«, sagte die Frau.

»Es ist auffällig«, fuhr er zu Jason gewandt fort, »daß die endgültige Raffination oft erst mit dem ersten Frost eintritt. Sozusagen kurz vor der Fäulnis. Wie bei Käse und Rindfleisch. Vielleicht ist es eine ähnliche Theorie über das menschliche Leben, die Sie veranlaßt hat, sich an uns zu wenden?«

Jason lächelte breit über diesen feinen Spaß, aber auch, weil ihm das Gelegenheit bot, sich zu erklären.

»Ich darf Ihnen versichern«, sagte er mit Nachdruck, »daß ich ohne Theorien hergekommen bin. Es war mir wichtig, Ihnen ohne vorgefaßte Meinungen zu begegnen. Ich kann Ihnen sagen, daß ich eigentlich nicht als Mensch, sondern als objektiver Registrant hier bin. Ich bin hier im Namen des Publikums, um, wie ich Ihnen geschrieben habe, ein Buch über Gestalten im Vordergrund zu schreiben. Ein Buch, das, stelle ich mir vor, eine Anleitung zum Glück werden kann. Meine einzige Überzeugung ist, daß Sie eine solche Anleitung geben können, mein einziger Ausgangspunkt, daß Sie begriffen haben, daß die Liebe ein Baum ist, den man zum Wachsen bringen kann, und daß Sie bewiesen haben, daß kein Grund zu der Annahme besteht, daß er nicht in den Himmel sollte wachsen können.«

Etwas außer Atem und leicht verlegen lehnte er sich zurück.

»Sie sprechen ja«, sagte Georg van Austen, »mit der Autorität der ganzen Erfahrung.«

Jason errötete, teils bei dem Gedanken daran, daß die Erfahrung, die hier genannt wurde, mit der Tochter dieses Mannes verbunden war, teils vor Freude. »Es ist vielleicht«, sagte er stolz, »das Privileg des Künstlers, sich in das, was er selbst noch nicht erlebt hat, einfühlen zu können.«

»Aber«, fügte er schnell hinzu, »nichts ist so groß wie die Wirklichkeit selbst. Ich hoffe nun darauf, daß ich Sie heute abend dazu bewegen kann, von dieser Wirklichkeit zu erzählen. Unseren Mitmenschen davon zu erzählen, wie Sie sich von diesem schönen Scheitelpunkt Ihres Lebens aus an die Geschichte Ihrer Ehe erinnern.«

Die beiden Augenpaare betrachteten ihn sinnend, einen Augenblick lang erschien es Jason, als suchten sie hinter seinen Worten nach einem verborgenen Sinn. Er schenkte ihnen sein aufrichtigstes Lächeln und legte, wie zur Versicherung seiner Sachlichkeit, einen kleinen Stoß unbeschriebenes Konzeptpapier vor sich auf den Tisch.

»Sie müssen wissen«, sagte Georg van Austen, »daß meine Gattin und ich die Vergangenheit nur selten oder nie anrufen. In unserem Alter können die Erinnerungen, die Spuren der Vergangenheit an Aladdins Lampe gemahnen.« Einen Moment lang ruhte sein Blick auf dem Inder. »Sie können scheinbar matt sein, möglicherweise sogar ramponiert. Aber wenn man daran reibt, läuft man Gefahr, etwas sehr Heftiges herbeizurufen. Stimmt es nicht, Margrethe, daß man sehr behutsam sein muß, wenn man an der Vergangenheit reibt?«

»Trotzdem, Herr Toft«, fuhr er fort, »haben wir eingewilligt, heute abend für Sie ein kleines Stück Erinnerung aufzuführen. Es ist ja nicht das erstemal, daß man uns aufgefordert hat, uns öffentlich zu erinnern, aber alle früheren Wünsche haben wir abgeschlagen. Daß wir zu Ihnen ja gesagt haben, dafür gibt es sehr viele gute Gründe. Auf einige können wir später zurückkommen, andere werden verborgen bleiben, so wie die menschlichen Handlungen immer verborgene und offensichtliche Gründe haben und so wie Sie« – hier sah er Jason einen Augenblick nachdenklich an – »natürlich auch nicht in allen Einzelheiten von Ihren Motiven erzählt haben, die Sie um diese Begegnung haben bitten lassen. Um einen Anfang zu machen, kann ich Ihnen sagen, daß dieser Abend für uns genau wie für Sie den Reiz der Neuheit besitzt, gerade weil meine Gattin und ich die Vergangenheit so selten gemeinsam betrachten. Margrethe und ich haben eigentlich nur abgesprochen, daß wir von den Ereignissen ungefähr in der Reihenfolge erzählen wollen, wie sie stattgefunden haben, um Sie sozusagen in den Verlauf mit einzubeziehen.«

Hier machte er eine Pause und schenkte Jason ein. Am anderen Tischende bediente sich die Schauspielerin.

»Zum Wohl«, sagte Georg van Austen, und sie tranken. Jason kannte süßen Wein, und immer hatte er ihm wie alkoholisierte Limonade geschmeckt. Als er diesen Wein im Mund verspürte, stieg ein Duft aus Mandeln, Korinthen und unbekannten Gewürzen in sein Gehirn und setzte sich dort fest.

»Unsere Liebe, die Liebe meiner Gattin und die meine«, sagte van Austen, »war Liebe auf den ersten Blick. Zum Wohl.«

»Zum Wohl«, antwortete Jason, und sie tranken noch einmal.

»Wir begegneten uns, wir sahen uns zum erstenmal, als die Schauspieler nach Oehlenschlägers *Johannis-Abend-Spiel* vor den Vorhang traten.«

Jason setzte die Füllfeder an, als ihn Margrethe unterbrach.

»Du irrst dich, mein Lieber«, sagte sie freundlich. »Es war nach dem letzten Akt von Kuhlaus *Elfenhügel.*« Und mit einem kleinen Lächeln fügte sie hinzu: »Frühsenilität bei Männern, Herr Toft, ist eine, *eine* der Schwächen, die einer Frau Nachsicht abverlangen.« Dann suchte ihr Blick den Jasons. »Doch das versteht«, sagte sie, »ein junger, lebenskräftiger Mann wie Sie sicher nicht.«

Ein Hauch von Verlegenheit streifte Jason, und um sie zu verbergen, leerte er sein Glas.

»Auf der Bühne«, sagte Margrethe, »ist man vom Licht geblendet, und deshalb *sieht* man das Publikum nicht. Man spürt es als Kraft, und für eine Schauspielerin ist es ein sehr schönes Gefühl, von dieser Kraft erfüllt zu sein. Für mich aber war es immer wichtig zu *sehen*, was mich erfüllte. Können Sie sich in dieses Gefühl hineinversetzen, Herr Toft?«

Jason nickte.

»Deshalb«, fuhr sie fort, »ging ich beim Applaus immer ganz nach vorn an die Bühnenrampe, so daß ich unter die Lichtkegel kam. Von dort aus konnte ich die Gesichter sehen, und von dort her sah ich an einem Abend im November vor dreißig Jahren Georg van Austen.«

Bei dem Gedanken an das Theater und die Bühne hatte sie sich erhoben und ging jetzt langsam den Tisch entlang, und schon bei ihrem ersten Schritt sah Jason die potenzierte Selbstsicherheit ihrer fünfunddreißig Theaterjahre vor sich.

Sie blieb vor ihrem Mann stehen und hob mit der einen Hand sein Gesicht zu sich empor.

»Glauben Sie, Herr Toft«, sagte sie, ohne den Blick vom Gesicht ihres Mannes zu lassen, »daß es angehen mag zu schreiben, daß seine Augen brannten?«

»Wie Eisen«, fügte sie nachdenklich hinzu, »wie Eisen, das man zum Glühen gebracht hat.«

Sie drehte sich zu Jason um. »In Ihrem Alter«, sagte sie sanft, »wo alles so rein brennt, werden Sie wissen, wie Augen glühen können.«

»Ich kenne Herrn van Austens aufmerksamen und intelligenten Blick von Bildern her«, sagte Jason.

»Es war nicht gerade Intelligenz«, sagte die Schauspielerin, »was an dem Abend aus ihnen leuchtete, nicht wahr, Georg?«

Jason neigte den Kopf und machte eine Notiz, verlegen darüber, Zeuge dieser intimen Sympathie zwischen den beiden Menschen zu sein.

»Würden Sie, Herr van Austen«, sagte er gerührt, »mir erzählen, wie Sie sich an diesen ersten Blickwechsel mit Frau van Austen erinnern?«

Der Geschäftsmann dachte nach. »Meine Gattin hat«, sagte er dann, »wie Sie sehen, einen frappierenden Blick. Man sagte damals von ihr, sie könne durch die Kleidung eines Mannes hindurchsehen« – hier machte er eine Pause, in der Jason seinen Schoß unwillkürlich, doch diskret mit seinen Papieren bedeckte –, »durch die Kleidung, tief hinein, an seinem Portemonnaie vorbei und bis in sein Herz. Diese Augen, Herr Toft, fühlte ich durch mich hindurchgehen.«

Jason sah seine Begegnung mit Helene bei einer Kunstausstellung vor sich. Er hörte die Stimmen, sah die vielen Menschen, und durch all das hindurch plötzlich ihre Augen und eine fremde Ahnung, daß das Universum möglicherweise ein Puzzle ist, in dem der Platz eines jeden Teilchens Bedeutung für das Ganze hat.

»Spürten Sie«, entfuhr es ihm, »hatten Sie, als das passierte, das Gefühl, geführt zu werden, wenn ich so sagen darf?«

Erneut betrachteten ihn die beiden älteren Menschen ohne ein Wort. Dann sagte Georg van Austen langsam:

»Der Magnetismus meiner Gattin, Herr Toft, war so, daß es damals in den besten Kreisen hieß, wenn ein junger Mann ihr zum erstenmal begegne, wisse er, daß sie eine Maschine sei, eine göttliche Maschine, durch die man hindurch müsse« – er machte eine Pause –, »um zur Kunst zu gelangen.«

Zum erstenmal ging Jason auf, daß irgend etwas im Raum möglicherweise nicht so war, wie es hätte sein sollen. Er blickte auf und meinte plötzlich zu spüren, daß sich in der

Haltung, unter der souveränen Entspanntheit der Frau und des Mannes eine geheime Spannung verbarg. Sein Blick schweifte zu dem schweigenden Inder hinter ihnen, und da erlebte er eine leichte Sinnestäuschung. Einen Moment lang schien es ihm, als sei er in einem Wald, in einem Flußdelta, in dem weiten Dschungel, in der Morgendämmerung, wo die großen Katzen jagen. Dann schüttelte er den Kopf und erinnerte sich daran, daß er, daß alle sich an eine Chronologie zu halten hatten.

»Wie lange nach dieser Begegnung haben Sie geheiratet?« fragte er.

»Sehr schnell danach«, antwortete Margrethe. »Denn sehen Sie, Herr Toft, auch wenn es schwer ... sehr schwer sein mag, sich das heute vorzustellen, Georg war damals ein sehr attraktiver Mann.«

»Ich finde«, sagte Jason, froh darüber, daß sich eine Gelegenheit bot, ein mitgebrachtes Kompliment anzubringen, »daß sich Herr van Austen so blendend hält, daß er die Normalvorstellung vom besten Alter eines Mannes um zwanzig Jahre verschiebt.«

»Ja«, sagte Margrethe, »Alkohol hat ja diese erstaunlich konservierende Wirkung.«

»Herr Toft«, sagte van Austen, »die Liebe ist immer ein Abkommen zwischen dem Notwendigen und dem Möglichen. Das Notwendige war in diesem Fall unsere gegenseitige Neigung.«

»Und das Mögliche«, fuhr er langsam fort, »war die Karriere meiner Gattin. Das können wir diesem jungen Mann doch sicher anvertrauen, nicht wahr, mein Engel? Eine Karriere, Herr Toft, die irgendwann steckenzubleiben drohte. Die aber mit meiner Position und meinem Vermögen als – wie soll ich das sagen – Krückstock schon wieder in Bewegung kommen sollte.«

Von hinten legte sich eine unsichtbare kalte Hand um Jasons Schädel und begann zuzudrücken.

»Und mein Mann«, sagte Margrethe, »hatte es sich gründlich überlegt. Sie müssen wissen, Herr Toft, und das sollten Sie schreiben, finde ich, das Gehirn ist der Körperteil, den mein Mann zuallererst und am liebsten benutzt hat.«

Nuschelnd beugte sich Jason über sein Papier.

»Er hatte ja«, fuhr die Schauspielerin fort, »bevor er mich kennenlernte, ein farbenfrohes Leben gelebt, so farbenfroh, daß es seiner Mutter zu bunt geworden war. Stimmt es nicht, Herr Toft, daß die Mutter der beste Freund eines Jungen ist?«

»Ich habe«, hob Jason an, »ein ausgezeichnetes ...«

»Es gab also«, fuhr sie fort, »viele gute Gründe dafür, daß Georg mich heiratete, und einer der besten war seine Mutter. Schreiben Sie, Herr Toft?«

»All das«, sagte Georg van Austen beruhigend, »allein im Interesse der Wahrheit und nicht, um unsere starken gegenseitigen Gefühle zu desavouieren. Das verstehen Sie sicher, Herr Toft?«

»Völlig«, sagte Jason.

»Nun bitte ich Sie, mit uns zu trinken«, sagte van Austen und schenkte ein.

Jason spürte, daß sich der Wein, den er schon getrunken hatte, wie ein Brautschleier vor seine Augen gelegt hatte, und machte eine abwehrende Bewegung. Da wurde van Austens Haltung einen Augenblick lang fragend; Jason erinnerte sich gehört zu haben, daß der junge van Austen selbst als Steuermann und Kapitän auf den Schiffen der Reederei gefahren war. Gehorsam leerte er sein Glas. Van Austen nickte billigend.

»Man kann«, sagte er, »die Ehe zwischen meiner Gattin und mir unmöglich verstehen, wenn man nicht mit uns getrunken hat. Es ist nämlich schon lange her, Herr Toft, daß Margrethe und ich nüchtern den Anblick unserer brüsken Profile haben ertragen können.«

Die Frau hatte im Stehen getrunken. Nun setzte sie ihr Glas ab und trat in die Mitte des Raumes, wie um Platz zu haben für das, was jetzt kommen sollte.

»Wir werden«, sagte sie, »uns nicht bei der Hochzeit aufhalten, das ist dänische Geschichte. Wir machen bei der Zeit danach weiter.«

»Bei den Kindern«, schlug Jason vor, wie ein Ertrinkender, der nach einem Rettungsring greift.

»Bei der großen Einsamkeit«, sagte die Schauspielerin.

»Sehen Sie, Herr Toft«, fuhr sie fort, und während sie sprach, schwand aus ihrer Stimme allmählich die leichte Heiterkeit, »ich liebte ihn tatsächlich. Ich bin eigentlich ein leidenschaftlicher Mensch, Herr Toft. Und damals liebte ich Georg van Austen bis zum weißglühenden Wahnsinn.«

Erst jetzt, als die Situation außer Kontrolle zu geraten drohte, verstand Jason sie. Erst jetzt wurde ihm klar, daß es für dieses Ehepaar das erste Gespräch dieser Art sein mußte, daß er mit seiner Bitte und seiner Anwesenheit unbeabsichtigt eine Naturkatastrophe ausgelöst hatte.

»Man kann sich«, fuhr die Frau fort, »nicht vorstellen, wie ich wartete. Aber er kam ja nicht. Er war ja im Ausland. Oder zum Stapellauf. Oder in der Handelskammer. Er war weg, um die Unsterblichkeit seiner Familie zu sichern.

Man schafft ein Zuhause, aber er sieht es nicht. Man bekommt Kinder. Er sieht sie nicht. Man gestaltet seine Rollen. Er sieht sie nicht.«

Ein krampfartiger Zorn arbeitete sich durch ihre Gestalt und verzerrte ihr Gesicht einen Augenblick lang zu einer Maske des Hasses. Dann entwich er, und als sie weitersprach, war sie heiser, doch beherrscht.

»In den Jahren, in denen ich spielte, ging mir ein Wunsch über alle anderen. Ich wünschte mir, er würde auch nur ein einziges Mal aus eigenen, freien Stücken dort unten sitzen, er würde kommen, um mich zu sehen. Aber das geschah nicht. Natürlich kam er. Aber dann, weil der König da war, weil die Reederei eine Festvorstellung bezahlt hatte, weil sich eine Gelegenheit bot, einem ausländischen Staatsoberhaupt Respekt zu erweisen. Und dann waren seine Augen fern, voll Zukunft, voll Geld, voll von der großen, weltberühmten Selbstbespiegelung der Familie van Austen.«

Sie holte tief Luft. »Zuletzt«, sagte sie, und jetzt war sie ganz sachlich, »zuletzt begreift man, daß man nicht geliebt wird, und das ist der wahrste Augenblick, den es gibt. Es gibt auf der Welt keinen Schmerz wie den, wenn man begreift, daß man, weil man einen anderen Menschen vergeblich geliebt hat, sein Leben langsam und blind in die Gosse gekippt hat.«

»Die Kinder ...«, quäkte Jason.

»Für die Kinder«, sagte Margrethe, »hatten wir Mädchen. In der Eiswüste, in der Georg und ich unsere Ehe ausgefochten haben, hätte ein Kind leicht Frostschäden davongetragen. Meinst du nicht, Georg, daß wir uns darüber freuen sollten, daß du mit den Kindern nicht mehr zu tun hattest, als es der Fall war?«

Jetzt legte Georg van Austen die Hände vor sich auf den Tisch, und Jason sah, daß er allein mit dieser Geste unzählige Male Vorstandssitzungen und Direktionsräume dominiert haben mußte.

»Du hast es ja aber doch vermocht, meine Liebe«, sagte er freundlich, »dir in der Finsternis viele kleine, bescheidene Flämmchen zu entzünden, an denen du dich wärmen konntest.«

Der Blick der Frau begegnete dem seinen, die beiden Blicke verhakten sich ineinander wie Ringer, die sich gepackt halten und nun einander allmählich den Atem abdrücken.

»In dieser – eingebildeten oder wirklichen – Finsternis«, sagte van Austen zu Jason gewandt, »sah sich meine Gattin veranlaßt, sich ihren ersten Liebhaber zu nehmen.«

»Wenn es denn der erste war«, fügte er hinzu. »Wie Sie in Ihrem Brief an uns geschrieben haben, ist es bei den meisten Handlungsabläufen unsicher, wann sie ihren Anfang nehmen. Jedenfalls war es das erste Verhältnis, von dem ich erfuhr.«

Das Gesicht des großen Geschäftsmannes war ruhig, aber Jason sah, daß sich seine Hände auf der Tischplatte langsam spannten.

»Für meine Familie«, sagte er, »ist ein Vertrag immer die

höchste denkbare menschliche Beziehung gewesen. *Pacta sunt servanda*, sagt das römische Recht. Verträge sind einzuhalten. Der Gesellschaftsvertrag zwischen dem Volk und seinen Vertretern und der kommerzielle Vertrag unter Geschäftsleuten machen die zivilisierte Welt zu dem, was sie ist.

Das Wesen eines Vertrags sind nicht die Unterschriften, nicht die Spezifikationen, es ist nicht das eigentliche Dokument. Das Wesen eines Vertrags ist das gegenseitige Vertrauen. Das Vertrauen, Herr Toft, ist das höchste menschliche Gefühl. Deshalb ist die Ehe der höchste Vertrag, den es gibt, denn sie setzt das weitestgehende Vertrauen voraus.«

Der Schiffsreeder erhob sich langsam von seinem Stuhl. »Es gibt«, sagte er, »kein größeres Leiden auf der Welt, als zu sehen, wie das grenzenlose Vertrauen in einen anderen Menschen zuschanden gemacht wird.«

Er dachte nach. »Ich öffnete«, sagte er, »die Tür zum Schlafzimmer meiner Frau, und da war ich den beiden so nahe, wie ich jetzt Ihnen bin, Herr Toft.«

Er trat einen Schritt vor, und in Jason quoll blinde Furcht auf. Wieder schien es ihm, er sei im Dschungel und ein großer, weißer Elefant komme auf ihn zu. Mit einem Ruck kam er von seinem Stuhl hoch und wich zurück.

»Der Anblick der Gattin, nackt, zusammen mit einem anderen Mann, hat etwas Einzigartiges«, sagte van Austen. »Es ist mir bekannt, daß gewisse Religionen das Erlebnis kennen, daß man bei lebendigem Leibe seinen irdischen Körper verläßt. In diesem Augenblick verstand ich, was damit gemeint ist. Hörst du, Margrethe, in dem Augenblick hatte ich den Wunsch, meinen Körper zu verlassen.«

Die Frau öffnete den Mund, um etwas zu erwidern, doch er hinderte sie mit einer Handbewegung daran.

»Sie werden, Herr Toft«, sagte er, »mit der Zeit erfahren, daß die meisten Frauen eine weitschweifige Beredsamkeit entwickelt haben, die dazu dient, ihren Vertrauensbruch zu entschuldigen und zu erklären. Meine Gattin, die eine in fünfunddreißig Jahren Theaterkarriere erworbene Übung in systematischer Verlogenheit besitzt, könnte sogar den Sündenfall wegdeuten. Für uns Männer liegt die Bedeutung in der Handlung. Sagen Sie das nicht auch, Herr Toft?«

Jason trat noch einen weiteren Schritt zurück und zog schützend den Stuhl vor sich.

»Das Handeln«, fuhr van Austen fort, »kam mir bei dieser Gelegenheit denn auch von selbst. Ich holte meine Degen. Aus meiner Studienzeit in Halle. An den deutschen Universitäten war es nämlich bis weit in unser Jahrhundert hinein üblich, sich zu duellieren, Herr Toft.«

Van Austen nahm zwei Silbergabeln vom Tisch. »Und ich gebe«, sagte er, »dem jungen Mann einen Degen.« Er reichte Jason eine Gabel. »Aber er weiß nicht, wie er ihn halten soll.« Jason ließ die Gabel fallen. »Da dränge ich ihn«, sagte van Austen. Er setzte Jason die Gabelspitzen an die Kehle. »Da sage ich zu Margrethe, wenn sie will, daß dieses kleine Heimchen hier überleben und in der Sommernacht singen soll, dann muß sie für ihn bitten. Ein großzügiges Angebot, nicht wahr, Herr Toft? Aber sie schweigt, und da begreife ich, daß sie ihn jedenfalls nicht liebt, und beschließe, ihn laufenzulassen.«

Er nahm die Gabel weg und trat zur Seite. Jason stolperte an ihm vorbei den Tisch entlang und riß auf seinem Weg hinter sich einen Leuchter zu Boden.

»Als er schon fast aus der Tür war«, fuhr van Austen hinter ihm fort, »fand meine Gattin einen treffenden Ausspruch. Erinnerst du dich, was du gesagt hast, Margrethe?« Die Frau betrachtete ihn, machte jedoch keine Miene zu antworten.

»Sie sagte«, fuhr er verweilend fort, »›ich habe jemanden vermißt, mit dem ich schlafen konnte‹. Ja, ›ich habe jemanden vermißt, mit dem ich schlafen konnte‹.« Er schüttelte den Kopf. »Da beschloß ich, daß er doch sterben sollte.«

Er machte eine schnelle Bewegung zu Jason hin und piekte ihn mit der Gabel in den Bauch. Jason stieß einen erschreckten Schrei aus und fiel rücklings zu Boden. Van Austen betrachtete ihn interessiert. »Genau so fiel er«, sagte er. »Und wissen Sie, wohin ich ihn gestochen hatte? In die rechte Lunge. In Halle sagten wir, wenn man eine Lunge punktiert, hört man die Seele den Körper verlassen.«

Jason lauschte und hörte wirklich etwas, und einen Augenblick lang glaubte er, er habe sich verletzt, bis ihm aufging, daß seine Zähne klapperten.

»Ich weiß«, sagte van Austen zu ihm hinunter, »was Sie, als objektiver Registrant – so nannten Sie sich doch? – jetzt denken. Sie denken, was wir wohl mit der Leiche gemacht haben. Ausgezeichnete Frage. Aber sehen Sie, es gab keine Leiche, denn der junge Mann überlebte. Er kam nämlich in Behandlung. Aber er hat sich nachher in unserem Haus nie mehr blicken lassen. Was damit zusammenhängen mag, daß er mit nur einer Lunge weiterleben mußte. Wenn man nur eine Lunge hat, hat man genug mit sich zu tun.«

Jason kam mit Mühe auf die Beine und sank auf einen Stuhl, und als man ihm einschenkte, trank er gehorsam. Als er aufsah, waren die Gardinen vorgezogen worden. Von seinem Platz an der Wand her starrte der Inder vor sich hin, und Jason konnte sich in diesem Augenblick nicht vorstellen, wo Hilfe zu finden gewesen wäre.

Jetzt legte Margrethe die Papiere vor ihn hin und gab ihm den Stift in die Hand. »Sie müssen auch die Fortsetzung hören«, sagte sie. »Damit Ihr Eindruck der Ereignisse nicht so unvollständig bleibt wie die Darstellung meines Mannes. Sehen Sie, danach schlief er nicht mehr bei mir. Schreiben Sie, Herr Toft? Danach kam er nicht ein einziges Mal mehr, um bei mir zu schlafen.«

»Die Kinder …«, Jason nahm einen neuen Anlauf, aber die Frau hörte ihn nicht, die Bitterkeit schien nun ihre Selbstbeherrschung weggeätzt zu haben.

»Ihr habt euch in eurer Familie, Georg«, sagte sie, »immer vom Leben ferngehalten, stimmt das nicht? Du hast ein bißchen daran geschnuppert, ein bißchen daran geleckt, letzten Endes aber, wenn es ans Leben und Leiden ging, dann hattest du nicht den richtigen Schneid dazu, nicht wahr, mein Schatz, dann bist du bei deiner Mutter und deiner Familie untergekrochen.«

»Hüte dich«, sagte van Austen, »meine Mutter zu erwähnen!«

»Herr Toft«, fuhr Margrethe langsam und berechnend fort, »wissen Sie, welches die aufsehenerregendste Eigenschaft der Familie van Austen ist? Ihre phantastische Fähigkeit zur Enthaltsamkeit. Sich des Lebens zu enthalten. Und die größte Enthaltsamkeit von allen ist: nicht zu vergeben. Und die beherrschst du ja, mein Georg. Du kannst hassen und hassen, du hast einen kleinen Eisklumpen in deiner Brust verschlossen, und dort liegt er dann und kühlt dich. Und mit diesem kleinen Dauerfrost im Herzen wärmst du deine Hände an der Familie, beim Gedanken an van Austens beschissene ...«

»Aber Sie haben doch Kinder!« versuchte Jason.

»Ach ja, die Kinder«, sagte die Schauspielerin. »Das erstaunt Sie? Aber Sie haben sich doch wohl nicht vorgestellt, Herr Toft, daß eine Frau wie ich ohne Männer leben kann.«

»Margrethe!« sagte van Austen warnend.

Jetzt liefen der Frau die Tränen über die Wangen, ihre Stimme aber war deutlich und genau berechnet.

»Wenn man ein Leben ohne Liebe lebt«, sagte sie, »kann man ja immerhin noch ein Stück mit Erotik weiterkommen. Sie haben sich doch wohl nicht vorgestellt, daß die Ehe ein kitschiges Weihnachtsmärchen ist, was, Herr Toft? Sie glauben doch wohl nicht, das hier sei ein Marienverein? Ich fand andere Männer, Herr Toft. Und mit denen hatte ich Kinder.«

Einen Moment schwieg sie ganz still. Dann begann sie gedämpft und gequält zu knurren. Schließlich sah sie ihren Mann an. »Ich kann nicht mehr weinen«, sagte sie. »Hörst du, Georg, ich bin ausgetrocknet. Weißt du, wie das für eine Frau ist, ausgetrocknet zu sein?«

»Herr Toft«, fuhr sie fort, »schreiben Sie, daß jedes Kind für ihn war.« Sie zeigte mit einem Finger, der unbeherrscht zitterte, auf ihren Mann. »Hörst du, Georg? Jedes Kind war ein Schrei zu dir, daß du mich hören solltest. Aber du bist taub. Und du bist blind.«

Sie trat dicht an ihn heran, ihre Stimme senkte sich zu einem Flüstern. »Genaugenommen bist du«, sagte sie, »wohl kein Mann, nicht wahr, Georg, eigentlich kein Mensch, oder? Du bist wohl eigentlich nur der Abstieg Deiner Mutter in die nächste Generation.«

Da schlug van Austen zu, der Schlag warf sie zu Boden, und langsam folgte er ihr.

»Es ist nicht nett von dir, Margrethe«, sagte er, »daß du mich vor den Augen unseres jungen Freundes hier zwingst, dir den Mund zu verbieten. Aber du bist eine kleine dreckige Hure, und du weißt, daß du deshalb den Namen meiner Mutter nicht in den Mund nehmen solltest.«

Margrethe hob den Kopf vom Boden und fing an zu lachen, ihr Gelächter wuchs und überschlug sich und wurde zum Gekicher.

»Du da«, sagte sie zu Jason, »hast du das mit der großen Einsamkeit? Das mußt du schreiben. Du mußt schreiben, daß Georg van Austen der einsamste Mensch der Welt ist. Nicht einmal seine Kinder wollen etwas von ihm wissen. Wieviel Jahre ist es her, seit auch nur eins der Kinder dich hat sehen wollen, Georg?«

Van Austens Hände öffneten und schlossen sich tastend. »Du hast sie mir entfremdet«, sagte er und leckte sich die Lippen. »Und ich habe nie um Gesellschaft gebeten, sie nie gewollt. Mein Leben ist das Unternehmen. Das ist meine Unsterblichkeit. Das Unternehmen und die Kinder. Auch wenn sie nichts von mir wissen wollen.«

»Selbst darin irrst du dich«, sagte Margrethe. »Und du weißt es. Du glaubst doch wohl nicht, mein Georg – du kannst ja nicht der Vater auch nur eines der Kinder sein. Zur Vaterschaft kommt man ja nicht im Schlaf. Das weißt du doch sehr gut, dazu muß man anwesend sein. Dazu muß man auf Zack sein, Georg. Das hast du doch die ganze Zeit über gewußt.«

Van Austen wankte einen Augenblick. »Das Unternehmen«, sagte er, »das Unternehmen und der Nachruhm.«

Margrethe war wieder auf die Beine gekommen, beim Sprechen trieb sie ihn rückwärts zum Tisch hin. »Wieder passé«, flüsterte sie. »Wenn das hier veröffentlicht wird, mein Georg, dann bekommst du einen Nachruf, den du nicht für möglich gehalten hättest, einen, der ein größeres Unternehmen als deines vernichten könnte.«

»Es kommt ja nie raus«, sagte van Austen. Er zeigte auf Jason. »Er ist ja mit Helene zusammen. Er wird nie ...«

»Nein«, sagte Margrethe, und nun blieb sie stehen, reckte sich und holte Luft zum entscheidenden Stoß. »Nein«, sagte sie erneut, »der kleine Wurm dort wird nie über das hier schreiben. Und wenn er es täte, würde man ihm nicht glauben. Aber weißt du, wem man glauben würde, Georg? Mir würde man glauben. Margrethe van Austen würde man glauben.«

»Dir?« sagte van Austen.

»Mir«, sagte die Frau. »Ich habe über uns geschrieben, Georg. In diesen endlosen Nächten, in denen ich dasaß und spürte, wie das Leben fortläuft, habe ich mich ein bißchen dagegengestemmt. Ich habe noch etwas aufgehoben, Georg. Ich habe ein Schauspiel über uns beide geschrieben. Vielleicht ist es nicht gut. Aber die Öffentlichkeit ist dem Thema ja gewogen. Es wurde also gelesen. Und angenommen. Am Königlichen Theater, Georg. Gerade hier gegenüber. Und es ist die Wahrheit. Das wird ihnen runtergehen wie Butter, Georg. Sie werden verstehen, daß jedes Wort wahr ist. Es wird keinen Nachruhm geben. Es gibt ein Schandmal.«

Einen Augenblick lang hatte die Frau die ganze Macht und Aufmerksamkeit im Raum, so als existiere er nur durch sie. Dann schossen van Austens Hände vor, packten ihren Hals, zogen sie an sich, hoben sie hoch und drückten zu. Jason spürte nur noch, wie sich ihm die Haare auf dem Kopf sträubten, dann zappelte die Frauengestalt im Griff des Mannes – und hing still.

Gelähmt merkte Jason, daß in diesen Sekunden die Prozesse, durch die man altert, fühlbar wurden, daß er sozusagen von innen her ergraute.

Da bewegte sich der Inder auf die Gardinen zu, und als Jason begriff, was er vorhatte, ließ ihn der blinde Instinkt, den Tod und überhaupt das Unpassende überdecken zu wollen, abwehrend die Hände vorstrecken. Aber es war zu spät, die Gardinen glitten zur Seite, und unter ihnen lag der Kongens Nytorv, beleuchtet, mit festlich gekleideten Menschen, die auf dem Nachhauseweg gewesen waren, nun aber stehenblieben und zu den Fenstern emporsahen.

Langsam senkte van Austen die Frau in seinen Armen herab, Jason sah die baumelnden Füße den Parkettboden berühren. Da war es, als fänden die hohen Absätze Halt, die Wadenmuskeln strafften sich und begannen sich zu bewegen, und dann machte sie den ersten Tanzschritt. Van Austens Füße folgten den ihren, die Bewegung war dreigeteilt, es war ein Walzer, den sie tanzten. Jason hob den Blick zum Hals der Frau, er saß gerade auf ihren Schultern, er war entblößt, und die Haut leuchtete von einer feinen Röte, und der Hals hielt ihren Kopf hoch, ihrem Mann zugewandt. Ihr Mund stand leicht offen, ihre Augen ruhten wie in Trance auf seinem Gesicht. Langsam und gleitend, die Blicke ineinander versenkt, aber dennoch mit traumwandlerischer Sicherheit, tanzten sie vor das Fenster und danach fort, durch den Raum, zu einer fernen weißen Tür hin, und dann waren sie weg.

Der Inder zog die Gardinen vor, löschte den großen Lüster an der Decke und setzte sich an das Tischende, wo zuvor van Austen gesessen hatte, schenkte Wein in sein Glas und kostete ihn. Jetzt, wo nur der Schein der Tischkerzen auf ihn fiel, sah Jason, daß seine Haut den gleichen tiefen Glanz hatte wie Helenes.

Als er begriffen hatte, daß die Frau doch noch am Leben war, hatte Jason aufgegeben, nun durfte die Welt ihn führen, wohin sie wollte, und die beiden Männer schwiegen lange zusammen.

»Können Sie sich vorstellen«, sagte der Inder endlich, »was für die Schiffe, die in früheren Zeiten von Dänemark nach Tranquebar fuhren, die größte Bedrohung war?«

Jason antwortete nicht.

»Die größte Bedrohung für die Seeleute«, sagte der Inder, »waren sie selbst. Meuterei und ihre internen Schlägereien.

Ich bin ja nur ein dreckiger Ausländer. Aber trotzdem habe ich mir gedacht, daß man Europa vielleicht so beschreiben könnte. Als einen Ort, an dem die größte Bedrohung des Menschen von ihm selbst ausgeht ...«

Eine Zeitlang saß er da und schaute in die Flammen der Kerzen. »Es gab da«, sagte er dann, »einen Kapitän, der hieß van Austen. Seine Familie besaß damals nur ein Schiff, und davon gehörte ihr sogar nur ein Teil. Dieser Kapitän war ein harter Mann und hatte versucht, Gewalt mit Gewalt zu bekämpfen, er hatte eine friedliche Überfahrt sichern wollen, indem er seine Leute prügeln und in Eisen legen ließ, da er aber auch ein kluger Mann war, sah er ein, daß dieser Weg nicht der rechte war. Zu jener Zeit gab es am Hof des Fürsten von Tanjore eine Familie, die für ihre schönen Geschichten bekannt war und dafür, alles schnell zu lernen, und eine Frau aus dieser Familie, die beim Kommandanten von Dansborg in Diensten gewesen war, hatte Dänisch gelernt. Nun hatte Kapitän van Austen die Idee, diese Frau auf dem Schiff mit nach Dänemark zu nehmen, damit sie die Seeleute beruhigen könne. Sein Plan war es, sie jede Nacht einem anderen Matrosen auszuliefern, unter der Bedingung, daß dieser Mann sich anständig benommen hatte.

Allerdings muß der Kapitän ein vergeßlicher und unwissender Mensch gewesen sein, denn an zweierlei hatte er nicht gedacht. Erstens, daß es nicht richtig ist, eine Frau gegen ihren Willen zu entführen. Zweitens übersah er, welcher Familie diese Frau angehörte. In der Buddhacarita wird erzählt, wie Buddha in den Wald zog, um die endgültige Erleuchtung zu gewinnen. Im Text heißt es:

›... und er wurde von einigen Beamtensöhnen begleitet, die

ausgewählt worden waren, weil sie schöne Geschichten erzählen konnten.‹

Der Vater der Frau war ein direkter Nachkomme eines dieser Männer, die vor dem großen Bodhisattva erzählt hatten. Wissen Sie, was das heißt?«

»Nein«, sagte Jason.

»Das heißt«, sagte der Inder, »daß jeden, der diese Frau zwingt, die Gerechtigkeit des hohen Karmas erwartet.

Der Kapitän holte sie eines Nachts und nahm sie mit zum Schiff hinaus, das die Anker lichtete. In der ersten Nacht schlug die Frau einen Versuch vor. An Bord waren 125 Männer. Statt das Lager mit ihnen zu teilen, wollte sie die Seeleute jeden Abend unter Deck versammelt sehen, so viele, wie das Wetter nun einmal zuließ, und dann würde sie eine Geschichte erzählen. So geschah es. Und obwohl das Schiff mit fürchterlichen Stürmen vor Afrika eine sehr schwere Heimfahrt hatte, wurden die Seeleute durch die Geschichten der Frau im Zaum gehalten, denn ein solcher Mensch war sie, daß die Männer begriffen, daß sie nie mehr jemandem etwas erzählt hätte, wenn sie auch nur einmal einem von ihnen ausgeliefert worden wäre.

In der Nacht, als das Schiff auf der Reede vor Kopenhagen vor Anker ging, erzählte sie die 334. Geschichte, und im Laufe des Jahres hatte es an Bord nicht eine einzige Schlägerei gegeben.

Die Geschichten, die sie erzählte, waren dieselben, die ihre Familie seit Jahrhunderten erzählt hatte. Ich habe gehört, daß sie seither nach Persien und von dort aus nach Europa weitergewandert sind. Damals aber kannten die Dänen sie noch nicht.

Später in jener Nacht warfen die Matrosen einen verhaßten Offizier über Bord. Da nahm der Kapitän in eigener Person die Frau mit Gewalt. Nicht so sehr, weil er ihr den Mord anlastete, sondern weil sie es gewagt hatte, einem weißen Mann eine Bedingung zu stellen, und danach ließ er sie an den Daumen unter dem Schiff durch- und wieder hochziehen.

Hinterher war sie natürlich ein Krüppel, und er sagte zu ihr, von nun an brauche er nicht mehr ihre Hände, sondern ihren Mund und ihr Geschlecht.«

»Er hätte bestraft werden sollen«, sagte Jason.

»So hätte ein gewöhnlicher Mensch gedacht«, sagte der Inder. »Daß Rache süß wäre. Und leicht, ganz leicht hätte sie, als sie leidlich wiederhergestellt war, eines Nachts eine lange Nadel aus ihrem Haar ziehen und sie durch die Augenlider des Kapitäns in sein dunkles Hirn stechen können. Doch der Gedanke kam ihr nicht. Lautet doch Buddhaghosas erste Vorschrift:

davon abzustehen, jemandem das Leben zu rauben.

Unzählige Generationen hindurch hatte ihre Familie die vier heiligen Wahrheiten respektiert, und mehrere Kalpas hindurch – Sie erinnern sich, wie lang eine Kalpa ist? – war sie in ihren früheren Inkarnationen den viergeteilten Weg gewandert und hatte sich bemüht, die vier Hindernisse der tiefen Trance zu überwinden, weshalb diese Frau praktisch durchsichtig war. Verstehen Sie das?«

»Teilweise«, sagte Jason.

»Der Gedanke an Rache lag ihr fern«, fuhr der Inder fort, »sie zeigte nur dem All ihre verkrüppelten Hände, und dieser Anblick stieg durch die Himmel in die reine Wohnung der Götter empor, und damit dem Gesetz des höchsten Dharma Genüge geschehe, beschlossen die Götter, dieser Mann und sein Geschlecht und dessen Inkarnationen sollten mehrere Kalpas hindurch unaussprechliche Leiden durchmachen.«

Wieder saßen sie eine Zeitlang schweigend da, der Inder in seine eigenen Gedanken vertieft, denen Jason vergeblich zu folgen suchte.

»Um eine Andeutung des Anfangs des ersten Glieds dieser Leiden zu vollstrecken«, sagte der Inder schließlich, »bin ich gekommen. Es war der Beschluß der höchsten Götter, daß dieses erste Glied ein Fluch sein sollte, der auf dem Geschlecht van Austen ruhen würde. Sein Fluch sollte die Liebe sein. In jeder Generation soll in dieser Familie ein Mensch geboren werden, der sich nie von der Illusion der Liebe wird befreien können, sondern dazu verdammt ist, einen anderen Menschen bis zum Wahnsinn zu lieben. Und wiedergeliebt zu werden.«

»Das klingt nicht nach Strafe«, sagte Jason, »das klingt wie ein Segen.«

»Aber diese Liebe ist schrecklich«, sagte der Inder. »Denn die beiden Liebenden, der Mann und die Frau, können nur auf eine Weise zueinander gelangen: indem sie einmal die Woche, Monat auf Monat, Jahr um Jahr, in einer einzigen Nacht die Leiden einer ganzen Ehe durchspielen. Und jedesmal müssen diese Leiden neu sein.«

»Wer legt diese Nächte fest?« fragte Jason.

»Ich«, sagte der Inder. »Vor mir war es mein Bruder, vor ihm mein Onkel und vor ihm mein Großvater. Die Urgroßmutter meines Großvaters war die Frau, die Kapitän van Austen kielholen ließ. So sind wir das Werkzeug der Götter für die Gerechtigkeit des höchsten Dharma. Die Frau blieb mit dem Kapitän zusammen, und viermal im Monat ließ sie ihn unbeschreiblich leiden. Zusammen hatten sie einen Sohn, der einen Sohn bekam, und allmählich verwischten sich unsere Züge in dem europäischen Blut. Der Fluch aber ist lebendig.«

Jason trank von dem Wein.

»In sechs Tagen«, fuhr der Inder fort, »Montag nacht, werde ich zu ihrem Schlafzimmer gehen und jedem von ihnen getrennt von den Leiden erzählen, die sie in der nächsten Nacht durchmachen müssen. Sie haben dann 24 Stunden Zeit, sich darauf vorzubereiten.«

»Was ist denn«, fragte Jason, »am Montag ihr nächstes Leben?«

»Das entscheiden die Götter zu der Zeit«, antwortete der Inder. »Vielleicht muß sie eines ihrer Neugeborenen ermorden und den Rest ihres Lebens unter diesem Mord leiden. Vielleicht steckt er sie mit einer unheilbaren Krankheit an. Vielleicht müssen sie ihre Enkelkinder entführt und geschändet sehen. Für den Geschichtenerzähler sind die Schrecken der Liebe unendlich.«

»Weshalb hören sie nicht einfach auf?« fragte Jason.

»Sie hören nie auf«, antwortete der Inder. »In jeder neuen Generation schicken sie uns nach Hause oder ins Gefängnis und wähnen sich frei. Jeder Sohn oder jede Tochter der Familie van Austen reckt triumphierend die Hände und denkt: ›Das hat meine Eltern getroffen, weil sie schwach waren. Mich trifft es nicht.‹ Eines Tages spürt dieser Mensch die Liebe, erst ist sie eine Quelle, dann eine Flutwelle, und er jubelt, bis er entdeckt, daß diese Flutwelle in einen geschlossenen Eisenbehälter gesperrt ist, der von außen zum Glühen gebracht wird, bis die beiden Liebenden darum betteln, erlöst zu werden, gleich wie. Wenn diese Zeit kommt, wissen wir es, und wir warten nicht darauf, gerufen zu werden, wir sind bereits auf dem Weg, damit das Gleichgewicht der Welt erhalten bleibt.«

Jason sah Helene vor sich, nackt auf seinem Bett. »Wer in der Familie ist der nächste?« antwortete er.

»Das kann man nicht wissen«, sagte der Inder. »Derjenige, der als erster das Herz des Geliebten wie einen Mühlstein am eigenen Hals verspürt.«

»Gibt es keinen Ausweg?« fragte Jason.

»Doch«, sagte der Inder. »Die Erzählung ist der Ausweg. Wir leiden, weil wir durch Inkarnationen Schatten in unser Leben geworfen haben. Unsere Geschichten sind aus diesen Schatten gebaut. In jeder Erzählung, die diese Familie durchlebt, lebt sie mit ihren Untaten. Deshalb wirft jede Erzählung einen Lichtstrahl in das Dunkel. Zuletzt gibt es kein Dunkel mehr. Zuletzt ist da nur noch Durchsichtigkeit. Dann hört das Leiden auf.«

»Was ist das für eine Gerechtigkeit«, sagte Jason bitter, »die so eingerichtet ist, daß man so viel Elend erleben muß, um ein wenig Einsicht zu gewinnen?«

»Ich bin ja nur ein dreckiger Ausländer«, sagte der Inder, »der nur eine Falte eines Zipfels einer Ecke des höchsten

Dharma gesehen hat, das alles durchdringt. Aber trotzdem habe ich daran gedacht, daß man, wollte man sich diese Gerechtigkeit vorstellen, sie sich als kosmisches Gelächter denken könnte, das nichts verbirgt, sondern so klar ist, daß man durch dieses Lachen hindurch den Schädel und das pulsierende Leben sehen kann.«

Spiegelbild eines jungen Mannes im Gleichgewicht

Die Tatsache, daß ich in einer Welt lebe, die so schnell redet, daß sie mit dem Hintern Luft holen muß, betrachte ich mit sanfter Gleichgültigkeit. Die Wörter beeindrucken mich nicht mehr. Ich bin ein verlassenes Gebäude – sagen wir ruhig, ein aufgegebenes und vergessenes Observatorium. Durch meine zerbrochenen Scheiben weht die Welt, ohne Spuren zu hinterlassen.

Es bedeutet nichts mehr, ob man mir glaubt. Man kann dies lesen, wie man will. Als Geständnis, als Gebet, als kleine, kalte Fabel, als ein Wimmern. Ich selbst meine, daß ein Mensch der Wahrheit nicht näher kommen kann.

Ich schreibe dies, weil in meinem Leben etwas geschehen ist, das mich von allem, was man Gefühl nennt, vollständig befreit hat. Aus dem Universum, in dem ich mich befinde, dringen wohl nicht sehr viele Nachrichten durch. Wen ich habe verkünden hören, er habe sich nun ein für allemal über alle Emotionen erhoben, war gewöhnlich drauf und dran, in der Gosse zu ersaufen. Oder er stieg gen Himmel, vor Selbstüberschätzung aufgedunsen wie eine Wasserleiche.

Ich kann nicht sagen, mein Leben sei untadelig gewesen. Doch seit jener Nacht – der Nacht zum 20. März 1929 – ist es durch und durch golden. Da ist es egal, wie tief man kratzt. Seit der Nacht ist mein Verhältnis zu Liebe, Begierde, Eifersucht und Einsamkeit anders als das anderer Menschen. Seit der Nacht bin ich frei.

Ich bekenne mich nur zu einem einzigen von dem, was die Welt Gefühle nennt. Einem leichten Zorn, den ich umhege, weil er mich wärmt. Ich habe ihn nie begriffen. Etwas sagt mir, daß ich ihn jetzt, heute nacht, verstehen werde.

Ich ersinne Spiegel und stelle sie her. Das hat auch mein Vater getan und vor ihm dessen Vater. Ich bin Ingenieur geworden, das wurden sie nicht. Doch das ist das Verdienst der Entwicklung, nicht meines. Jedes Handwerk ist ein Bewußtseinszustand, das ist seine tiefste Wahrheit. Für diesen Zustand haben die Veränderungen, die sie Fortschritt nennen, keine Bedeutung. Die Substanz meiner Arbeit unterscheidet sich nicht von der meines Vaters und meines Großvaters.

Daß es sich so verhält, hat seine Ordnung. Wir können nichts sagen oder tun, was nicht bereits gesagt oder getan worden ist. Nicht nur, wenn wir sprechen, wiederholen wir uns selbst und andere. Auch unsere Handlungen sind Klischees.

Wenn es dennoch sinnvoll ist, mich einen Künstler zu nennen, dann nicht aufgrund dessen, was ich geleistet habe, sondern aufgrund dessen, was ich tun wollte.

Ich habe davon geträumt, einen Spiegel zu schaffen, der die Welt wiedergibt, wie sie wirklich ist. In gewisser Weise ist es dieser Traum, der mich rein gemacht hat.

Die Geschichte Europas kennt zwei Auffassungen des Spiegels: die Wahrheit und den Traum. Ovid schreibt, der Wasserspiegel sei von der Nemesis justiert worden und habe deshalb Narcissus einen Schatten gezeigt, den er irrtümlich für einen wirklichen Menschen gehalten habe.

Im Spiegel des ersten Korintherbriefes sah man stückweise, geteilt und unvollständig.

In den emblematischen Lexika des Mittelalters ist der Spiegel das Symbol der *vanitas*, der Eitelkeit, einer der sieben Todsünden.

Hans Christian Andersens und Lewis Carrolls Spiegel sind gefährlich, unverläßlich. Bei Offenbach stiehlt Dapertutto die Seele der Menschen, indem er ihr Spiegelbild stiehlt.

Diese Spiegel sind alle verlogen. Wie die, die wir selbst

kennen. Wir wissen, daß wir uns in einem Spiegel nie so sehen, wie wir sind. Je nach unserem Gemütszustand sehen wir uns mißverstanden und verlassen oder als jemanden, den das Universum liebt, oder als Tier unter einer dünnen Schicht Menschlichkeit. Nie aber sehen wir uns, wie wir wohl wirklich sind. Nämlich als aus allen diesen Teilwahrheiten zusammengesetzt. Immer ist der Spiegel für den Menschen ein Schirm, auf den er seine Sehnsucht nach Gleichgewicht projiziert.

Der andere Spiegel, den die Geschichte kennt, ist ein Traum. Es ist der furchtlose Spiegel bei Schneewittchen. Es ist Shakespeares Spiegel hinter Hamlets Worten an die Schauspieler, sie sollten »the mirror up to nature« halten. Dieser Traum war es, der das Mittelalter so viele seiner Textsammlungen *speculum* nennen ließ, womit man versicherte, daß sie erschöpfend und verläßlich seien. Im Orient ist es der Spiegel des historischen Buddha, Shakaymunis Spiegel, wie ihn der Dichter Asvaghosa zu Beginn des goldenen Zeitalters des Buddhismus beschreibt:

»In der zweiten Wache der Nacht empfing er den höchsten himmlischen Gesichtssinn (...) Damit betrachtete er die ganze Welt, die sich ihm wie in einem vollendeten Spiegel zeigte.«

Diese Spiegelbilder sind absolut verläßlich, weil sie unbestechlich sind. *Weil sie von dem, was sie spiegeln, unberührt bleiben.* Nach einem solchen Spiegel suchte ich. Jetzt, wo ich alles hinter mir gelassen habe, kann ich zugeben, daß mein Durst nach Wirklichkeit mit meinem Verhältnis zu Frauen zu tun hatte.

Ich wußte, daß es das Schlimmste auf der Welt ist, verlassen zu werden. Früher oder später werden wir alle verlassen. Deshalb übte ich mich jeden Tag in der Trennung. Ich ging von den Frauen in meinem Leben, um das Verlassen nicht zu verlernen. Jetzt kann ich es mir leisten einzuräumen, daß ich sie fürchtete. Die Frau ist das einzige Wesen der Welt, mit dem das Zusammensein ein einziger langer Abschied und ein Fortreisen ist. Mit jedem Tag, den ich sie kannte, wurden sie mir fremder.

Irgendwann begann ich zu fürchten, daß ich selbst einen Teil der Schuld an dieser Kette von Abreisen tragen könnte. Und da begann ich an den Spiegel zu denken. Ich wünschte ihn mir als einen neutralen Richter, als einen Fixpunkt und Wahrheitszeugen in der Nacht aus Passionen, in der sich die Kämpfe der Liebe zutragen.

Im Mai 1927 fragte man mich, ob ich das Spiegelteleskop für das neue nordische Observatorium oberhalb von Delsjö in der Nähe von Göteborg konstruieren wolle. Ich sagte ja.

Ich wußte, daß das Observatorium als Monument nordischer Versöhnlichkeit gedacht war. Damals fanden jeden Tag in ganz Europa Streiks statt. Wir wußten, daß eine Wirtschaftskrise bisher unbekannten Ausmaßes heraufzog. Ohne den Schatten eines Zweifels wartete ich auf den neuen Weltkrieg.

Das Observatorium war ein Versuch, die Angst zu dämpfen, indem man gemeinschaftlich zu den Sternen hinaufsah. Wie bei allen monumentalen, nationalen Illusionen war dieser Zweck – bei denen, die die Entscheidungen trafen – halb bewußt, halb unerkannt. Von Anfang an sah ich das Projekt, wie es war.

Man hat mich gefragt, weshalb ich mich denn trotzdem zur Verfügung gestellt hätte.

Was sollte ich sagen? Wir wissen so wenig, welcher Sache wir eigentlich dienen. Als Kepler 1604 in seinem »Zusatz zu Witelo« seine optischen Theorien veröffentlichte, meinte er damit die Existenz Gottes und die Beständigkeit seiner eigenen Zeit zu bestätigen. Die Geschichte hat gezeigt, daß er damit einen entscheidenden Schritt auf dem Weg machte, der die Welt, in der er schrieb, bis zur Unkenntlichkeit verändern sollte.

Fragte man trotzdem noch einmal, was einige auch getan haben, weshalb ich mich an einem politischen Betrug beteiligte, antwortete ich, schließlich müsse ich ja leben.

Denen, die dann noch einmal fragten, drohte ich eine Tracht Prügel an.

Das war vier Jahre, bevor sie den Reflektor zum Palomarobservatorium bauten. Man meinte, daß es nie möglich sein würde, einen größeren Spiegel herzustellen als den Reflektor des »Leviathan«, des vom Earl of Rosse gebauten Teleskops, mit seinem Durchmesser von 183 Zentimetern und einer Brennweite von 17 Metern. Noch diskutierte man, ob die Zukunft nicht eher den Linsenfernrohren gehöre.

Im Laufe des Sommers 1927 zogen wir die Arbeitshalle hoch. Im Winter den keramischen Ofen. Im folgenden Winter goß ich den Spiegel.

Ich will nicht von meiner Forschungsarbeit berichten, die dazu führte, daß ich mich für einen silberbeschichteten Glasspiegel entschied. Nicht von meiner Entwicklung homogener Glasarten. Nicht von meiner Silberbeschichtung. Auch nicht von dem Schlaf, den ich opferte, um zum erstenmal in der Geschichte die Regel zu brechen, die uns seit zweihundert Jahren erzählt, die Lichtabsorption eines Spiegels könne nie geringer sein als fünfzig Prozent. Ich will Ihnen die Sterne zeigen, Sie nicht damit unterhalten, wie mühsam es ist, sie zu erreichen.

Ich unternahm neunzehn mißglückte Versuche. Die letzte, gelungene Kühlung dauerte einunddreißig Tage. Ohne Stolz, ohne Zorn, ohne Reue kann ich sagen, daß noch niemand gesehen hat, was wir sahen, als wir den Ofen öffneten.

Es war ein perfekter Hohlspiegel, Teil einer Kugelfläche, deren imaginäres Zentrum 52 Meter entfernt lag. Seine Öffnung betrug sieben Meter im Durchmesser. Die Sprache ist arm. Ich habe keine Lust, noch weiter von diesem Anblick zu sprechen.

Da hörten wir zum erstenmal von ihr. Ihr Ruf eilte ihr voraus, als sei sie die größte Hure der Welt oder der Welt größte Operndiva. Sie war Glasschleiferin.

Ich reiste los, um sie zu finden. Ich folgte den Wundern, die sie vollbracht hatte. Vor den friesischen Inseln sah ich auf dem Oberdeck des Schiffs eine goldene Scheibe, als hätte man den Vollmond auf das Deck heruntergeholt. Aber es war nicht der Mond, es war eine blendendweiße Lichtscheibe, die von einem zehn Seemeilen entfernten Leuchtturm stammte. Das Lichtbündel war nicht zerstreut worden. Sein Durchmesser betrug einen halben Meter, genau wie zu dem Zeitpunkt, als es die undenkbare, die unfaßbare, die perfekte Linse verließ, um die es sich dabei gehandelt haben muß. Man erzählte sich, es sei ein Geschenk von ihr an den holländischen Staat gewesen.

In Wien besuchte ich die neue Orangerie. Für die ellipsoiden Wände hatte sie krumme Spiegel geschliffen, die das Rauminnere so wiedergaben, daß man die Besucher kaum zum Eintreten bewegen konnte, weil sie den hundert Quadratmeter großen Raum in einen unwegsamen und unendlichen Wald aus Apfelsinen- und Zitronenbäumen entgleiten sahen, in dem sie sich, davon waren sie überzeugt, verirren würden.

Ich fand sie nicht, immer war sie da, wo ich hinkam, gerade abgereist, denn so sind die Frauen. Zuletzt fuhr ich nach Göteborg zurück. Dort war sie dann.

Sie befahl allen außer mir, die Halle zu verlassen, dann arbeitete sie. Zuerst entkleidete sie sich. Ich versuchte ihr die sphärische Aberration, den Baufehler des Hohlspiegels, zu erklären. Ich weiß nicht, ob sie zuhörte. Ich weiß nicht, ob sie mich verstand. Sie war wohl einen Meter sechzig groß, halb Japanerin, halb Italienerin. Man sagte, ihre Vorfahren seien unter den ersten gewesen, die vor dem Emigrationsverbot flohen, das im Mittelalter für die Glasschleifer von Venedig galt. Sie waren nach Osten geflüchtet.

Sie zog alles aus, außer einem langen Tuch, das sie um die Hüften gewunden hatte. Ihre Haut war weiß wie die Masse aus Bienenwachs und Stearin, aus der sie die Altarkerzen gießen. Um Füße und Hände hatte sie weiße Baumwollappen gewickelt, auf die sie ein Gemisch aus zerstoßenem Magnesium und Diamantenstaub streute. Danach kletterte sie in den Spiegel und begann zu schleifen.

Für mich ist diese Zeit wie ein Abschnitt meines Lebens. In Wirklichkeit mögen es drei, vielleicht vier Tage gewesen sein. Das Dach über uns war aus Glas, und der Spiegel sammelte das Tageslicht. Auf dem pulverisierten Edelstein bewegte sie sich wie auf einem kalten, blauen Feuer. Sie rückte nur langsam vor, doch ihr Körper war immer von Schweiß bedeckt. In dem über dem Spiegel schwebenden Glasstaub hing ihre Reflexion wie umgekehrte, gewundene, dreidimensionale Bruchstücke von ihr.

Eines Nachts schliefen wir miteinander. Sie fragen, was sie dazu bewog? Ich habe keine Antwort. Ich kann nicht sagen, daß ich mich mag. Ich behandle mich mit Geduld, weil ich weiß, daß ich mit mir zusammenbleiben muß, bis daß der Tod uns scheidet. Aber ich habe nie geglaubt, daß andere mich lieben könnten. Ich habe nie gemeint, ich könne Frauen mehr bieten als meinen jungenhaften Charme, und auch an den glaube ich nicht mehr. Es mag wegen des Spiegels gewesen sein. Dann wurde sie jedenfalls enttäuscht. Der Künstler ist immer so viel armseliger als sein Werk.

Jedenfalls bedrückte sie mich. Als sie den Schliff beendet hatte, schickte ich sie weg.

Erst dann beschichtete ich den Spiegel mit Silber. Danach montierten wir das Teleskop und richteten es auf den Himmel. Wir machten eine Reihe Photographien. Wir sahen, was noch kein Mensch zuvor gesehen hatte. Wir sahen den ersten Quasar. Wir sahen den Planeten Pluto. Wir sahen einen Sternennebel, der sich aufzulösen schien und in der nächsten Nacht vom Himmel verschwunden war. Wir sahen einen unerklärlichen dunklen Körper, der uns alle überraschte. Die Astronomen meinten, es sei eine Himmelserscheinung, die Gold und Berühmtheit verheiße. Ich wußte, daß es sich um einen Fremdkörper auf dem Spiegel handeln mußte. Am folgenden Tag untersuchte ich das Glas. Ich fand nichts. Auf den nächsten Aufnahmen hatte sich der Schatten verschoben und die Form geändert. Da legte ich ein feinmaschiges Quadratnetz über den Spiegel und lokalisierte mit Sicherheit die Stelle, an der das Staubkorn zu finden sein mußte. Ich richtete ein Mikroskop auf das Glas. Ich sah nur die Lichtquelle meines Instruments. Mir begegnete nichts als mein eigenes Spiegelbild.

Da begriff ich, daß der Spiegel lebendig sein mußte. Nachdenklich betrachtete ich meine Kollegen und sah, daß sie zufrieden waren, daß sie mich und sich zu dem guten Ergebnis beglückwünschten und sich auf die Einweihung freuten. Daß es sie nicht störte, die kleine wandernde Schattenamöbe aus ihrem Weltbild zu verdrängen.

Da reiste ich ihr nach. Kadmus muß im dritten Gesang der Metamorphosen einer Frau um die Welt nachreisen. Odysseus fährt wegen einer Frau hinaus und wegen einer anderen wieder heim. Und Tristan. Und Salomon.

Ich erwähne das, weil ich die Garantie der Geschichte dafür haben möchte, daß ich nicht der einzige Idiot bin, der bereit gewesen ist, einer Frau um die halbe Welt nachzureisen. Damals meinte ich, mich treibe die Ahnung, daß sie, die das tote Glas zum Leben erweckt hatte, *den* Spiegel haben müsse. Jetzt, wo mein Gemüt polierter Granit ist, kann ich mir erlauben zu sagen, daß ich sie auch vermißte.

Ich holte sie in Kopenhagen ein. Sie bereitete eine Ausstellung ihrer Spiegel und Linsen im Tivoli vor. In der Nacht kletterte ich über das schmiedeeiserne Gitter des Gartens.

Sie war allein.

»Du kommst, um *den* Spiegel zu sehen«, sagte sie. »Es gibt ihn also?« fragte ich. »Ja«, sagte sie, und dann erzählte sie mir davon.

»Wer in einen Spiegel blickt«, sagte sie, »sieht, was er zu sehen wünscht oder fürchtet. Ich habe immer gewußt, wenn ich einen Spiegel schaffen würde, der die Wirklichkeit zeigt, würde der Spiegel selbst lebendig sein, ein Organismus, der die Stimmung des Betrachters spürt und ein um diese Stimmung korrigiertes Bild zeigt.«

Sie führte mich in eine Ecke. An der Wand stand ein mannshohes, mit einem gelben Tuch verhülltes Rechteck. Es hätte ein Gemälde sein können. Sie zog den Stoff weg. Erst glich er einem gewöhnlichen Spiegel. Dann sah ich, daß er in dem dunklen Raum ganz schwach leuchtete, von einem Licht, das von irgendwoher hinter der Spiegelfläche zu kommen schien. Ich sah nun auch, daß er nicht völlig in Ruhe war, daß er am Rand eine leichte, wallende, plasmatische Bewegung zeigte. Ich trat vor den Spiegel.

Ich sage es noch einmal: Niemand braucht zu glauben, was ich jetzt erzähle. Ich kann es selbst nicht glauben. Nachts, wenn ich wach liege, denke ich, ob wohl mein Erinnerungsvermögen Schaden gelitten haben könnte. Diese Gedanken bringen mich nicht gerade zum Schlafen. Aber sie verleihen meiner Schlaflosigkeit eine Art Sinn.

Ich sah zuerst mein eigenes Spiegelbild, wie ich es kannte. Wie ich es zu kennen meinte. Aber mein Gesicht war verzerrt. Ich betastete meine Haut und fühlte, sie war ruhig. Ich begriff, daß der Spiegel zeigte, meine Selbstkontrolle war nur erzwungen. Um sich der Wahrheit zu nähern, zeigte er mir ein übertriebenes Bild meiner Unruhe.

Dann begann sich das Bild zu bewegen. Es wurde zu einer Reihe springender, schiefer Abbilder meiner selbst. Ich versuchte jedes einzelne zu erhaschen. Da erhöhte sich ihre Geschwindigkeit. Ich konzentrierte mich auf das Bild, das der Spiegel von meinem Äußeren vermittelte. Da verschwand ich von seiner Fläche, und statt dessen wirbelten an mir eine Reihe Tableaus vorbei, die ich als meine innersten Wünsche und Phobien erkannte. Ich war Zeuge, wie der Spiegel die Wellen aus Bildern und Stimmungen zu kompensieren versuchte, die in diesem Augenblick durch mich hindurchglitten.

Ich hielt mir die Augen zu. Ich versuchte ruhig zu bleiben, um den Spiegel zu bremsen. Ich sagte mir, was immer er zeigte, ich würde es kühl und ruhig betrachten, denn ich würde wissen, es war die Wahrheit.

Als ich die Hände fortnahm, sah ich den Raum, in dem ich stand. Ich erkannte die breiten, rauhen Bodendielen und die Wände mit ihrer Mischung aus Gold und rauchgeschwärztem Grau. Ich selbst aber war fort, der Raum war nicht mehr naturalistisch, statt dessen schraubte er sich spiralförmig in die Unendlichkeit.

Der Spiegel hatte meine Erwartung hinsichtlich der Wahrheit registriert. Um diese Projektion auszugleichen, zeigte er mir eine unleugbare Fehlerhaftigkeit.

Ich hatte immer gemeint, mein Charakter habe etwas Eselhaftes und Bäurisches, das meine Welt immer begrenzen, mich dafür aber auch vor dem Wahnsinn schützen würde. Nun spürte ich, daß auch dies Einbildung war. Daß ich hier an einem grausamen Spiel teilnahm, durch das jeder wahnsinnig werden könnte.

Ich nahm von der Wand einen normalen quadratischen Schminkspiegel und hielt ihn dem Spiegel vor, um ihn zu zwingen, die Wahrheit über sich selbst zu zeigen. Er antwortete, doch nicht mit mir, nicht mit dem Spiegel, den ich hielt, sondern indem er die Wand hinter mir zeigte, und nur sie allein.

Ich sah die Frau an, und in diesem Augenblick verriet der Spiegel, daß ich alles – sogar den Anblick des Spiegels – dafür hingegeben hätte, mein Gesicht an ihre luminiszierende Haut legen zu dürfen. Ich sah meine Liebe entlarvt, ich haßte meine eigene Abhängigkeit, und mir fiel ein, daß ich sie töten könnte. Zugleich mit meinen Gedanken lagen meine Hände im Spiegel um ihren Hals. Da trat ich einen Schritt vor, um sie auszulöschen, sie, die einzige Zeugin meiner Nacktheit, der Spiegel aber sah durch mich hindurch und zeigte mich auf den Knien vor ihr, flennend vor Feigheit.

Ich konnte nicht von dem Spiegel weggehen, drehte ihm aber den Rücken zu. Was ich gesehen hatte, hatte nichts mit der pedantischen, flachen Wirklichkeit des normalen Spiegelbildes zu tun. Es hatte eine tiefere Räumlichkeit gehabt als alles, was ich je zuvor gesehen hatte. Ich war nicht mehr sicher, ob die Welt im Spiegel oder die Welt draußen die wirkliche war.

»Wie soll ich wissen, mein Blümchen«, sagte ich zu ihr, »daß es dich gibt und du existierst und daß du nicht nur eine Konstruktion aus Licht bist, die dieser Spiegel hier geschaffen hat?«

»Das kannst du nie wissen«, erwiderte sie. »Ich bin nicht einmal selbst sicher. Wenn ich die Augen schließe, sehe ich Bilder von damals, als ich den Spiegel machte. Aber die Erinnerungen können ja vom Spiegel geschaffen worden sein, als er mich herstellte.«

Seitdem ist mir klar, daß dieses Problem auch immer das meine sein wird. Bin ich derjenige, der darüber schreibt, was er einmal erlebt hat? Oder fügt dieser Bericht meinem Leben irgend etwas hinzu, so daß man sagen muß, daß ich erst entstehe, während ich schreibe, daß also in gewissem Sinn erst dieses Protokoll mich zu dem macht, der ich bin? Und wie verwandelt es mich? Wenn Poe über Spiegel schrieb – wie in *Eine Mystifikation*, wie in *Die Philosophie der Einrichtung* –, wurde er selbst oberflächlich, glatt und gleichgültig, so als würde seine eigene Sprache zu einem Spiegel. Soll mir das gleiche passieren?

Die Geschichte der Wissenschaft in Europa hat die Diskussion zwischen den Anhängern von Aristoteles und Galen nicht entscheiden können. Die Frage, inwieweit der Sehende passiv einen optischen Abdruck der Wirklichkeit empfängt oder selbst formt, was er sieht. Angesichts der Frau vor mir verstand ich, daß der Dialog immer sinnlos gewesen war, weil die Frage verkehrt gestellt war. Sie setzt voraus, daß es eine stabile Wirklichkeit zu beobachten gibt. Die gibt es nicht. In dem Augenblick, in dem wir die Welt betrachten, beginnt sie sich zu verändern. Und wir mit ihr. Die Wirklichkeit ansehen heißt nicht, eine Struktur begreifen. Es heißt vielmehr, sich unterwerfen und eine unüberschaubare Verwandlung einleiten.

Ich wandte mich dem Spiegel zu. Ich wußte, wenn ich seine Bilder jagte, würden sie entfliehen. Wenn ich ihnen davonlief, würden sie mich verfolgen. Sie würden mir verweigern, worum ich sie bitten würde. Was ich am meisten fürchtete, würden sie mir in die Gurgel stopfen. Die Geschichte Europas ist die Geschichte des grenzenlosen Vertrauens in die Macht des Willens. In diesem Augenblick sah ich die unendliche Begrenztheit dieses Willens. Vor diesem Spiegel hatte ich nur zwei Möglichkeiten, ich konnte mich davorstellen und aufgeben oder es ganz sein lassen.

In seinen Erinnerungen erzählt Carl Gustav Jung, wie er am Schreibtisch sitzt und zum erstenmal in seinem Leben beschließt, sich von seinen inneren Bildern verschlingen zu lassen. Vielleicht ist es Furcht, die die Menschen dazu bringt loszulassen. Vielleicht ist es Verzweiflung. Mut ist es jedenfalls nicht.

Nur einen Moment lang zeigte mir der Spiegel meine physische Person. Dann muß er gemerkt haben, daß ich aufgegeben hatte, denn er ließ mich fallen. Der Raum um mich her verschwand. Irgendwo am Rande des Erlebens befand sich die Frau.

Ich lege dem, was ich gesehen habe, keine bestimmte Bedeutung bei. In *Alef* sah Luis Borges alle Punkte des Universums in ein und demselben Augenblick. Was ich sah, war unendlich viel weniger. Und es war sukzessiv. Wie die Stufen einer Treppe. Ich weiß nicht, ob sie nach oben oder nach unten, ob sie zur Wirklichkeit hin- oder von ihr wegführte.

Ich sah ein bodenloses Tal voller Nebel. Ich sah Spiraltürme aus Licht. Ich sah eine Frau mit dunklem Gesicht und einem Namen, der in einer nilotischen Sprache auf die blaugraue Stunde vor Sonnenaufgang verwies, in der ihre Mutter sie in einem Graben geboren hatte.

Ich sah einen Spiegel. Danach unendlich viele Spiegel, die ihre Leere spiegelten. Danach den Spiegel, den sie an Rasmus Rasks Lippen hielten, um zu sehen, ob er lebte. Danach seine Leiche. Danach Eselknochen an der Karawanenstraße von Tamale nach Mekka. Die beiden Jahre, die die Pilgerfahrt dauerte (wie sieht man zwei Jahre?). Danach den Duft des Vinho Cheiro von Terceira (wie sieht man einen Duft?). Eine Trinkschale, die vor dreitausend Jahren in einem Ruderboot drei Tagereisen von der Küste des Gelben Meeres entfernt lackiert worden war.

Ich sah die großen Systemkonstrukteure und ihr Werk. Linné mit seiner Botanisiertrommel in Lappland. Den vorläufig letzten Buddha. Thomas von Aquin. Seinen Kommentar zu *De Anima*. Hegel bei seiner Antrittsvorlesung in Berlin. Wagner. Den letzten mathematischen Polyhistor, Poincaré. Den Schatten eines Menschen, der der Erlöser hätte sein können. Den Abschnitt in *De Caelo* – ich glaube, es war der sechsundfünfzigste –, in dem Swedenborg schreibt, die irdische Welt sei ein Spiegelbild der himmlischen.

Danach die großen Kosmologien. Der Spiegel zeigte mir eine Welt, die fließt. Eine Welt, die brennt. Eine Welt, die aus kleinsten Teilen besteht. Die selbst ein kleinster Teil in einem größeren ist. Eine Welt aus konzentrischen Kreisen. Eine Welt, die eine Illusion ist. Die eine Pflanze ist. Eine Welt, die von Ideen bewegt wird. Die von Menschen bewegt wird. Von Göttern. Von Vernunft. Von ökonomischen Gesetzmäßigkeiten. Eine Welt, die nicht existiert, sondern von einem Wesen geträumt wird, das auch nicht existiert.

Dann kam ein Augenblick Stille. Dann kam die Leere. Sie kam nicht als Abwesenheit. Sie kam als Anwesenheit, als spürbares Vakuum, das aus dem Spiegel heraustrat und mich zu sich zog.

Wer die Leere kennt, wird mich verstehen. Sie ist ein Sog im Weltraum.

Sie verschlang mich, und dann würgte sie mich wieder aus.

Die Menschen sind grenzenlos gleich und grenzenlos unterschiedlich. Die Leere kann eine Taufe sein, ein Fluß, ein Grundstein, eine Vernichtung, ein Kreuz, eine neue Algebra. Für mich bedeutete sie, daß ich unwiderruflich von der Liebe befreit wurde.

Ohne ganz sicher zu sein, meine ich, ganz gelassen ausgedrückt, daß ich auch unsterblich geworden bin.

Ich wußte jetzt, wonach diejenigen, die ihr Leben mit Suchen verbringen, suchen. Sie müssen die Leere gesehen haben, und den Rest ihres Lebens werden sie versuchen, sie noch einmal erleben zu können. Ich verstand jetzt, weshalb sich Jesus mit jedem dritten Satz widersprechen mußte, weshalb Buddha seine Zuflucht zu Wundern nehmen und Mohammed drohen und Meister Eckehart verlangen mußte, daß seine eigene Isolation unser aller Los sein müsse.

Sie alle hatten die Leere gesehen und wollten in sie zurück.

Die großen Systeme, die der Welt von der Wahrheit und dem Leben erzählen, erheben immer den Anspruch, definitiv wahr und ausgewogen zu sein. In Wirklichkeit sind sie ein furchtsamer Brückenschlag aus Sehnsucht. Das sah ich, und es machte mich rein und klar wie Bergkristall.

Leider vergesse ich langsam, was ich sah. Ich habe es zwar wiedergesehen, sie hat mir den Spiegel seither noch oft gezeigt, aber das Vergessen löscht es aus.

Es ist elf Tage, vier Stunden und dreiundfünfzig Minuten her, seit ich es zum letztenmal gesehen habe. Ich kann mich noch immer, wenngleich mit Mühe, daran erinnern, wie weiß die Leere ist. Aber an sie selbst nicht mehr.

Während ich dies schreibe, spüre ich, daß ich die Frau vermisse. Daß ich mich bis zum Wahnsinn nach ihr sehne. Ich weiß, daß ich damit allem widerspreche, was ich geschrieben habe. Ich sehe der Tatsache ins Auge, daß mein Gleichgewicht nicht souverän und endgültig ist. Daß es weg ist.

Ich weiß jetzt, warum ich zornig bin. Ich habe Angst vor meiner Abhängigkeit von ihr. Ein Leben mit ihr wäre die Hölle. Ein Leben ohne sie wäre schlimmer. Ich habe etwas Kostbares gesehen, aber ich bin nur ein Mensch, genau das ist der Fehler, denn der Mensch ist zerbrechlich, er verfällt, er vergißt, er versagt, er schmälert, er entwertet, er wird von moralischer und intellektueller Inflation getroffen.

Wenn ich mich nur daran erinnern könnte, wie es sich anfühlte, bescheiden und damit Herr der Lage zu sein. Doch das Vergessen frißt meine Demut. Ich schreibe dies mit einem zunehmenden fatalen Selbstgefühl. Ich werde aufgeblasen, ich steige empor. Ich kann den Bleistift nicht halten. Meine Liebe zu ihr ist einzigartig, sie ist enorm. Wo ist meine Ruhe? Mein Klischeebewußtsein? Mein Zynismus? Meine karmische Abgeklärtheit? Wo sind meine Spiegel? Wo ist die Frau? Hilfe!

Inhaltsverzeichnis